Finnja Feentochter
und die sieben Gefährten

Für Franziska und Amelie

1. Auflage 2021

ISBN 978-3-7641-9277-8

Dieses Werk wurde vermittelt durch die Autoren-
und Projektagentur Gerd F. Rumler (München).
Lektorat: Judith Schumacher
Umschlag- und Innenillustrationen: Lena Winkel

Druck und Bindung: Finidr s. r. o., Český Těšín
Gedruckt auf Papier aus geprüfter nachhaltiger Forstwirtschaft.
www.ueberreuter.de

Elke Satzger

Finnja Feentochter
und die sieben Gefährten

mit Illustrationen von Lena Winkel

ueberreuter

Prolog

Im Nachhinein betrachtet begann alles mit dieser Turmruine. Leon hätte schwören können, sie in der Ferne gesehen zu haben, doch sein Großvater glaubte ihm nicht. »Weit und breit gibt es hier nur einen einzigen Turm, den Kirchturm«, hatte er Leon belehrt, »und den als Ruine zu bezeichnen, das sollte man den Pfarrer mal besser nicht wissen lassen. Seit wann kann so ein Turm denn wie ein Pilz über Nacht aus dem Boden sprießen?«

Ha ha ha. Opa fand sich wohl sehr witzig. Zu guter Letzt behauptete er, Leon habe sich durch eine Fata Morgana täuschen lassen.

Eine Fata Morgana. In Mecklenburg-Vorpommern. Wollte Opa ihn auf den Arm nehmen? Ja, es war heiß, ziemlich heiß sogar. Aber so heiß wie in der Sahara nun auch wieder nicht. Dennoch schien die Luft über dem Grasland wie in einer Sandwüste vor Hitze zu flimmern. Sollte Opas Vermutung doch nicht so abwegig sein?

Definitiv abwegig fand Leon die Reaktion seiner Großmutter. Vor Schreck hatte sie die Schüssel mit den frisch gepflückten roten Johannisbeeren auf den Steinboden der Küche fallen lassen und Leon aus ihren grünen Augen angestarrt, als sei er ein Gespenst. Wann und wo genau er den Turm entdeckt und wie er ausgesehen habe, wollte sie wissen. Und als Leon mit den Schultern gezuckt hatte und »Keine Ahnung, wie ein Turm eben« zur Antwort gab, hatte sie ihn regelrecht angefaucht. Ob es vielleicht etwas genauer ginge und dass er ihr jedes Detail beschreiben solle.

Erschrocken hatte Leon alles, woran er sich erinnerte, aufgezählt: das dunkle, brüchige Gestein, das zwischen den Steinritzen hervorwuchernde Unkraut, die Turmzinnen, die aussahen wie an- und ausgeschlagene Zähne. Und als ihr das immer noch nicht genug war, erwähnte Leon noch die vielen dunklen Wolken, die sich um den Turm herum ballten, obwohl der Himmel ansonsten wie blau lackiert war.

Wenn möglich, war seine ohnehin blasse Großmutter noch blasser geworden. Opa hatte sie besorgt am Arm genommen und zu einem Sessel im Wohnzimmer geführt. Dass sie dabei etliche Johannisbeeren auf dem Fußboden zertrat, schien sie gar nicht zu bemerken, dabei war ihr doch Pflanzliches aller Art heilig – sogar Brennnesseln.

In sich zusammengesunken wie eine verwelkte Topfpflanze hatte sie vor sich auf den Fußboden gestarrt. Leon war beunruhigt. Was hatte sie denn bloß? Oma war zwar etwas schrullig, aber eigentlich immer cool drauf und *die Gelassenheit in Person*, wie seine Mutter sagte. Davon konnte im Moment nicht die Rede sein. Seine Oma hatte sich plötzlich wie ein Schilfrohr aufgerichtet, das Kinn gereckt und ihn streng angeblickt.

»Ab sofort wirst du nicht mehr draußen im Grasland herumstreifen. Du bleibst innerhalb der Dorfgrenze. Hast du mich verstanden, Leon?«

Ungerührt von Leons entsetztem Blick ergänzte sie: »Das ist keine Bitte, das ist ein Befehl.«

Ein, zwei Schocksekunden später brach es aus Leon heraus. »Never. Vergiss es, Oma. Das kannst du nicht mit mir machen.«

Nun war es nicht so, dass die pfannkuchenflache Grasebene so superspannend gewesen wäre oder dass Leon seiner Oma gerne widersprach. Doch hier ging's ums Prinzip. Erstens war er fast vierzehn, und sie konnte ihn nicht herumkommandieren wie einen Achtjährigen. Zweitens musste er unbedingt sein Smartphone wiederfinden, das ihm irgendwo dort draußen aus der Hosentasche gerutscht war. Und drittens war das Grasland immer noch besser als die einsame Hauptstraße des winzigen Dorfs, wo nur noch Omas und Opas herumschlurften, die sich zudem stark für seine Schulnoten interessierten.

Zu seiner großen Erleichterung hatte sich sein Großvater auf seine Seite geschlagen. Und schließlich war seiner Oma nichts anderes übrig geblieben, als klein beizugeben, zumal sie ihr Verbot nicht begründen wollte. Statt sich zu erklären, hatte sie nur grimmig die Lippen zusammengekniffen und geschwiegen.

Die darauffolgenden Tage benahm sie sich noch seltsamer als ohnehin schon. Dass sie stundenlang im Garten an Büschen und Blumen herumzupfte, in der Erde buddelte, etwas ausrupfte und dabei vor sich hin trällerte, war normal. Dass sie aus Kräutern, Blüten, Beeren und Blättern Tees, Salben, Gelees, Marmeladen und Tinkturen mixte und rührte, war schon eher besonders. Manches davon verkaufte sie sogar auf dem Wochenmarkt. Doch dass sie nun mit Libellen, Schmetterlingen, Käfern, Singvögeln und sogar Pflanzen zu sprechen schien, fand Leon mehr als schräg. Besonders ein Blaukehlchen hatte es ihr angetan. Mehr als einmal hatte Leon seine Oma heimlich dabei beobachtet, wie sie im Garten vor sich hin murmelte, während der Piepmatz auf ihrer Schulter hockte und ihr aufmerksam zu lauschen schien.

Doch nachdem sein Großvater dies als »harmlose Macke« abtat, beschloss Leon, sich ebenfalls keinen Kopf zu machen. Zumal er schon genug Stress hatte. Tag für Tag quälte ihn Opa mit Nachhilfe in Latein. Kein Wunder, dass Leon, wann immer es ging, das Weite suchte.

Doch nun, drei Wochen später, sah er alles in einem anderen Licht. Nun wusste Leon, dass er in diesen Ferien sehr viel mehr lernen sollte als nur Latein. Dass es Dinge zwischen Himmel und Erde gab, die er nicht für möglich gehalten hätte. Und dass seine Oma schon damals etwas gewusst oder geahnt hatte, was niemand sonst außer ihr wusste oder ahnte. Zumindest kein menschliches Wesen.

1

So eintönig Leon das Leben im Dorf seiner Großeltern schien, so lebhaft war das Treiben im nahen Feenland. Dass ein solches überhaupt existierte, geschweige denn, was dort vor sich ging, hätte sich Leon in seinen kühnsten Träumen nicht ausmalen können.

Das Mondbeerenfest stand bevor und damit der höchste aller Festtage im Jahreskalender der Feen. Doch dieses Mal feierten die Feen nicht einfach nur die Sommersonnenwende und die Ernte der magischen Mondbeeren. In zwei Nächten, genau zum Fest, würde der Mond als kreisrunder leuchtender Ball am Himmel stehen – ein Zusammentreffen, das nur selten stattfand. Er würde die Feier in sein silbernes Licht tauchen und den Mondbeeren unmittelbar vor der Ernte eine besondere Magie und Heilkraft verleihen. Doch damit nicht genug: Finnja, die Tochter der Feenkönigin, feierte an diesem Tag ihren dreizehnten Geburtstag.

»Jetzt sieh dir das mal an,« rief Finnja empört. »Die sollen wir alle bis zum Mückentanz heute Nachmittag putzen.«

Mit gerunzelter Stirn betrachtete Finnja den kniehohen Berg an Muscheln und Schneckenhäusern, der sich vor ihr und ihrer Freundin Maja auftürmte.

»Was, was, was«, keifte eine Stimme in ihrem Rücken, »stellt euch nicht so an, ihr Quengelquallen. Vom Anschauen alleine werden die nicht sauber.«

Ertappt drehten sich die beiden um. Schlurfend näherte sich die alte Druseline. In den Händen hielt sie etwas, das sie den beiden Jungfeen ungeduldig winkend entgegenstreckte.

»Hier, nehmt das. Für jede von euch hab ich einen Mooszick und eine Rindenmuffe, damit schrubbt ihr den Schlamm und Schlick von den Muscheln ganz leicht weg. Aber gründlich, wenn ich bitten darf!«

»Wozu brauchst du die denn alle? Das sind ja Tausende.« Finnja meinte bereits vom Anblick des Haufens vor ihr Blasen an den Händen zu haben.

»Papperlapapp und Quallenschlapp. Dieses Jahr haben wir eine Jahrhunderternte. Hast du nicht gesehen, wie sich die Mondbeerenstängel auf dem Feld biegen von all den prallen Früchten? Die Pflückfeen brauchen viel mehr Behälter als sonst. Also, hört auf zu jammern und macht euch ans Werk. Und merkt euch: Nichts darf den Schimmer der geernteten Mondbeeren stören, nicht ein einziges noch so kleines Muschelbarthaar.«

»Aber was ist mit Nicko und Najad? Müssen die etwa nicht helfen?«, fragte Finnja. Missmutig wies sie hinüber zu den beiden Wasserelfen, die untätig auf dem Ast einer Birke am Ufer des Sees hockten und zu ihnen hinübergrinsten, während von ihren Hosen und Haaren das Wasser auf den Boden tropfte.

»Keine Sorge«, antwortete Druseline, »für die hab ich was anderes.« Sie wandte sich um und fuchtelte mit der Hand. »Ihr braucht nicht zu denken, dass ihr den lieben langen Tag gemütlich auf dem Baum vor euch hin tropfen könnt, während alle anderen schuften.«

Leise murmelnd und ohne den Blick von den Jungs abzuwenden, beschrieb sie mit dem Zeigefinger in der Luft so etwas wie eine doppelte Acht mit Ferkelschwänzchen. Gleich darauf wirbelte der Ast wütend auf und ab, als wolle er sich von einer lästigen Zecke befreien, woraufhin beide Jungs wie reife Äpfel zu Boden fielen.

»Autsch. Verdammter Lurchlefz. Das hat wehgetan, Druseline«, jammerte Najad und rieb sich den Ellbogen, während Nicko abgerissenes Laub aus seinen Haaren strubbelte.

Finnja und Maja kicherten, senkten jedoch schnell den Kopf, als Druseline sie streng musterte. Verstohlen blinzelten sie sich hinter dem Vorhang ihrer Haare an und pressten fest die Lippen zusammen, um nicht loszuprusten.

»Los, ihr zwei Wasserelfenbengel, kommt mit! Wäre doch gelacht, wenn ihr euch nicht ausnahmsweise mal nützlich machen könnt. Als Erstes holt ihr den Schwanenthron aus der Höhle und putzt ihn.«

»Hast du dasselbe gehört wie ich, Nicko? Putzen? Tut mir leid, Druseline, das können wir nicht«, sagte Najad.

»Genau«, ergänzte Nicko mit wichtigtuerischer Miene. »Das dürfen wir gar nicht. Unsere Hände sind dafür viel zu groß.«

»Quatsch mit Quappensalat«, rief Druseline und stemmte die Hände in die Hüften. »Wer hat euch denn solchen Unsinn erzählt? Bestimmt der alte zahnlose Bartfloss, oder? Den ganzen Tag im warmen Schlamm faulenzen, Wasserschnecken zutzeln und dummes Zeug blubbern … ts, ts, ts. Euer Großvater hat auch schon mal lichtere Weiher gesehen. Zu große Hände … da kommt ja dem Lurch die Larve hoch.«

Druseline schüttelte so erzürnt den Kopf, dass das Blaukehlchen, das in ihrem zerzausten Zopf gedöst hatte, erschrocken aufflatterte.

»Keine Sorge, Jungs, ihr könnt putzen, ihr dürft putzen und ihr werdet putzen, so wahr ich Druseline heiße. Ich persönlich erteile euch hiermit die Erlaubnis. Folgt mir. Und keine Widerrede.«

Lustlos trotteten die beiden Jungs hinter Druseline her, wobei Nicko es nicht lassen konnte, ihr Gemeckere nachzuäffen und den beiden Mädchen, die ihnen schadenfroh grinsend nachblickten, Wassertropfen entgegenzuschleudern. Schließlich wandten sich die beiden Jungfeen wieder ihrer Arbeit zu.

»Ganz ehrlich, Maja, so richtig kann ich mich nicht auf das Fest übermorgen freuen.«

»Geht mir genauso«, erwiderte Maja und nickte. »Dieses Jahr ist alles anders. Mir kommt es so vor, als ob nicht nur Druseline, sondern alle am Durchdrehen sind. Seit Tagen nur Gemeckere und Stress mit Putzen, Kochen, Lieder einüben und was weiß ich noch. Und alles nur wegen Vollmond und natürlich wegen deinem Geburtstag.«

»Ja eben, das ist es ja.«

Maja hielt in der Bewegung inne und blickte ihre Freundin fragend an. »Wie meinst du das? Ist doch toll, Geburtstag zu haben. Vor allem der dreizehnte. Freu dich doch, ab übermorgen darfst du mitkommen zum Tanzplatz unter den Birken und musst nicht beim ersten Nachtruf der Eulen in deine Höhle zurückkehren.«

Finnja schrubbte rabiat eine Muschel. »Das meine ich ja auch gar nicht, und genau genommen ist das auch das einzig Gute an diesem Geburtstag. Aber wenn ich daran denke, was ich nun alles lernen muss, wird mir ganz schlecht. Wie soll ich mir das bloß alles merken?«

Maja kicherte. »So wie ich dich kenne, wirst du tatsächlich alles durcheinanderbringen. Wahrscheinlich erfindest du aus Versehen komplett neue Mondbeeren-Rezepturen, weil du dir nicht merken kannst, wie viele Tropfen von diesem und wie viele Brösel von jenem zusammengemischt werden müssen. Oder ob das Ganze gekocht, gerührt, geschüttelt oder gestampft wird. Nicht zu reden von den Krankheiten oder Beschwerden, die dadurch geheilt werden.«

Finnja sah ihre Freundin bedrückt an. »Mach dich nur lustig über mich. Wahrscheinlich schaffe ich es, dass bei mir der Feensprutz nicht hellgrün, sondern lila wird und nach Fischkotze schmeckt.«

»Uääääh«, rief Maja und kicherte.

»Und mein Trüblix macht wahrscheinlich nicht blind, sondern sorgt für juckende Zehen.«

Maja lachte. »Und dein Heilbrüh lässt nicht Bauchweh verschwinden, sondern verursacht so gewaltige Pupser, dass der Kranke jedes Mal wie ein Springfloh vom Boden abhebt und ›Holla die Waldfee‹ brüllt.«

Obwohl auch Finnja darüber lachen musste, linderte das nicht ihre Sorgen. Nachdenklich strich sie über das Schneckenhaus in ihrer Hand.

»Ganz im Ernst, Maja. Wieso muss es eigentlich die Tochter der Feenkönigin sein, die alles über die Heilkraft und Magie der Mondbeeren wissen und weitergeben soll? Du wärst da viel geeigneter. Für dich wäre es ein Leichtes, dir zu merken, wie viele Stängel Schachtelhalm getrocknet werden müssen, wie viele Blattspitzen von Silberkraut mit wie viel Tropfen Blütentau einer Gelblilie um genau 7.13 Uhr morgens gemixt werden müssen. Und ob das Ganze dann mit einer Schuppenspitze Mondbeerenschale, Mondbeerenstängel oder Mondbeerenblüte angereichert wird. Und wozu das Ganze? Nur damit Schluckhicks, Kopfklopf oder Poprickel verschwinden?« Finnja blickte Maja so verzweifelt an, dass diese laut auflachte.

»Also ehrlich, Finnja. Du übertreibst. So schlimm wird es schon nicht werden. Und du weißt genau, dass es nicht nur um harmlose Beschwerden geht. Hast du schon vergessen, dass die kleine Fee Gladiole ohne Mondbeerenspritz fast gestorben wäre? Diese riesige gelb-schwarze Wildkatze hätte ihr fast den Arm abgerissen.«

»Ja, stimmt, aber …«

»Oder das neugeborene Silberflockling-Baby, dessen Mutter vermutlich von derselben Wildkatze getötet wurde. Ohne Mondbeerenträufe hätte ich das niemals großziehen können. Freu dich doch darüber, wie viel Wissen du dir nun aneignen kannst und wie sehr du damit anderen helfen oder auch …«

»… anderen schaden oder sie sogar töten kannst«, fiel ihr Finnja ins Wort. »Was ist, wenn ich etwas falsch mixe? Wenn ich versehentlich jemanden umbringe?«

Mit angsterfüllten Augen blickte Finnja ihre ältere Freundin an.

»Keine Sorge, das wird nicht passieren. An die lebensgefährlichen Stoffe lassen dich deine Mutter und Druseline doch gar nicht ran, solange du im Umgang mit all den Pflanzen nicht absolut sicher bist. Und außerdem: Ich bin ja auch noch da, auch wenn ich nur Hilfsarbeiten machen darf.«

Maja konnte nicht verhindern, dass sich ein bitterer Ton in ihre Stimme mischte.

»Und genau das finde ich falsch«, rief Finnja erzürnt und zerrte an den Barthaaren einer Muschel, »denn du könntest das alles viel besser als ich.«

Gleich darauf fiel ein Schatten auf sie und Maja.

»Da seid ihr ja. Ich suche euch schon die ganze Zeit. Habt ihr etwa die Chorprobe vergessen?«

Erschrocken sahen Finnja und Maja auf. Sie hatten nicht bemerkt, dass sich der Musikelf Stradivarius, begleitet vom Chor der Grillen, genähert hatte.

»Entschuldigung, Stradivarius. Aber wir haben leider keine Zeit für die Probe. Wir müssen das hier erst fertig machen, sonst macht Druseline Algenschleim aus uns.«

»Ach herrje«, Stradivarius kratzte sich mit einem seiner kochlöffellangen Dirigentenzeigefinger hinter dem Ohr. »Was machen wir denn da? Ich hab's. Dann üben wir das Sonnwendlied eben hier bei euch, während ihr dieses … dieses Zeug da putzt. Aber tut mir einen Gefallen: Putzt leise. Das Geschrubbe stört mein empfindliches Gehör.«

Finnja, Maja und die fünfundfünfzig Grillen rollten die Augen. Dann gruppierte sich der Chor im Halbkreis um die beiden sitzenden Mädchen. Stradivarius hielt einen Zeigefinger an die Lippen und wartete ab, bis keinerlei Flügelgeraschel und Getrippel mehr zu hören war, dann tippte er dreimal mit dem Finger in die Luft, als drücke er eine unsichtbare Klingel, und wie auf Kommando erklang aus siebenundfünfzig Kehlen ein vielstimmiger Gesang.

Stradivarius klatschte ein paar Mal in die Hände. »Das gefällt mir schon sehr gut, nur …« – der Elf holte tief Luft und sah Finnja streng an – »liebe Finnja, was soll ich nur mit dir machen? Das ist doch nun wirklich nicht viel Text, aber du scheinst ihn immer noch nicht auswendig zu können. Du magst zwar Prinzessin sein und übermorgen Geburtstag haben, aber dennoch wirst du mir heute noch die Strophe auswendig und fehlerfrei vortragen. Ich erwarte dich am frühen Abend nach dem Mückentanz in meiner Höhle.«

Finnja wollte eben ansetzen zu protestieren, als in der Ferne Hufgetrappel zu hören war, das schnell lauter wurde. Begleitet von einer Staubwolke näherte sich Hermarius, der Kundschafter der Feen. Noch im Lauf sprang er von seinem weißen Silberflockling ab und wischte sich den Schweiß von der Stirn. Auch das Fell seines Reittiers ringelte sich vor Feuchtigkeit und das lange gedrechselte Horn auf der Stirn schimmerte nicht mehr silbern, sondern grau – ein sicheres Anzeichen dafür, dass das Tier erschöpft war. Die Silberflocklinge waren spezielle, von den Feen für lange Ausritte und die Feldarbeit gezüchtete Einhörner. Sie besaßen nur noch Flügelstummel und konnten daher nicht mehr fliegen wie gewöhnliche Einhörner; stattdessen waren sie jedoch besonders robust, kräftig und ausdauernd.

»Wo ist Lynn? Bringt mich sofort zu Lynn. Ich habe etwas Wichtiges zu melden.«

Aufs Höchste beunruhigt, führten ihn Finnja und Maja sowie der gesamte Grillenchor samt Stradivarius zur Wohnhöhle der Feenkönigin. Auf dem Weg dorthin ließen auch andere Feen, neugierig geworden, ihre Arbeiten liegen und schlossen sich dem Zug an. Schließlich fand sich der gesamte Feenstamm vor der Wohnhöhle ein. Hermarius trat vor und rief: »Geliebte Herrin über das Feenland, tritt heraus. Ich habe eine Meldung von großer Wichtigkeit zu machen.«

Hermarius hatte kaum geendet, als Lynn im Eingang ihrer Höhle erschien. Ihr eigentlich hüftlanges silberblondes Haar lag aufgerollt auf Tannenzapfen wie Sahnehäubchen rund um ihren Kopf. Unter ihrem, aus Flachs gewebten Umhang spitzte einer der magischen Libellenschuhe hervor, die Lynn nur zu festlichen Anlässen trug. Sie ließen ihre Trägerin über dem Boden schweben und verliehen ihr dadurch mehr Eleganz und Größe.

Finnja vermutete, ihre Mutter war gerade beim Anprobieren gestört worden, denn sie trug nur einen der beiden Schuhe. Wenig majestätisch ruderte sie mit den Armen, um nicht das Gleichgewicht zu verlieren, und kickte schließlich den Schuh von ihrem Fuß – was das eine oder andere belustigte Glucksen aus der Menge der Zuschauer zur Folge hatte. So königlich es Lynn in diesem Moment noch möglich war, ließ sie den Blick über die versammelte Feenschar schweifen und richtete ihn schließlich auf Hermarius.

»Was führt dich zu mir? Was kann so wichtig sein, dass du mich und die Vorbereitungen zum Fest der Mondbeeren und zum Geburtstag meiner geliebten Tochter störst?«

Hermarius schluckte unmerklich, straffte aber gleich darauf die Schultern. »Niemals würde ich wagen, euch zu stören, verehrte Herrin, wenn nicht der Anlass von höchster Dringlichkeit wäre.« Zögerlich blickte er die Feenkönigin an, bevor er fortfuhr. »Es droht äußerste Gefahr.«

Ein Raunen ging durch die Menge.

»Was bringt dich zu dieser Annahme?«, fragte Lynn und brachte ihre Untertanen mit einer Handbewegung zur Ruhe.

Hermarius räusperte sich nervös und fuhr dann fort: »Ich habe ungewöhnliches Treiben bemerkt. Hinter den Grenzen deines Reichs, im Sumpfgebiet rund um das Kloster Mon Diö, hängt seit zwei Tagen eine pechschwarze Wolke am Himmel. Bisweilen ist ein Grollen und Heulen zu hören und gewaltige Windböen biegen die Wipfel der Bäume bis zum Boden. Des Nachts scheinen gar Funken am Himmel zu sprühen.«

Erneut ging ein Raunen durch die Menge, einige der älteren Feen schlugen erschrocken die Hände vor den Mund und ein kleines Feenkind fing sogar an zu weinen. Jeder im Feenreich wusste, dass im Turm der alten Klosterruine Mon Diö im Herzen des nebelfeuchten Sumpflands die Hexe Swampilla hauste. Und dass diese nur eines im Sinn hatte: den Feen zu schaden. Das Brausen und Heulen konnte nichts Gutes verheißen.

Lynn ließ den Blick über ihre Untertanen schweifen. Dann räusperte sie sich und sah Hermarius streng mit gerunzelter Stirn an. »Ist das alles, Hermarius? Ist dies die äußerste Gefahr, die du erkannt haben willst, mit der du mein Volk beunruhigst und uns allen die Freude am bevorstehenden Fest trübst?«

Überrascht von Lynns Worten, öffnete Hermarius den Mund, um etwas zu entgegnen, doch Lynn machte eine unwirsche Handbewegung.

»Hört mir zu, meine geliebten Untertanen. Seid nicht töricht. Dunkle Wolken, Grollen, Funken am Himmel – was kann, was soll das sein? Seit Tagen lastet über dem Feenland und über den Sümpfen von Mon Diö eine ungewöhnliche, nahezu unerträgliche Schwüle. Es wird Zeit, dass sich diese entlädt. Was Hermarius gesehen hat, sind die Vorboten eines Gewitters. Eines vermutlich sehr heftigen Unwetters. Lasst uns hoffen, dass es nicht genau zum Fest auf uns herniedergeht. So, und nun macht euch wieder an eure Arbeit.«

Mit diesen Worten wandte sich Lynn ab und verschwand in ihrer Höhle. Langsam löste sich die Menge auf. Und auch Hermarius trottete kleinlaut zurück zu seinem Silberflockling, das ungeduldig schnaubend auf einen Eimer Wasser wartete.

Nur Finnja blieb noch einen Moment stehen. Sie kannte ihre Mutter besser als alle anderen. Ihr war nicht entgangen, dass sie bei Hermarius' Worten kaum merklich zusammengezuckt und erblasst war. Aber weshalb, wenn es sich bei der vermeintlichen Gefahr doch nur um ein drohendes Gewitter handelte? Was verbarg sie?

2

Der Wind fauchte um die verwitterten Mauern der Klosterruine Mon Diö, zerrte an den hölzernen Fensterläden und zerrupfte die Kronen der Schwarzerlen. Wolken rasten am Mond vorbei und spien dabei Regentropfen aus, so dass die Blätter wie nasse Waschlappen tropften und der Sumpf rund um das Gemäuer gluckste und blubberte.

Durch die zersprungene Scheibe des obersten Turmfensters betrachtete Dragon das Unwetter und die morastige Wiese vor dem einstigen Kloster. Niemand setzte freiwillig einen Fuß vor die Tür, auch nicht die Ratte Miss Souri, obwohl sie nur ungern auf die Jagd nach Riesenkakerlaken verzichtete. Aus Furcht vor dem Donnergrollen hatte sie sich in Dragons Arme geflüchtet. Erschrocken wich Dragon zurück, als ein Blitz einen Zacken in den tintenschwarzen Nachthimmel riss, gefolgt von rumpelnden Donnerschlägen.

»Essss issss genausssso wie vor fünfzehn Jahren«, wisperte Miss Souri.

»Ja«, flüsterte Dragon, während er mit kalten, bleichen Fingern das Nackenfell der Ratte kraulte. »In solch einer Nacht ist es geschehen. Wie könnte ich das je vergessen?«

Dragon betastete die beiden ovalen Seidenklappen, die zwei seiner drei Augen wie eine Schlafmaske bedeckten. Niemand sollte die

Narben und die milchigen Augäpfel sehen, deren Licht seit damals von Nebelwolken verschluckt war. Schmerz huschte über die hageren Wangen des alten Drachenfürsten, während sich die Ereignisse jener Nacht wie ein Kinofilm vor seinem inneren Auge abspulten: sein ungläubiges Entsetzen, als sich die scheinbar so liebliche Feenkönigin plötzlich in eine vor Wut zitternde Furie verwandelte, ihr vor Hass und Verachtung verzerrter Mund, die winzige Glasflasche mit dem grünschillernden Trüblix in ihrer Hand und der wie eine Stichflamme aufschießende Schmerz in seinen Augen.

»Niemals wirst du mich küssen, niemals werde ich die Deine sein, niemals wieder wirst du mich anglotzen wie ein widerlicher alter Karpfen«, hatte Lynn ihm entgegengespien, als sie mit einer blitzschnellen Handbewegung das Fläschchen öffnete und ihm die ätzende Flüssigkeit in die fassungslos aufgerissenen Augen kippte. Wie hatte sie es wagen können, ihn so zu verletzen und zu beleidigen? Und wie dumm war er gewesen, ihre Fesseln zu lösen.

»Wie soll ich dich, du schönster und mächtigster aller Drachenherrscher, in die Arme schließen, wenn meine Hände gebunden sind?«, hatte sie nur wenige Minuten zuvor gesäuselt. Alles Lug und Trug. Noch jetzt, fünfzehn Jahre später, meinte Dragon vor Zorn und Scham innerlich zu verglühen.

So ungern Dragon es sich selbst eingestehen mochte, die Feenkönigin hatte nicht nur zwei seiner drei Augen zerstört, sie hatte eine brennende Wunde in seiner Seele hinterlassen: Er wurde alt. Noch vor zweihundertfünfzig Jahren hatte er über seine Eltern gespottet. Doch nun wusste er, dass diese mit ihren düsteren Prophezeiungen recht behalten sollten. Sobald ein Drachenfürst aus der Dynastie der Dragoniaten fünfhundertfünfundfünfzig Jahre alt wurde, ging es mit seinen Kräften bergab. So schmerzte ihn neuerdings nach einem Ritt auf einem seiner zweihundert Drachen der Rücken. Und vor seinem noch intakten Auge, dem auf der Stirn, waberte seit Kurzem ein Schleier, der sich nicht wegzwinkern ließ – was die eine oder andere Peinlichkeit mit sich brachte. Hatte er doch am Tag zuvor beinahe Miss Souris Nacktschnecken-Geschnetzeltes statt des leckeren Blattlaus-Smoothies zu sich genommen – zum Glück hatte die Ratte empört gequiekt. Dragon schniefte und fischte frustriert ein SchuggaSchugga aus seiner Manteltasche. In solchen Momenten waren die gezuckerten Mehlwürmer sein einziger Trost.

Warum waren bloß alle so fies zu ihm? Denn auch hier, in der Ruine Mon Diö, bewunderte ihn niemand. Dabei hatte er erwartet, als geladener Gast der Sumpfhexe Swampilla hofiert zu werden. Verstohlen betrachtete Dragon seine Cousine. Sie kauerte auf ihrem Bett aus Sumpfgras, Moos und Seerosenblüten und hielt in einer Hand einen kleinen, aus den Schwanzhaaren eines Dachses gebundenen Pinsel. Ihr zu Füßen kauerte die Riesenkröte Unkula, die ein großes Schneckenhaus in ihren Tatzen hielt. Es diente als Behältnis für die Farbe, mit der sich die Sumpfhexe die Fußnägel lackierte, von denen jeder mindestens die Größe einer Riesenmuschel hatte.

So ungewöhnlich diese auch aussahen, das Erschreckendste an Swampilla waren die Schlammwarzen, mit denen sie übersät war. Je nach Laune konnten sich diese von grün über braun zu schwarz verfärben. Spätestens, wenn sie schwarz waren, sollte man das Weite suchen, denn dann fingen Swampillas Pupillen an zu glühen. Wer ihr dann noch in die Augen blickte, konnte von einem Wimpernschlag auf den anderen nicht mal mehr den kleinen Finger rühren, sondern würde stattdessen zu Stein erstarren – so wie die elf Mönche, die vor vielen Jahren der Sumpfhexe den Einlass in ihr Kloster verwehrten. Oder wie die vorlaute Kröte, die bei einem von Swampillas Kontrollgängen durch die Sümpfe zur Begrüßung der Hexe respektlos gefurzt hatte.

Dragon wandte seinen Blick wieder dem Fenster zu. Schade, dass seine Cousine ständig so miesepetrig guckte wie ein Lurch mit Blähungen. Ansonsten könnte sie mit ihren großen Augen und wuscheligen Haaren fast aussehen wie eine harmlose schrullige Kräuterhexe. Und falls sie aus Versehen mal lachte, was so gut wie nie vorkam, fielen sogar die Schlammwarzen, gegen die sie so verzweifelt ein Mittel suchte, kaum noch auf. Aber vermutlich fürchtete sie, nicht mehr für voll genommen zu werden, wenn sie nicht grimmig guckte. Dragon rollte mit den Augen.

So wie die Dinge im Moment lagen, schien Swampilla weit davon entfernt zu sein, ihn anhimmeln zu wollen. Dabei hatte er alles getan, um sie für sich zu gewinnen. Vor seinem Aufbruch nach Mon Diö war er täglich die fünfhundert Stufen seines Wachturms hinaufgekeucht, um seine Wampe loszuwerden. Unter Schmerzen hatte er sich von der Turmkrähe Rabiata die wuchernden Nasenhaare herauszupfen lassen. Alles umsonst. Was immer Swampilla im Schilde führte, mit zärtlichen Gefühlen ihm gegenüber hatte es nichts zu tun.

Umso mehr richtete sich sein Groll gegen diejenige, die er als eigentliche Ursache für seine Einsamkeit und seine Schmach betrachtete: die Feenkönigin Lynn.

»Na warte«, murmelte Dragon. »Es kommt der Tag, da wirst du bereuen, geboren worden zu sein. Und dieser Tag ist näher, als du denkst.«

3

»Was flüsterst du da? Sprichst du jetzt schon mit dir selbst wie die Kröte Dabbelbabbel?«

Ertappt drehte sich Dragon um zu seiner Cousine, die seinen Blick mit spöttisch herabgezogenen Mundwinkeln erwiderte.

»Ich habe nur laut gedacht«, antwortete Dragon. »Nichts von Bedeutung.«

»Denken? Du? Halleluja. In Mon Diö geschehen tatsächlich noch Wunder, wenn auch nicht von Bedeutung«, murmelte Swampilla, aber immer noch laut genug, dass Dragon es hören konnte. Der alte Drachenzüchter presste die Lippen zusammen und schluckte die Beleidigung herunter wie eine dicke schwarze Fliege. »Wie schaffst du es eigentlich, dass die Farbe auf den Nägeln kleben bleibt?«, fragte er mit geheucheltem Interesse.

Swampilla rollte die Augen. »Ja wie wohl? Mit der Spucke besonders alter Schwalben natürlich.«

»Aaah, wie klug du bist«, rief Dragon bewundernd. »Da hat Leonidas ja ganze Arbeit geleistet, nicht wahr?«

»Ja, auf den ist wenigstens Verlass.« Liebevoll betrachtete Swampilla ihren gelb-schwarz gestreiften Riesenkater, der ausgestreckt in der Ecke auf einem Kissen aus Schilfgras lag und döste. An seiner Schnauze klebten noch ein paar Federn, unter einer der Pfoten ragten blutige Knöchelchen hervor.

Dragon verzog angewidert das Gesicht. Im Gegensatz zu Swampilla konnte er die Wildkatze nicht leiden. Verschlagen blickte sie ihn aus ihren phosphorgelben Augen an.

»Soll das vielleicht heißen, dass auf mich kein Verlass ist?«, erwiderte er und ärgerte sich über den quengeligen Ton in seiner Stimme. Selbstbewusst klang anders.

Ein feines Lächeln schlich sich auf Swampillas Lippen, als sie sich nach vorne beugte, um den Nagel ihres nicht wirklich kleinen Zehs zu bearbeiten.

»Aber, aber, mein lieber Dragon, natürlich ist auf dich Verlass – Verlass darauf, dass du immer nur jammerst und nie etwas unternimmst.«

»Waaas?« Dragon spürte, wie ihm heiß wurde. Mit zwei großen Schritten baute er sich drohend vor Swampillas Lager auf.

»Was fällt dir …«

»Beruhige dich, liebster Cousin«, fiel ihm Swampilla ins Wort und legte eine Hand auf Dragons Arm. »Ich meine es nur gut mit dir. Sag doch mal, welcher Tag ist übermorgen?«

Dragon blickte ratlos auf Miss Souri, die ihn aus der Manteltasche heraus beobachtete. Mit den Lippen formte sie stumm: der 21. Juni.

»Der 21. Juni«, sagte Dragon laut.

»Danke, Miss Souri«, antwortete Swampilla. »Was wäre Dragon nur ohne dich?«

Miss Souri lächelte geschmeichelt und wich dem Hieb aus, den Dragon ihr verpassen wollte.

»Und was ist am 21. Juni?«

Dragon straffte die Schultern. »Sonnenwende. Das weißt du doch. Was soll das …«

»Genau«, unterbrach ihn Swampilla. »Und für welche elenden Kreaturen ist dieser Tag von größter Bedeutung?«

»Für die Feen«, antwortete Dragon zähneknirschend. War es nötig, ihn darauf hinzuweisen? Als ob er das nicht wüsste.

»Richtig«, kreischte Swampilla und fuchtelte mit dem Pinsel in der Luft herum.

»21. Juni. Der höchste Feiertag der Feen. Der Tag der Mondbeerenernte, dieser magischen und geheimnisvollen Früchte, die angeblich wahre Zauberkräfte besitzen. Kannst du mir verraten, mit welchem Recht diese dreimal verfluchten Lichtwesen die Mondbeeren für sich beanspruchen und ihre Geheimnisse mit niemandem teilen wollen? Das ist doch asozial. Oder findest du nicht?«

Verständnislos sah Dragon seine erzürnte Cousine an.

»Äh, wieso? Ist mir ehrlich gesagt egal.«

»Aber mir nicht«, kreischte Swampilla und Dragon schloss angesichts der sich bedrohlich verdunkelnden Schlammwarzen schnell alle Augen. »Und vielleicht ist dir nicht egal, was am 21. Juni vor fünfzehn Jahren geschah?«, säuselte Swampilla plötzlich ganz nah in sein Ohr, so dass Dragon ihren warmen Atem spürte.

Erschrocken zuckte er zurück, was Swampilla zu seinem Ärger mit einem Lächeln quittierte. Peinlich berührt räusperte sich Dragon, um Swampilla gleich darauf anzuraunzen: »Willst du mich quälen? Erinnere mich nicht daran, sonst … sonst …«

»Was sonst? Gar nichts *sonst*, du halbblinder Jammerflunz von einem Drachenzüchter«, entgegnete Swampilla.

»Was fällt dir ein?«, brüllte Dragon und machte Anstalten, seine Cousine an den Haaren zu packen.

»Mir ist in der Tat etwas eingefallen«, sagte Swampilla, während sie Dragon blitzschnell auswich, »etwas Großartiges. Etwas, das dir sehr gefallen wird. Etwas, was dein Leben von Grund auf verändern wird. Oder was dachtest du, weshalb ich dich ausgerechnet jetzt zu mir eingeladen habe?«

4

Schlecht gelaunt peitschte Leon mit einem abgebrochenen Ast das ausgetrocknete kniehohe Gras vor seinen Füßen. Seinem Gefühl nach musste er schon Stunden unterwegs sein – bisher jedoch ohne Erfolg. Schweißperlen rannen ihm über die Stirn und brannten ihm in den Augen, und sein T-Shirt klebte am Rücken. Schatten gab es so gut wie keinen, denn aus dem Grasland ragten nur vereinzelt Bäume auf.

Wenn er nur wüsste, unter welchen von ihnen er sich am Vortag gesetzt hatte. Oder wo genau er gelaufen war. Doch darauf hatte er nicht geachtet. Die Chancen, sein Handy wiederzufinden, standen schlecht. Aber so was von.

Schließlich konnte er kaum jeden Halm umbiegen oder jedes Grasbüschel durchwühlen. Trotzdem. Er musste es finden. Unbedingt. Allein der Gedanke, es hier ohne Smartphone aushalten zu müssen, schnürte ihm den Hals zu. Das war Horror. Dagegen wären die Qualen von diesem antiken Typen in dem antiken Buch, von dem Opa unbedingt wollte, dass er es las, ein Witz.

Apropos Opa: Heute hatte er sich wieder selbst übertroffen. *Ich arbeite, du arbeitest, er/sie/es arbeitet* und so weiter. *Ich arbeitete, du arbeitetest* und das Ganze dann auch noch in Futur. Leons Zunge fühlte sich jetzt noch an wie verknotet. Nicht zu reden von seinem Hirn. Wahrscheinlich hatten die Schüler, die Opa als Lateinlehrer erleiden mussten, bis zum Umfallen gefeiert, als er in Pension ging. Leon reichte schon die Nachhilfe, die er ihm verpasste. Drei Wochen sollte er hier seine Schulferien verbringen, wobei von Ferien kaum die Rede sein konnte. Wann immer es ging, suchte Leon das Weite, und davon gab es hier mehr als genug. Früher, da konnte man in Altkleinkirchdorf wenigstens noch ins Schwimmbad oder Kino gehen. Doch mittlerweile sammelte sich in den leeren Schwimmbecken welkes Laub und die Filmplakate waren vergilbt. Auch auf dem Fußballplatz tat sich nichts mehr, eins der beiden Tore war sogar in sich zusammengebrochen, der Kiosk mit Brettern verrammelt.

Wie man es hier aushalten konnte, war ihm ein Rätsel, doch seinen Großeltern gefiel es. Oma puzzelte den lieben langen Tag in ihren, Kräuter- und Gemüsebeeten rum, Opa las ganze Bücherregale leer oder »dirigierte« Opern, die er auf CD anhörte. Manchmal war Opas Musik so laut, dass Leon trotz Kopfhörer seine eigene kaum hören konnte.

Apropos Musik: Auch das war vorbei, wenn er sein Handy nicht wieder fand. Und auch Filme gucken oder mit Ben schreiben. Sein Kumpel hatte es gut. Der war mit seinen Eltern in Spanien.

Verzweiflung wallte in Leon auf. Wieso musste sein Vater eigentlich dauernd arbeiten und seine Mutter sich selbst *finden und erden*, wie sie sagte, und das Ganze in der Toskana? Und was meinte sie überhaupt mit *erden*? Leon musste an ein Bild denken, das Ben auf Instagram gepostet hatte. Da lag er bis zum Hals eingebuddelt im Sand und lachte, nur der Kopf schaute noch raus. Aber so etwas meinte seine Mutter bestimmt nicht. Für sie schien Erden eine sehr ernste Sache zu sein.

Ratlos stocherte Leon mit dem Ast im staubigen Boden. Weshalb erdete sie sich eigentlich nicht hier? Hier gab es massenhaft Erde. Und finden könnte sie hier doch vielleicht auch das, was sie suchte. Und wenn nicht, dann vielleicht das, was ER suchte. Schließlich war sie nicht ganz schuldlos am Verlust seines Handys. Hätte sie seine Hose – ausgerechnet seine Lieblings-Bermuda – noch geflickt, wäre in der Hosentasche kein Loch gewesen, das sich dann auch noch klammheimlich vergrößert hatte.

Leon beschattete seine Augen mit der Hand und sah sich um. Hatte er sich gestern wirklich so weit vom Dorf entfernt? Er konnte gerade noch das in der Sonne blinkende Kreuz auf dem Kirchturm ausmachen. Und dass die Ebene in der Ferne in Hügel überging, war ihm am Vortag auch nicht aufgefallen. Vielleicht hatten die Dunstwolken sie verborgen, denn seit Tagen lastete eine zum Kneten dicke Schwüle über dem Land. Oma und Opa hatten so sehr auf ein erfrischendes Gewitter gehofft, doch es war ausgeblieben. Lediglich am Horizont flackerten in der vergangenen Nacht heftige Blitze und die Wolken waren wie in einem irren Kreistanz um den Vollmond gerast.

Leon hatte das Spektakel von seinem Zimmerfenster aus mit dem Handy aufnehmen und Ben schicken wollen – und dabei den Schock seines Lebens erlitten. Sein Handy war weg. Vor Entsetzen war ihm speiübel geworden, und auch jetzt noch, Stunden später, saß ihm der Schreck darüber in den Knochen. Ohne Handy fühlte er sich verloren. Fast wie amputiert. Natürlich hatte er sofort sein Zimmer auf den Kopf gestellt und auch im Garten und in der Küche gesucht, in der Hoffnung, dass es im Haus und nicht irgendwo draußen im Grasland abhandengekommen war. Verzweifelt hatte er sein Hirn gemartert, wann und wo er es zuletzt in der Hand hatte – und war zu dem Schluss gekommen, dass es tatsächlich draußen in der Pampa gewesen sein musste. Am liebsten wäre er gleich noch in der Nacht nach dem Sturm auf die Suche gegangen. Doch das war Quatsch. Trotz Vollmond war es viel zu dunkel, um es zu finden.

Leon schnippte eine Heuschrecke von seinem Knie und durchpflügte weiter das Gras, während er auf einen Baum in der Ferne zuhielt. Eigentlich war es ein Glück, dass es nicht geregnet hatte, denn sonst wäre sein Handy futsch gewesen. Die Hoffnung, dass es irgendjemand gefunden und bei der Polizei abgegeben hatte, konnte er knicken. In den sieben Tagen, die er nun schon bei seinen Großeltern war, hatte er erst einmal einen Menschen in der Pampa gesehen. Mit Hund. Der hatte wie verrückt gehechelt und gejault und so doll an der Leine gezerrt, dass der Mann hinter ihm fast gestürzt wäre. »Ich hab keine Ahnung, was mit ihm los ist«, hatte er Leon zugerufen. »Irgendwas gefällt ihm da hinten ganz und gar nicht, der führt sich auf, als seien die Teufel hinter ihm her.«

Leon blinzelte gegen die Sonne. Etwas Schmales, Hochrechteckiges ragte aus den Hügeln in der Ferne hervor. Es war unverkennbar derselbe Turm, den er vor drei Tagen schon einmal gesehen hatte. Seine Krone war unregelmäßig gezackt, so, als habe jemand daran geknabbert. Konnte man zweimal exakt dieselbe Fata Morgana haben? Leon runzelte die Stirn. Egal. Seine Großeltern würde er jedenfalls nicht erneut darauf ansprechen. Das eine Mal hatte ihm gereicht. Am Ende würde Opa womöglich einknicken und

Oma darin bestärken, dass er nicht mehr im Grasland herumstreifen dürfe.

Leon löste die Flasche vom Karabinerhaken an seinem Gürtel, öffnete den Verschluss und trank gierig das inzwischen lauwarme Wasser. Viel war nicht mehr drin. Er musste sparsam sein, denn schließlich hatte er noch einen gewaltigen Rückweg vor sich. Wenn es nur nicht so heiß wäre.

Unschlüssig betrachtete Leon das endlose Gelb vor sich, als er plötzlich ein leises Sirren hörte. Es näherte sich schnell, wurde lauter und war für einen Moment so nah an Leons rechtem Ohr, dass er einen Luftstrom spürte. Erschrocken machte er einen Satz zur Seite und fuchtelte mit den Händen, ohne jedoch erkennen zu können, um welches Insekt es sich handelte. Unvermittelt brach das Sirren ab, als habe jemand den Lautstärkeregler auf stumm gedreht. Leon hielt die Luft an und lauschte. Nichts. Alles war wieder so wie zuvor, nur das Gras tuschelte leise im Wind.

Nein. Falsch. Etwas war anders. Leon hob den Kopf und schnupperte. Roch es wirklich plötzlich nach Vanillepudding oder spielte ihm die Hitze einen Streich? Kopfschüttelnd setzte er seinen Weg fort. Er brauchte jetzt unbedingt Schatten. Der Baum war nur noch etwa zweihundert Meter entfernt. Strömte er diesen Duft aus? Er wurde immer intensiver, je mehr er sich ihm näherte. Leon verlangsamte seine Schritte und blinzelte. Der Baum roch nicht nur seltsam, er sah auch seltsam aus. Genau genommen wie eine riesige urzeitliche Spinne. Stämmige, knotige Äste krümmten sich in einem großen Bogen abwärts und stemmten sich wie Beine in den Boden. Ein mürrisches, greisenhaftes Gesicht blickte Leon zwischen den

Ästen heraus an. Es befand sich im oberen Drittel des knorrigen Stamms und wurde von zwei nebeneinanderliegenden ovalen und einem größeren Astloch darunter gebildet. Die Rinde um Augen und Mund war elefantengrau und übersät von knubbeligen Warzen und tiefen Runzeln. Wahrscheinlich war sie so alt, dass bereits Dinosaurier ihre juckende Haut daran gescheuert hatten.

Einen kompletten Gegensatz zu Stamm und Hauptästen bildete die Krone des Baumes. Sie erinnerte Leon an die Badehaube seiner Oma. Doch während diese mit bunten, labbrigen Gummiblüten bestückt war, besaß der Baum grüne kopfsalatähnliche Blätter, von denen jedes einzelne einer riesigen Pranke mit fünf fleischigen Fingern glich. In der Mitte jeder Pranke saß eine samtig-knubbelige, schwarz-gelbgestreifte Knospe, die, so vermutete Leon, für den Vanilleduft verantwortlich war.

Solch einen Baum hatte er noch nie gesehen. Aber das wollte nichts heißen, denn auch Bio zählte nicht gerade zu Leons Lieblingsfächern, und Pflanzen schon dreimal nicht. Doch egal, wie gruselig er aussehen mochte: Der Baum war weit und breit der einzige Schattenspender.

Leon gähnte. Weshalb war er nur plötzlich so müde? Jeder Schritt kostete so viel Mühe, als müsse er durch zähen Schlamm waten. Doch anstatt dem Baum näher zu kommen, schien der vor ihm zurückzuweichen. Oder war das schon wieder so eine verflixte Halluzination? Verdammt, er hatte jetzt wirklich die Nase voll von irgendwelchen komischen Sachen. Er wollte sich einfach nur kurz ausruhen, bevor er den Heimweg antrat. Die Hoffnung, heute noch sein Handy zu finden, konnte er aufgeben. Er musste am Vortag einen anderen Weg gelaufen sein, denn an diesen Baum hätte er sich erinnert. Erschöpft blieb Leon stehen, wischte sich den Schweiß von der Stirn und stemmte die Hände auf die Knie.

»Was bist denn du für ein Mistbaum? Bleib gefälligst stehen, du Krüppel«, hörte er sich selbst schimpfen und war heilfroh, keine Zeugen zu haben. Stattdessen vernahm er so etwas wie ein Pupsen. Es erinnerte ihn an das Geräusch, das der alte riesige Ledersessel von sich gab, wenn sich Opa hineinsetzte und durch sein Gewicht die Luft aus dem Polster presste. Leon riss die Augen auf und scannte den Baum ab. Hatte sich nicht soeben ein Mundwinkel des Baums bewegt? Nein, er musste sich getäuscht haben. Leon setzte sich wieder in Bewegung, und nun blieb der Baum da, wo er war. Natürlich. Was denn auch sonst?

Erneut musste Leon gähnen. Mann, war er müde. Vorsichtig schob er die wie ein Vorhang herabhängenden Zweige beiseite und drang in den Schatten ein. Wie angenehm kühl es hier war, und wie köstlich es duftete. Leon suchte sich ein Plätzchen zwischen zwei Wurzelarmen, bettete seinen Kopf auf ein Moospolster und betrachtete staunend das Netzwerk aus Ästen und Laub, das sich wie die Rippen eines Kirchengewölbes über ihm verzweigte. Wie flirrendes Konfetti fiel Sonnenlicht auf ihn hinab. Wenige Atemzüge später war er eingeschlafen. Im Dösen meinte er kurz, erneut ein Sirren zu hören und auch ein Wispern, doch es fiel ihm so schwer, die Augenlider zu heben – so schwer, als klebten sie mit Harz am unteren Lidrand fest.

5

Er wusste nicht, was ihn aus dem Schlaf gerissen hatte, doch von einer Sekunde auf die andere war Leon hellwach. Sein Herz pochte so schnell, als habe er einen Sprint hingelegt. War hier noch jemand? Auf dem Bauch liegend hob er wie in Zeitlupe seinen Kopf, scannte zwischen seinen Haarfransen hindurch die Umgebung ab. Nichts. Unmittelbar neben ihm nur Moos und Wurzelfinger, die sich in die Erde krallten, und außerhalb seines Schattenschirms gelbes Grasland.

Wie lange hatte er gedöst? Ein paar Minuten? Stunden? Jegliches Zeitgefühl war ihm abhandengekommen. Leon überlegte, wie das mit den Himmelsrichtungen und dem Sonnenstand funktionierte, als er erschrocken zusammenfuhr. Da war was. Ein Geräusch. Etwas hupte. Eine Lokomotive. Das Herz schlug ihm bis zum Hals. Das war es gewesen, was ihn geweckt hatte: sein Handy-Klingelton.

Mit einem Satz war er auf den Beinen. Wahnsinn, yeah, endlich. Leon konnte sein Glück kaum fassen. Wo war es? Aufgeregt durchpflügte er Gras, Moospolster und Wurzelfurchen rund um den Baum, tauchte mit den Fingern in die tiefen Runzeln des Stamms, was aber nur Ohrenkäfer und Ameisen aufschreckte. Keine Spur von seinem Handy. Enttäuscht ließ Leon die Arme sinken. Es musste hier irgendwo sein, er hatte es doch genau gehört, auch wenn der Ton etwas hohl geklungen hatte. Wieso eigentlich hohl? Leon musterte den gewaltigen Baumstamm. Das Astloch. Ja klar. Es musste da drin sein – auch wenn ihm schleierhaft war, wie es da hineingeraten sein sollte. Vielleicht ein Eichhörnchen? Egal. Er musste nachsehen, auch wenn ihn das Greisengesicht auf dem Stamm womöglich noch einen Tick grimmiger anblickte als zuvor.

»Glotz nicht so blöd«, blaffte Leon den Baum an, mehr um sich selbst Mut zu machen, als um – ja was eigentlich, dem Baum Angst zu machen? Leon schüttelte den Kopf über sich selbst. Wie bekloppt war er eigentlich?

Leon ergriff einen der kräftigeren tief hängenden Äste und hangelte sich, mit den Füßen den Stamm hinauflaufend, nach oben, bis er mit den Händen die Unterlippe des »Mundes« greifen konnte. Ächzend und mit zusammengebissenen Zähnen stemmte er sich in einem Klimmzug hoch, während er gleichzeitig mit den Füßen nach Halt an der Rinde suchte. Als er sich endlich mit gestreckten Armen auf der Unterlippe abstützen konnte, meinte er so etwas wie ein leises Rülpsen zu hören. Leon hielt erschrocken die Luft an. Komisch. Muss wohl sein eigener Bauch gewesen sein. Langsam zog er ein Knie hoch auf die Baum-Lippe und tastete vorsichtig mit einer Hand am Stamm aufwärts zu einem der beiden Augenlöcher. Zum Glück war er seit zwei Jahren in einem Kletterverein. Nachdem er auch mit der zweiten Hand Halt gefunden hatte, zog er das andere Knie hoch. Anschließend tauchte er mit beiden Beinen in das Astloch, bis er zum Sitzen kam. Uff. Geschafft. Erwartungsvoll blickte er hinein.

Shit. Das war nicht einfach nur eine Mulde, der Stamm war hohl. Und sein Handy war auch nirgendwo zu sehen. Wahrscheinlich war es in der Schicht aus welkem Laub und Holzmehl auf dem Boden des Stamms eingesunken. Frustriert musterte Leon den Hohlraum. Zumindest war er geräumig. Platzangst würde er nicht bekommen. Doch die Innenseite des Stamms war sehr glatt. Es gab kaum Vorsprünge zum Festhalten. Käme er da überhaupt wieder heraus? Und was hatte es mit dem vertrockneten Gestrüpp auf sich, das sich an einer Seite auftürmte? Wohnte dort ein Tier? Leon stemmte einen Unterarm gegen den Stamm und legte seine Stirn darauf ab. Und nun?

Unschlüssig betrachtete Leon eine Ameise, die vor seiner Nase im Zickzack ihren Weg über den Stamm suchte. Plötzlich raschelte es über seinem Kopf. Leon blickte nach oben und glaubte seinen Augen nicht zu trauen: Die gelb-schwarzen Blüten bewegten sich. Mit flinken pelzigen Beinchen krabbelten sie aus der Mitte der Blätter hervor, entfalteten schwarze Flügel und ließen sich sirrend zu ihm hinabfallen. Unmittelbar vor seinem Gesicht blieben sie in der Luft stehen, betrachteten ihn aus schwarz glänzenden Knopfaugen. Entsetzt sah Leon, dass jedes einzelne Insekt nicht nur mindestens so groß wie ein Golfball war, sondern dass aus jedem Hinterteil ein spitzer Dorn ragte. Auf ein laut sirrendes Kommando hin rückten sie ein Stück näher an ihn heran, so dass ihre Flügel beinahe seine Nasenspitze und Haare berührten.

Blitzschnell wandte sich Leon ab und glitt hinein in den hohlen Stamm. Nur weg von diesen Monster-Hornissen oder was für Viecher das waren. Es mussten dieselben sein, deren Sirren er zuvor schon gehört hatte. Zum Glück folgten sie ihm nicht, wie Leon erleichtert feststellte.

Leon krallte sich an Vorsprüngen der Stamminnenseite fest und hangelte sich hinunter, bis er springen konnte. Seine Füße versanken bis zu den Knöcheln in Holzmehl.

Staunend drehte sich Leon um die eigene Achse und legte eine Hand auf den Stamm. Das Holz fühlte sich warm und glatt an und schien leise zu vibrieren wie vom Pochen eines schwachen Pulses. Die Maserung erinnerte ihn an die Abbildung eines Muskels mit seinen Blutgefäßen, Fasern und Sehnen in seinem Bio-Buch. Bestimmt war er, Leon Lenz, der erste Mensch, der jemals seinen Fuß in das Innere dieses Baums gesetzt hatte. Das grelle Sonnenlicht war hier drinnen zu einem Goldgelb herabgedimmt, das durch den honigfarbenen Ton des Stamms verstärkt wurde. In den Duft des Holzes mischte sich noch immer eine Spur des Vanillearomas. Entfernt hörte Leon noch das Sirren der Monster-Hornissen, ansonsten war es so still wie in einer Kirche.

Mit der Fußspitze durchwühlte Leon Holzmehl und Laub, bis er einen Widerstand unter seiner Sohle spürte. Doch es war nicht sein Handy, dazu war der Gegenstand zu klein. Außerdem gab er unter seinem Gewicht nach. Leon hob den Fuß und betrachtete die Unterseite seiner Chucks. Iiiiiiihhhh, was war denn das? An seiner Sohle klebte der Rest einer etwa erdbeergroßen, milchig-weißen Frucht, aus der silbern glitzernder Saft hervorquoll. Leon tunkte eine Fingerspitze in die Flüssigkeit und hielt sie sich unter die Nase. Sie war transparent wie Uhu und duftete intensiv nach Vanille. Am liebsten hätte er den Finger abgeschleckt. Doch gerade noch rechtzeitig sah er, dass in dem Saft winzige längliche Kerne schwammen, die wie Mini-Kaulquappen zappelten. Erschrocken wischte er den

Saft an seiner Hose ab. So eine Frucht hatte er noch nie gesehen – oder war das überhaupt eine Frucht? Seine Oma wüsste bestimmt Bescheid.

Doch wo war bloß das verdammte Handy? Er hatte den ganzen Hohlraum durchpflügt – lediglich das aufgetürmte Gestrüpp war noch übrig. Langsam zählte Leon bis drei, dann holte er mit dem Fuß aus und trat so lange dagegen, bis es in sich zusammenfiel. Leon hatte mit allem gerechnet, vielleicht mit einer Schlange, die sich um seinen Knöchel winden könnte, bestenfalls natürlich mit seinem Handy. Aber nicht mit dem, was er nun vorfand: eine Öffnung im Boden. Leon ging in die Hocke und betrachtete sie verwundert. Vor seinen Füßen begann ein dunkler Tunnel. Wo mochte er hinführen und wer oder was hatte ihn angelegt? Unsicher strich sich Leon die halblangen Haare hinter die Ohren. Sollte er dort auch noch hineinkrabbeln?

Man musste nicht die hellste Leuchte auf diesem Planeten sein, um zu checken, dass hier etwas oberfaul war. Sich einzureden, dass das Handy von einem Eichhörnchen gemopst und in einen hohlen Stamm befördert wurde, konnte er sich mit viel gutem Willen gerade noch vorstellen. Aber wie sollte es in einen unterirdischen Tunnel in einem Baumstamm geraten sein? Oder hatten ihm seine Ohren einen Streich gespielt und den Klingelton vorgegaukelt? Leon streckte einen Arm so weit er konnte in den Tunnel hinein. Vielleicht lag das Handy ja nur Zentimeter vor seiner Nase. In diesem Moment hörte er es wieder. Ein Hupen. Aus dem Tunnel. Zweifellos. Ohne weiter nachzudenken, robbte Leon hinein.

Keine Minute später war es so finster, dass Leon nicht mal mehr seine eigene Hand sehen konnte. Nur ein paar Meter vom Eingang entfernt machte der Tunnel eine Biegung und wurde schmaler. Leon schrammte mit dem Rücken an der Decke entlang und presste die abgewinkelten Ellbogen eng an den Körper. Er fühlte sich wie ein riesiger Regenwurm und musste gegen einen Anflug von Panik kämpfen. Wenn sich der Gang nicht schnell wieder verbreiterte, würde er den Rückweg antreten. Er hatte keine Lust, hier drin stecken zu bleiben. Denn eins war sicher: Finden würde ihn hier niemand. Niemals. Das Risiko, hier drinnen zu vermodern, war nicht einmal das Handy wert, auch wenn er mindestens bis Weihnachten oder noch länger warten musste, bis er ein neues bekäme.

Leon rechnete im Kopf nach – sechs Monate waren es noch bis Dezember. Bis zu seinem vierzehnten Geburtstag im März neun. Eine Ewigkeit. Scheiße. War seine ganze Mühe umsonst? Abgesehen davon, dass er nun aussah wie ein Erdferkel und viel zu spät zum Abendessen erschien. Na super.

Eigentlich war jetzt schon alles so dermaßen kacke, dass er genauso gut noch ein Stück weiter robben könnte. Vielleicht lag das Handy nur fünf Meter entfernt. Weit weg konnte es doch gar nicht sein, sonst hätte er es nicht gehört. Wenn er wenigstens auf allen vieren krabbeln könnte, statt ständig auf Bauch und Ellbogen zu rutschen. Leon seufzte. Okay, zehn Meter noch, dann würde er umkehren. Definitiv. Ächzend schob er einen Unterarm nach vorne. Als er den anderen nachzog schrappte er mit dem Ellbogen über einen Stein, der halb aus der Erde ragte. Leon fluchte und zuckte gleich darauf erschrocken zusammen.

Der Grund war weniger das Blut, das er warm auf der Haut spürte, sondern ein scharrendes Geräusch, das nicht von ihm stammte. Mit aufgerissenen Augen starrte er in das Tintenschwarz vor sich und schnupperte. Roch es hier nicht plötzlich anders? Irgendwie nach Tier. Doch vielleicht Eichhörnchen? Blind streckte Leon die Arme aus und tastete Boden und Wände vor sich ab. Nichts. Nur dass sich hier anscheinend der Gang verbreiterte. Endlich. Aber auch der Untergrund veränderte sich. Er war zunehmend durchsetzt von Steinen. Wenigstens konnte er sich nun auf allen vieren weiter fortbewegen, auch wenn er den Kopf zwischen den Schultern einziehen musste. Schon wieder eine Biegung. Und dann sah Leon in der Ferne Licht.

Sein Herz machte einen Galoppsprung. Das Licht schien zu flackern, wie von einem Lagerfeuer oder von Fackeln. Waren dort Menschen? Aber wer versteckte sich so tief unter der Erde? Leon kroch Gänsehaut über den Rücken. Shit, er hatte doch gewusst, dass hier etwas oberfaul war. Wäre er bloß nicht in diesen Tunnel gekrabbelt.

So schnell er konnte, bewegte Leon sich rückwärts, ohne sich um Schrammen oder Beulen zu kümmern. Bloß weg hier. Doch im selben Moment schob sich etwas Schwarzes vor das Flackern und raste grunzend auf ihn zu. Gleich darauf spürte er einen heftigen Schlag gegen seinen Kopf und sackte in sich zusammen. Das Ganze ging so schnell, dass Leon nicht mal mehr dazu kam, sich zu wundern, warum es plötzlich so durchdringend nach nassem Hund stank.

6

Irgendetwas rüttelte an seiner Schulter. So heftig, dass Leon auf die Seite rollte. Konnten sie ihn nicht einfach in Ruhe lassen? Er wollte ausschlafen, schließlich hatte er Ferien, und Opa sollte sich mitsamt seinem Latein sonst wohin verdrücken. Außerdem hatte er gerade so einen irren Traum.

»Hab ich dir nicht ausdrücklich gesagt, du sollst nicht zu fest hauen?«, hörte er wie durch Watte gedämpft ein Mädchen schimpfen.

»Ist er kaputt?«, brummte etwas erschrocken. Gleich darauf und ohne eine Antwort abzuwarten, jaulte dieselbe Stimme laut auf. »Das wollte ich nicht. Ganz eeeehrlich.«

»Jaja, ist ja gut, beruhige dich. Wird schon nicht so schlimm sein«, erwiderte das Mädchen. Nachdenklich betrachtete es den wie leblos daliegenden Jungen. »Da hilft nur eins. Wenn er dabei nicht aufwacht, ist er tot. – Myria, komm her und zeig, was du kannst. Aber sei nicht zu grob, nimm erst einmal nur fünfhundert Beine. Wenn das nicht hilft, dann alle tausend, verstanden?«

Hinter einem mannshohen Felsen raschelte und klickerte etwas wie ein Becher getrockneter Erbsen, dazwischen erklang in freudigem Singsang »Ich kooooooommme«. Gleich darauf tauchte ein gewaltiger Tausendfüßler auf. Er sah aus wie eine monströse schwarz glänzende Blutwurst, die sich schlingernd auf zahllosen kurzen

Beinchen vorwärtsbewegte. Auf einen Wink des Mädchens krabbelte er auf Leon und begann, wie gewünscht, ihn mit der Hälfte seiner Beine in den Seiten, unterm Kinn, hinterm Ohr, unter den Achseln und in den Kniekehlen zu kitzeln. Mehr Beine brauchte es gar nicht, denn Leon war mit einem Schlag wach. Er wälzte sich vor Lachen hin und her, schnappte nach Luft, rief »Aufhören!« – und als er schließlich die Augen öffnete, schrie er vor Entsetzen schrill auf.

Erschrocken ließ Myria ein durchdringendes Fiepen hören, begleitet von einem vielstimmigen Japsen, Quäken und Stöhnen, das von allen Seiten der Höhle gleichzeitig zu kommen schien. Ungeschickt kullerte Myria von Leon herunter und verhedderte dabei mindestens hundert ihrer Füße. Eilig stolperte sie davon und verbarg sich erneut hinter ihrem Felsen.

Langsam setzte Leon sich auf. Eine Welle von Übelkeit überrollte ihn. Wo war er? Weshalb fühlte sich seine Matratze an wie harter, kalter und rauer Fels? Was war mit seinem Bett passiert? Verwirrt blickte er um sich. Träumte er immer noch? Die Erkenntnis traf ihn wie ein Hieb in die Magengrube. Nein. Das war kein Traum. Das geschah wirklich. Er befand sich in einer Höhle, und das flackernde Licht, das auf den Felsen irrlichterte und die Höhle in zuckende rötlich-schwarze Schatten tauchte, stammte von unzähligen Fackeln. Es war nun still wie in einer Gruft, doch er war nicht allein. Er spürte die Blicke von gefühlt tausend grün schillernden Augen wie Nadelstiche auf seiner Haut.

Ein Schauer rieselte seinen Nacken und Rücken hinab, als er erkannte, was vor ihm saß, stand und lag: Es waren die seltsamsten

Geschöpfe, die er jemals gesehen hatte. Geschöpfe, die einem allenfalls in Märchenbüchern oder Fantasyfilmen begegneten. Aber niemals in der Realität. Manche der Wesen baumelten an langen Gliedmaßen von der Decke herab, andere kauerten wie Heuschrecken mit Fledermausohren sprungbereit auf und neben den Felsen, manche trieben wie Krokodile in einem unterirdischen See oder funkelten ihn aus steinernen Schattennischen heraus an. Mit einem Satz war Leon auf den Beinen. Nur weg hier. Doch ein Schwindel übermannte ihn und er taumelte mit dem Gesicht voraus gegen etwas, das unwirsch brummte und sich anfühlte wie ein mit struppigem Fell bezogener Medizinball. Gleichzeitig stieg Leon eine widerliche Duftwolke »nasser Hund« in die Nase. Als er seinen Kopf hob, blieb ihm der Schrei vor Entsetzen im Hals stecken. Die Fratze über ihm war über und über bedeckt von verfilztem Fell, zwischen den Zotteln blickten blutunterlaufene rote Augen mit einem bekümmerten Ausdruck auf ihn herab, aus den Mundwinkeln ragten vampirähnliche Eckzähne und aus der Nase quoll gelb-grüner Rotz.

»Aber jetzt darf ich ihn hauen, oder?«, fragte das Monster mit bettelnder Stimme ein Geschöpf hinter Leons Rücken.

»Nein, Wuhuuu, verfloddert noch mal, das darfst du nicht. Und putz dir gefälligst die Nase. Du tropfst.«

Wuhuuu senkte schuldbewusst die Augen und auch den zum Hieb erhobenen Arm. Zum Glück, denn seine Pranke war so groß wie eine Bratpfanne. Eine lilafarbene Zunge fuhr wie ein Putzlappen aus seinem Maul, wischte mit einer scheuernden Bewegung die gelb-grünen Rotzglocken unter der Nase weg und verschwand wieder zwischen den Lippen. Leon schloss angewidert die Augen und presste die Zähne zusammen, um den Brechreiz zu bekämpfen. Schließlich drehte er sich langsam um und öffnete die Augen.

Ihm gegenüber stand breitbeinig ein Mädchen, die Arme vor der Brust verschränkt. Es war nur wenig kleiner als er und dürfte, so schätzte Leon, auch kaum älter als er sein. Das Mädchen trug ein langes gelbes T-Shirt, das mithilfe einer Art Liane um die Taille gegürtet war. Die spargeldünnen Beine steckten in lilafarbenen Leggings, die Turnschuhe könnten ursprünglich mal gelb gewesen sein. Das Gesicht war übersät mit Sommersprossen. Die Haare, die blond wie Stroh waren und auch genau so aussahen, trug es zu einem Knoten zusammengezwirbelt auf dem Kopf, was Leon entfernt an den Griff eines Topfdeckels erinnerte. Eine grün-lila gestreifte Raupe hielt das Gebilde anstelle eines Haargummis zusammen. Um das rechte Knie und den rechten Ellbogen des Mädchens waren glänzend grüne Algenblätter geschlungen, und quer über die linke Augenbraue zog sich ein blutverkrusteter Kratzer. Die hellgrünen Augen darunter musterten Leon in einer Mischung aus Ablehnung und Neugier.

»Ha- hallo«, sagte Leon und räusperte sich, weil sein Hals plötzlich trocken war. »Danke.«

»Danke wofür?«, erwiderte das Mädchen.

Leon deutete zaghaft mit dem Finger hinter sich.

Ein kaum merkliches Schmunzeln huschte über das Gesicht des Mädchens. »Das ist nur Wuhuuu, unser Wachtroll. Manchmal ist er etwas grob. Aber besser so, als zu sanft. Schließlich ist es seine Aufgabe, darauf aufzupassen, dass keine Fremdlinge zu uns eindringen. Arborelia ist es ja offensichtlich nicht gelungen, dich davon abzuhalten.«

»Ein Wachtroll – aha, alles klar«, stammelte Leon. Hatte er etwa einen überaus realen Wachtraum? Leon war sich nicht sicher. »Und wer bitte ist Arborelia?«

Rings um ihn hörte er erstauntes Raunen.

»Arborelia ist die tausendjährige Baumfrau, durch deren Bauch du soeben gekrochen bist. Dabei hat sie sich wirklich Mühe gegeben, dich davon abzuhalten«, fuhr das Mädchen fort. »Aber anstatt vor ihren Hornibissen zu flüchten, bist du in sie hineingekrochen. Sie ist sehr empört darüber.«

»Ach so … sorry«, sagte Leon. »Darum guckte diese äähm … diese *Baumfrau* so grimmig. Aber ganz ehrlich, das Ganze ist ein Versehen. Ich … ich wollte euch nicht stören und Arborelia bestimmt nicht verärgern. Ich suche nur etwas und bin blöderweise hierher geraten. Aber ist eigentlich nicht so wichtig. Bin schon so gut wie wieder weg«, beeilte sich Leon zu sagen.

»Immer mit der Ruhe«, unterbrach ihn das Mädchen, und Wuhuuu ließ ein leises Grollen in Leons Rücken hören. »Wer bist du und was suchst du?«

»Ich heiße Leon Lenz und suche mein Handy, aber wie gesagt, nicht so wichtig. Und wer … wer bist du?«

»Nicht so hastig. Ich dachte, alle Lebewesen im Umkreis von drei Tagesmärschen zu kennen. Dich habe ich noch nie gesehen. Wer bist du, der du dich Leon nennst, wirklich? Was willst du hier – und ausgerechnet jetzt?«

Leon schluckte. »Wie meinst du das? Ich heiße *wirklich* Leon, bin *wirklich* bei meinen Großeltern in Altkleinkirchdorf zu Besuch, weil ich *wirklich* so schlecht in Latein bin und mein Großvater als ehemaliger Lateinlehrer mir *wirklich* Nachhilfe geben soll.«

»So, so. Hör mir gut zu: Auch wenn du hundertmal das Wort ›wirklich‹ betonst, kannst du hundertmal die Unwahrheit sagen.«

Leon starrte das Mädchen verdutzt an. »Was geht denn mit dir ab? Wieso sprichst du so komisch? Und weshalb sollte ich dich anlügen? Ich nenn mich nicht nur Leon, ich bin Leon.«

»Altkleinkirchdorf«, murmelte das Mädchen nachdenklich, ohne auf Leons Empörung einzugehen. »Wie sagtest du, heißen deine Ahnen? Sagt dir der Name Lunart etwas?«

Leon hob die Augenbrauen. »Also wenn du mit Ahnen meine Großeltern meinst – meine Oma hieß Lunart, als sie noch nicht mit meinem Opa verheiratet war, aber jetzt heißen sie Siebert. Aber wer bist eigentlich du?«

Das Mädchen zuckte unmerklich zusammen. »Lunart«, wiederholte es und wandte sich um zu einem anderen Mädchen, das ein paar Schritte hinter ihr im Schatten eines Felsens stand. »Hast du das gehört, Maja?«

Die Angesprochene nickte langsam mit dem Kopf und blickte Leon verwundert an.

»Ähm, ist irgendetwas mit dem Namen? Kennst du meine Großeltern?«, fragte Leon.

Als erwache das erste Mädchen aus einem Traum, wandte es sich wieder an Leon. »Finnja. Ich heiße Finnja.«

Von einer Zehntelsekunde auf die andere stand sie plötzlich unmittelbar vor ihm, ihr Gesicht war nur noch eine Nasenlänge von seinem entfernt. Mit ihren merkwürdig hellen Augen schien sie ihn bis in die staubigsten und geheimsten Winkel seines Hinterkopfs zu durchleuchten. Leon schluckte und spürte, wie ihm heiß wurde. So nah war ihm noch nie ein Mädchen gekommen. Eigentlich war sie gar nicht mal so hässlich. Vor allem die Augen. Wie ein klarer Bergsee, der von einem Wald aus schwarzen Wimpern gerahmt war. – Hä? Wie bitte? Bergsee? Was war denn mit ihm los? Seit wann interessierte er sich für Augenfarben oder Wimpern – von einem Mädchen?

»Wieso glotzt du so blöd?«, fauchte er.

Finnja kniff die Augen zusammen und wich wie vor einer Ohrfeige zurück, und Leon spürte einen Anflug von schlechtem Gewissen. Andererseits ... pah, was sollte das Ganze hier eigentlich? Leon verschränkte die Arme vor der Brust, reckte das Kinn und äffte Finnja nach. »Du, die du dich Finnja nennst, was willst du von mir?«

Das Mädchen blickte ihn erneut an, doch nun glichen ihre Augen zwei Eiswürfeln. »Du willst mir und uns allen weismachen, dass du nicht eine von Dragons Missgeburten in Menschengestalt bist? Dass es nicht deine Absicht war, unser Fest zu verderben, meine Mutter zu entführen und unser Volk zu vernichten? Ferner besitzt du die Frechheit zu behaupten, dass du aus dem Geschlecht der Lunarts stammst und ganz zufällig hier bei uns gelandet bist? Ausgerechnet jetzt? Ich falle auf deine Maskerade nicht herein. Du wirst für deine Lügen und Untaten büßen. Mit deinem armseligen Leben. Doch zuvor wirst du uns verraten, wo meine Mutter ist.«

Bei ihren Worten war ringsumher ein bedrohliches Grummeln und Raunen entstanden, das umso lauter wurde, je erzürnter das

Mädchen sprach. Zu seinem Entsetzen sah Leon, dass die seltsamen Gestalten sich auf ihn zubewegten und der Raum um ihn herum immer enger wurde. Und auch Wuhuuu war nun von hinten so dicht an ihn herangerückt, dass sein stacheliger Pelz Leon durch das T-Shirt hindurch im Rücken pikte. Flüchtig dachte Leon an den Rotz, doch der war im Moment sein geringstes Problem.

Entgeistert blickte er das Mädchen an. »Tickst du noch ganz richtig?«, brüllte er über das Raunen und gegen seine Angst hinweg. »Von welchem Planeten seid ihr denn? Ich habe keine Ahnung, wo deine Mutter ist oder wer oder was Dragon ist. Und was meinst du mit ›in Menschengestalt‹? Als was denn sonst? Ich BIN ein Mensch und kein Alien so wie ihr anscheinend.«

Ohne den Blick von Leon abzuwenden brachte Finnja das Raunen in der Höhle mit einer Handbewegung zum Schweigen. Kühl musterte sie Leon von oben bis unten. Schließlich gab sie Wuhuuu mit einer kaum wahrnehmbaren Kopfbewegung ein Zeichen. Der schien nur darauf gewartet zu haben. Keine Sekunde später schrie Leon gellend auf und drehte sich wie von der Tarantel gestochen um.

»Fuck, was machst du, du stinkendes Wollknäuel? Spinnst du? Wieso ritzt du mir den Arm auf?«

Der Troll rollte die Augen gen Höhlendecke und verbarg seine Pranken mit den Monsterkrallen hinter dem Rücken. Fehlte nur noch, dass er ein Liedchen pfiff. Leon betrachtete mit schmerzverzerrtem Gesicht seinen Arm. Vom Ellbogen bis hinunter zum Handgelenk zog sich auf der Arminnenseite eine Schramme, aus der das Blut quoll.

»Heul nicht«, zischte das Mädchen ungerührt. »Zeig mir deinen Arm.«

»Warum? Willst du auch mal kratzen? Oder mir vielleicht gleich den Arm abreißen?«

Ein tiefes Knurren an seinem Ohr, begleitet von heißem, faulig riechendem Atem und einem kräftigen Stoß in den Rücken, belehrte Leon eines Besseren. Wohl oder übel tat er wie geheißen. Aber nicht ohne vorher mit dem Fuß auszuholen und dem Monster hinter ihm mit aller Kraft gegen das Schienbein zu treten. Die Antwort darauf war ein belustigtes Glucksen und ein Gegenstoß in Leons Kniekehle, so dass dieser unfreiwillig vor Finnja einen Knicks machte.

»He, Rotznase«, fauchte Leon, »lass das«, während er sich wieder aufrappelte.

Finnja betrachtete indessen unbeeindruckt von dem Gerangel Leons Wunde. Sie tunkte einen Finger in das Blut und leckte es zu Leons ungläubigem Staunen ab. Versonnen blickte sie ins Leere, als spüre sie dem Geschmack nach, dann überzog ein Lächeln ihr Gesicht, als habe sie von einer Delikatesse genascht.

»Es ist rot wie Kirschen, warm wie der Atem eines Einhorns und schmeckt klar und rein wie das Wasser der Silberquelle«, rief sie ihren Gefährten in der Höhle zu.

Entsetzt entriss ihr Leon seinen Arm.

»Spinnst du?«, brüllte er, wobei sich seine Stimme fast überschlug. »Was seid ihr? Blutsauger? Vampire? Ihr habt sie doch nicht mehr alle. Ich will jetzt sofort raus hier.« Und an Wuhuuu gewandt: »Mach dich vom Acker, du Filzsocke, du versperrst mir den Weg.«

Doch zu Leons großem Erstaunen klopfte ihm Wuhuuu mit einem breiten, wegen der pechschwarzen Zähne etwas gruseligen Lächeln auf die Schulter. Auch von den Felsen, dem Teich und der Höhlendecke waren zustimmendes Klatschen, Platschen und anfeuernde Rufe zu hören. Leon blickte entgeistert in die grünäugige Runde, bis seine Augen wie magnetisiert von denen des Mädchens angezogen wurden. Belustigt musterte sie ihn.

»Du bleibst.«

7

Von einer Sekunde auf die andere war Leon so schwindelig, als sei er kopfüber Achterbahn gefahren. Hätte ihn Wuhuuu nicht unter den Achseln festgehalten, wäre er in sich zusammengesackt. Hierbleiben? Das kam überhaupt nicht in die Tüte. Was fiel dieser durchgeknallten Zicke eigentlich ein? Wie kam sie dazu, über ihn bestimmen zu wollen? Und überhaupt: Was für Freaks waren das eigentlich?

»Weißt du was, Finnja? Du kannst mich mal.«

Blitzschnell ließ sich Leon auf die Knie fallen, um zwischen Wuhuuus pelzigen Säulenbeinen hindurch zurück in den Tunnel zu krabbeln. Doch Wuhuuu kniff reflexhaft die Beine zusammen, so dass Leon festklemmte. Damit nicht genug. Nun ließ Wuhuuu seine Pranken auf Leons Hinterteil hinabsausen, als sei es eine Trommel. Gleichzeitig lachte er, was sich in etwa so anhörte, als versuchte sich ein Bär im Jodeln. Leon wand sich, boxte und kniff. Doch als alles nichts brachte, heulte er schließlich vor Wut, Verzweiflung und Demütigung laut auf. Im selben Moment stoppte das Trommeln. Stattdessen packte eine Pranke den Bund seiner Hose, die Beinklammer lockerte sich und ehe Leon sich's versah, wurde er schwungvoll umgedreht und auf die Beine gestellt.

Es war so still, dass man einen Floh hätte husten hören können. Das einzige Geräusch war Leons keuchender Atem. Er strich sich die Haare aus dem Gesicht und sah Finnja wutschnaubend an. Am liebsten hätte er sie in den Schwitzkasten genommen. Dann würde ihr das hochmütige Grinsen schon noch vergehen. Aber gegen einen Bodyguard in Gestalt dieses Stinktrolls hatte er keine Chance.

»Du kannst nicht gehen, Leon, solange ich das nicht erlaube. Aber beruhige dich, dir geschieht nichts«, sagte Finnja, und Leon sah überrascht eine Spur von Mitgefühl in ihren Augen. Bloß kein Mitleid, verdammt. Noch dazu von einem Mädchen. Das fehlte ihm gerade noch. Sie sollte ihn nicht so angucken. Wenn sie nicht damit aufhörte, würde der Knödel in seinem Hals immer weiter anschwellen, bis er platzte. Und dann bestand die Gefahr, dass er losheulte wie ein Fünfjähriger und vielleicht auch noch Schluckauf bekam. Leon wandte den Blick ab und sah zu Boden. Hinter dem Vorhang seiner Haare schloss er kurz die Augen und atmete tief ein und aus, so wie es sein Vater immer tat, wenn er Zoff mit Mama hatte. Dann sah er das Mädchen erneut an und sprach so gefasst und bestimmt, wie es ihm möglich war.

»Ich muss wirklich dringend gehen, Finnja. Meine Großeltern warten auf mich und machen sich Sorgen.«

Finnja schüttelte langsam den Kopf. »Nein. Wir brauchen dich hier.«

Damit drehte sie sich um und ließ Leon wie versteinert stehen. Stattdessen flüsterte sie einer kleinen, alten Frau etwas zu, die sich Leon gleich darauf eilfertig näherte, wobei ihre Holzpantoletten laut auf dem felsigen Boden klapperten. Die Frau reichte Leon gerade mal bis zur Brust, hatte rote Apfelbäckchen und sah aus, als sei sie rundherum unter ihrem knöchellangen Kleid mit Daunenkissen gepolstert. Kurz tippte sie auf Leons Schulter und im nächsten Moment saß er wie von Geisterhand herabgezogen auf seinem Hosenboden.

»Jungchen, Jungchen, zum Glück hast du so einen Dickschädel.« Sacht befühlte sie die Beule an seinem Hinterkopf, ungerührt davon, dass Leon vor ihrer Hand zurückzuckte. Die hatte nämlich nicht nur fünf, sondern sieben Finger.

»Tut weh, hmm? Und macht Drehschwindel, oder? Ich hab's schon zigmal gesagt: Wuhuuu ist wie ein Trampolon, er muss dringend lernen, seine Kraft zu dosieren. Aber keine Sorge, das wird schon wieder.« Leon hatte nur kurz Zeit, um sich zu fragen, was bitte ein Trampolon sein sollte. Die kleine Frau hatte sich schon zu dem Mädchen umgedreht, das hinter Finnja im Schatten des Felsens stand. »Maja, bring mir mal bitte zehn Tropfen Kopfklopf und ein paar Algenschlammwickel vom Lurchfelsen, ja?«

Maja nickte und lief zu einem über und über von Algen bedeckten Felsen am Rand des Teichs. Die Alte betrachtete derweil kopfschüttelnd und vor sich hin brabbelnd Leons blutenden Arm. Leon verstand nur »Rotzrambo« und »Lupfen und Mutz verloren«. Dennoch spannte er sicherheitshalber alle Muskeln an – man konnte ja nicht wissen. Vielleicht verspürte auch sie Appetit auf sein Blut. Sollte sie ruhig, aber bevor sie ihn abschleckte, würde er ihr seinen Arm ins Gesicht schleudern.

»Ganz ruhig Jungchen, ich tu dir nichts«, sagte die Alte und blickte ihm tief in die Augen, sodass Leon ganz warm wurde und er nicht anders konnte, als sich zu entspannen.

»Wie machst du das?«, fragte Leon.

Die Alte verkniff sich ein Schmunzeln. »Was meinst du, Jungchen?«

»Das mit deinen Augen. Dass mir auf einmal so warm wird, wenn du mich anschaust. Als wären sie Heizstrahler.«

Die Alte kicherte. »Das liegt wahrscheinlich daran, dass du mich so wunderschön findest.« Verschmitzt zwinkerte sie Leon zu. »Aber nein. Ich mach gar nichts. Ich habe dich nur angesehen. Es ist deine Entscheidung, was und wie du dich fühlst.«

»Ach wirklich?«, erwiderte Leon. »Das sehe ich nicht so. Ich würde mich sehr viel besser fühlen, wenn ich hier nicht gefangen gehalten würde und zurück zu meinen Großeltern könnte.«

Die Alte seufzte. »Hab Geduld, Jungchen. Bald wirst du erfahren, warum du bei uns bleiben sollst.«

Leon holte Luft, um zu protestieren, doch da beugte sich Maja über ihn. Ihre langen blonden Haare kitzelten ihn an der Wange.

»Druseline, hier ist das Kopfklopf«, sagte sie und reichte der Älteren ein gewölbtes grünes Blatt, in dem eine Handvoll Tropfen perlten. Sie erinnerten Leon an den Saft, der an seiner Schuhsohle geklebt hatte.

»Was ist das? Schneckenschleim?«, fragte er.

Maja überlegte kurz. »Bedaure. Der ist aus«, erwiderte sie, ohne mit der Wimper zu zucken. »Im Moment kann ich dir nur Trollrotz anbieten. Aber speziell angereichert. Schluck das. Es wird deinem Kopf guttun.«

»Nie…« …mals, wollte Leon eigentlich sagen, doch da schaltete sich Finnja ein, die sich unbemerkt genähert hatte.

»Tu, was sie dir sagt«, befahl sie. »Maja mixt das beste Kopfklopf im ganzen Feenland. Du kannst ihr vertrauen.«

Nachdem auch Wuhuuu sich dazugesellt hatte und ihn nicht aus den Augen ließ, nahm Leon tief Luft, ließ die Tropfen vom Blatt in seinen Mund gleiten und schluckte sie in einem Zug hinunter. Erleichtert stellte er fest, dass sie nach nichts schmeckten, außer vielleicht nach Vanille.

»Hab ich dich gerade richtig verstanden? Feenland?«, nahm Leon den Faden wieder auf, während Druseline geschickt Algenwickel um seinen verletzten Unterarm band.

»Aber ja«, antwortete Finnja. »Was dachtest du denn, wo du bist?«

Leon schloss kurz die Augen und rieb sich mit der gesunden Hand über die Stirn. Das konnte hier doch einfach nicht mit rechten Dingen zugehen. »Ganz ehrlich, ich träume noch, oder? Würdest du mich bitte mal zwicken?«

Finnja grinste. »Reicht dir Wuhuuus Kratzer nicht? Bitte sehr, kannst du haben. Aber ich kann dir gleich sagen, dass du nicht schläfst.«

Dann zwickte sie ihn fest in die Wange, und Leon schrie »Autsch, doch nicht gleich so fest«. Erbost blickte er Finnja an, was Wuhuuu mit einem leisen, warnenden Grollen quittierte.

»Schon gut, Wuhuuu, ich war wirklich etwas grob.« Beruhigend tätschelte Finnja dem Troll über den Pelz.

»Was soll das heißen – Feenland? Ich dachte, ich bin in Deutschland in Mecklenburg-Vorpommern.«

»Bist du auch. Aber es gibt dort nicht nur die Welt der Menschen, sondern auch unsere Welt, die Welt der Feen und anderer magischer Wesen. Normalerweise begegnen wir uns nicht, aber …«

»Schwachsinn«, fiel ihr Leon ins Wort. »Feen und andere magische Wesen gibt's nur in Büchern oder Filmen, nicht im wirklichen Leben.«

»Ach ja? Ist das so? Soll ich dich noch mal zwicken, damit du mir glaubst?«, fauchte Finnja. »Hast du keine Augen im Kopf? Oder glaubst du nur, was du glauben willst?« Finnjas grüne Augen schienen förmlich zu funkeln vor Zorn, und Leon hielt erschrocken die Luft an.

»Bücher, Kino«, schaltete sich nun auch Druseline ein, wobei sie mit den restlichen feuchten Algenverbänden in der Luft herumfuchtelte, dass es nur so spritzte. »Das ist doch alles Mumpitz. Lächerlich, wie wir dort abgebildet werden. Nur damit du es weißt, Jungchen: Uns gibt es schon seit Anbeginn der Zeiten, viel länger als euch Menschen.«

»Ähm, was ist Mumpitz?«, fragte Leon, der dieses Wort noch nie gehört hatte.

»Mumpitz?« Die Alte seufzte. »Das kann ich dir sagen: Das ist gleichbedeutend mit Unsinn. Haarsträubendem Unsinn. Diese Geschichten haben nichts mit dem zu tun, was wir sind, was wir können, was ihr Menschen uns zu verdanken habt.«

Für einen Moment war es still und Leon schluckte. Das war alles so unglaublich, das würde ihm kein Mensch abnehmen. Jeder würde ihm einen Vogel zeigen. Auch Ben, der eigentlich für jeden Unsinn zu haben war. Apropos Menschen. Würde er überhaupt wieder in seine Welt zurückkehren können?

»Aber ich bin doch ein Mensch und nur zufällig in eure Welt geraten«, rief Leon und blickte flehend in die Runde. »Weshalb wollt ihr mich denn nicht wieder gehen lassen? Was wollt ihr von mir?«

8

»Komm mit«, sagte Finnja und streckte ihm eine Hand entgegen, um ihm auf die Beine zu helfen. Doch Leon ignorierte sie – stand etwa »Schwächling« auf seine Stirn geschrieben? Und überhaupt: Sie sollte sich bloß nicht einbilden, dass er eingeknickt war. Sobald sich eine Gelegenheit ergäbe, würde er das Weite suchen. Er rappelte sich auf die Beine und trottete hinter Finnja her zum Weiher. Auch alle anderen Wesen in der Höhle schlossen sich ihr an. Leon schrak zusammen, als unmittelbar vor seinen Füßen zwei muskulöse spinnenähnliche Geschöpfe in der Größe von Lkw-Reifen von der Höhlendecke herabfielen und federnd auf dem Boden aufkamen. Kichernd äfften die beiden ihn nach, während sie ihm vorausliefen.

»Spaider«, erklärte ihm Maja mit einem Nicken zu den beiden Wesen.

Am Ufer des Weihers setzten sich alle in einem Halbkreis auf den felsigen Boden, wobei Leon sich vergeblich bemühte, Abstand zu seinen Nachbarn zu halten. Zwei Jungs in klatschnassen Hosen, die nach Fisch rochen und hinter den Ohren kiemenähnliche Einschnitte hatten, rückten ihm so auf die Pelle, dass Leons Hose binnen kürzester Zeit ebenfalls durchnässt war. Auch Myria war wieder aufgetaucht. Gekrümmt bildete sie eine Art Rückenlehne für manche der Wesen, darunter die mollige Fee Druseline, ein dürrer, alter Typ mit ungewöhnlich langen Zeigefingern und strenger Falte zwischen den Augenbrauen und ein blond gelockter Mann mit stechend grünen Augen und dunkelgrünem Umhang.

Finnja trat in die Mitte des Kreises und brachte mit einer kurzen Handbewegung das Tuscheln und Füßescharren zum Schweigen.

»Meine lieben Freunde und Angehörigen des Feenlands«, setzte sie an, »nach der Katastrophe, die vergangene Nacht über uns hereingebrochen ist, hat sich heute etwas Wundersames zugetragen. Wie ihr seht, haben wir einen neuen Gefährten in unserer Mitte: ein Mensch. Sein Name ist Leon. Er fand den Weg zu uns, weil er aus dem Geschlecht der Lunarts stammt. Die Älteren unter euch dürften sich daran erinnern, was es mit den Lunarts auf sich hat.«

Druseline nickte eifrig, und Leon wurde ganz heiß unter dem Blick all der grünen Augen, von denen ihn manche bewundernd, manche neugierig, die meisten jedoch misstrauisch betrachteten.

»Bist du dir sicher, dass er nicht nur vorgibt, ein Mensch aus dem Geschlecht der Lunarts zu sein? Was macht dich so sicher?«, warf einer der Spaider ein.

»Hast du dort oben an der Decke vor dich hin geschnarcht wie eine Fledermaus, als ich mich persönlich davon überzeugt und die Blutprobe gemacht habe?«, wies Finnja den Fragenden zurecht, begleitet von vereinzeltem schadenfrohen Gekicher der jüngeren Höhlenbewohner. »Es ist, wie ich es sage. Sein Blut ist zwar menschlich, doch von solch kristallener Reinheit, wie es nur Feenblut ist.«

Erstaunt beobachtete Leon, wie der so Gescholtene den Kopf senkte und »Verzeih, Finnja« murmelte.

Wer zum Teufel war diese Finnja? Wie konnte es sein, dass ein dürres, junges Mädchen wie sie die Anführerin dieser seltsamen Truppe war? Wieso gehorchten ... erschrocken fuhr Leon zusammen, als er seinen Namen hörte.

»Leon? Hörst auch du mir bitte zu?« Finnja blickte ihn streng an, doch angesichts der herzhaft gähnenden Raupe auf ihrem Oberkopf, fiel es Leon schwer, nicht zu grinsen.

»Du sagst, es sei ein Versehen, dass du in unser Reich eingedrungen bist«, fuhr Finnja fort. »Doch glaub mir, es ist kein Versehen. Es ist dein vorbestimmter Weg.«

Leon runzelte die Stirn und machte Anstalten, etwas zu erwidern, doch Finnja schnitt ihm das Wort ab.

»Für alle, die es nicht wissen: Vor vielen, vielen Jahren hat eine der Edelsten aus unserer Mitte das Feenland verlassen, um sich einem Menschenmann anzuschließen und ihr ganzes Sein dieser Liebe zu widmen. Dieser Mann war ein Lunart. Leon ist ein Nachfahre dieser Verbindung. In seinen Adern fließt daher auch Feenblut.«

Als das erstaunte Raunen, das ihre Worte hervorgerufen hatte, verstummt war, fuhr Finnja fort.

»Dies erklärt, weshalb du, Leon, den Eingang in unsere Welt finden konntest. Denn kein anderer Mensch ist fähig, zu sehen, zu hören, zu schmecken und zu riechen, was du siehst, hörst, schmeckst und riechst. Der Eingang ist nur für magische Geschöpfe sichtbar und zugänglich. Aus diesem Grund nahm ich zunächst an, du seist einer der Anhänger Dragons und Swampillas in menschlicher, also vermeintlich harmloser Gestalt.«

Alle Augen waren auf Leon gerichtet und schienen zu erwarten, dass er etwas darauf erwiderte. Leon schluckte.

»Ich hab keine Ahnung, wer Dragon oder Swampilla sind, aber was mich anbelangt, irrst du dich. Ich bin keine magische Gestalt. Ich weiß nichts von einer magischen Ur- oder Urur- oder Urururoma. Ich bin ein Mensch. Ein stinknormaler Mensch«, krächzte er. Wieso hatte er plötzlich so einen Frosch im Hals?

Finnja trat zu ihm und ging unmittelbar vor ihm in die Hocke.

»Hast du draußen im Grasland das Aroma von Vanille in der Luft wahrgenommen?«

Leon nickte zögerlich.

»Und hast du nicht die Baumfrau Arborelia gesehen und das Sirren der Hornibissen gehört?«

»Aber der Turm am Horizont ...«, krächzte Leon, »der ist eine Fata Morgana ... oder?«

»Nein, Leon. Ich weiß, dass du glauben möchtest, dies alles sei eine Ausgeburt deines von der Sonne überhitzten Hirns. Doch all das, was ich gerade aufgezählt habe, ist Teil unserer Welt. Der Turm, den du am Horizont gesehen hast, gehört zur Klosterruine Mon Diö im Sumpfland Swampurien.«

Leon schlug kopfschüttelnd die Hände vor das Gesicht. »Das ist doch alles völlig irre«, flüsterte er.

»Ach Jungchen, nimm's doch nicht so schwer ...«, wollte Druseline ihn trösten, doch Finnja unterbrach sie.

»Nein, Leon, das ist nicht irre. All diese Dinge können normale Menschen nicht wahrnehmen. Sie haben nur fünf Sinne. Aber du besitzt dank deiner Feenahnin noch weitere Sinne – wie viele und welche, das weiß ich noch nicht, aber zumindest genug, um Facetten der magischen Welt erkennen zu können.«

Finnja sah Leon an, der seine Hände vom Gesicht löste und ihren Blick sprachlos erwiderte. Schließlich holte sie tief Luft, breitete die Arme aus und sagte »Willkommen, Leon, bei deiner Familie, die dir bisher verborgen war.«

Leon schluckte trocken. Familie? Wie bitte? Entgeistert betrachtete er die muskulösen Spinnenwesen, den überlangen Zeigefinger des dürren und streng aussehenden Mannes, den riesigen Tausendfüßler, die Jungs mit den Kiemen hinter den Ohren, die winzige, dicke Druseline. Er sollte mit all diesen Kreaturen verwandt sein? Unmöglich. Zumal bereits deren Verschiedenartigkeit untereinander enorm war – mit Ausnahme der Augen. Aber was sollte er nun erwidern, ohne unhöflich zu sein?

»Ähm, ja. Danke.« Leon räusperte sich. »Die Ähnlichkeit mit euch hält sich allerdings in Grenzen«. Das »zum Glück« verkniff er sich. »Ich hab ja nicht einmal so leuchtend grüne Augen wie ihr.«

»Mach dir nichts draus, ich auch nicht«, brummte Wuhuuu, der in der Tat rote Augen hatte.

Leon sah den Troll zweifelnd an. Sollte das ein Trost sein?

»Bin ich mit euch allen verwandt, auch mit Wuhuuu?«, fragte er leise Finnja.

Finnja legte den Kopf schief und musterte ihn. »Na ja, wenn es nach Treten und Boxen geht, dann eindeutig. Und deine Haare sind auch reichlich struppig. Aber Rotz fließt dir noch nicht aus der Nase, und deine Zähne sind ziemlich weiß.« Sie grinste. »Nein, du bist nicht mit allen verwandt. Ich sagte ja, es gibt viele magische Wesen. Du bist weder ein Troll noch ein Spaider, kein Wassermann und kein Insektophil wie Myria: Du entstammst dem Feenvolk, so wie ich und Maja, Druseline und Hermarius.« Sie wies auf den Mann mit dem grünen Umhang, dann schaute sie Leon wieder direkt an und unterbrach ihre Rede für einen Moment. »Im Übrigen hast auch du grüne Augen. Nicht phosphorgrün, sondern wassergrün. So wie meine Mutter. Und ich.«

In Leons Kopf summte es wie in einem Bienenkorb. Finnjas Worte hallten noch wie ein Echo in ihm nach, als sich Druseline einschaltete.

»So, Finnja, jetzt ist aber genug.« Mit einem ausladenden Hüftschwenker schob sie das Mädchen beiseite. In ihren Händen hielt sie eine tönerne Schüssel, aus der es herausdampfte.

»Lass den Jungen doch mal zur Ruhe kommen. Siehst du nicht, wie erschöpft und verwirrt er ist?« Liebevoll strich sie Leon über den Kopf. »Hier, Jungchen, iss. Das wird dir guttun.«

Leon nahm die Schale mit dem Brei entgegen und tunkte wie ferngesteuert den Löffel in die grün-braune Pampe. Es schmeckte besser, als es aussah, und Leon merkte, dass er einen Bärenhunger hatte. Kein Wunder, seine letzte Mahlzeit lag Stunden zurück.

»Was ist das?«, fragte er.

»Mein Spezialrezept«, erwiderte Druseline stolz. »Zerstampfte Früchte und Getreide, angerührt mit warmer Milch von Silberflocklingstuten und – speziell für dich – eine Messerspitze Mondbeerensaft. Das ist das, was dem Brei das Vanillearoma verleiht und was dich in den Vollbesitz deiner Kräfte versetzen wird.«

»Silberflocklingstuten – ja klar«, dachte Leon im Stillen, während er mit großem Appetit aß.

»Was? Du gibst ihm Mondbeerensaft? Findest du nicht, dass wir damit sparsam umgehen sollten? War das nötig?«

Leon ließ den Löffel, den er sich gerade in den Mund schieben wollte, in der Luft schweben. Der Mann, der sich Hermarius nannte, hatte die Arme in die Seiten gestemmt und starrte die dicke kleine Fee erbost an.

Druseline senkte schuldbewusst den Kopf.

»Es war nur die winzige Spur einer ohnehin zerquetschten Frucht«, flüsterte sie. »Er muss doch bei Kräften sein für das, was ihm und uns bevorsteht.«

Leon ließ den Löffel sinken.

»Wovon sprichst du?«, fragte er. »Was steht mir und euch bevor?«

Doch Druseline antwortete nicht, und auch alle anderen Höhlenbewohner schwiegen und wichen seinem Blick aus.

»Finnja?«, fragte Leon. »Was ist hier los?«

9

Finnja seufzte und bohrte, den Blick zu Boden gesenkt, mit einem Finger in ihrem Dutt herum, so dass die Raupe besorgt die Augen aufriss.

»Iss erst mal in Ruhe auf.«

»Wieso? Willst du Zeit schinden? Oder hast du Angst, dass es mir nach deiner Offenbarung den Appetit verschlägt? Komm schon, erzähl!«

»Na gut. Also … ich weiß gar nicht, wo ich anfangen soll.«

»Wie wär's mit dem Anfang?« Leon platzte fast vor Neugier. Weshalb druckste sie so rum? Erfuhr er nun endlich den Grund dafür, weshalb sie ihn nicht gehen lassen wollten?

»Gestern«, hob Finnja an, »besser gesagt, in der vergangenen Nacht, der Nacht des 21. Juni, feierten wir unser alljährliches Mondbeerenfest. Es ist immer in der Nacht der Sonnenwende und gestern fiel es zudem auf den Vollmond – und ich hab zufällig am 21. Juni auch Geburtstag. Ich bin gestern dreizehn geworden.«

»… es war also kein gewöhnliches Mondbeerenfest, sondern ein wirklich ganz besonderes«, ergänzte Druseline, »wobei das Mondbeerenfest immer ein besonderes Fest ist, aber dieses Mal war es wirklich ganz und gar …«

»Besonders. Ich hab verstanden«, unterbrach Leon sie. Und an Finnja gerichtet: »Alles Gute nachträglich zum Geburtstag.«

»Danke«, murmelte diese, und Leon sah erstaunt, dass sie errötete.

»Also, unser Fest war in vollem Gange«, fuhr Finnja fort. »Wir hatten das Festmahl zu uns genommen, das Sonnwendlied gesungen, den traditionellen Reigen mit den Libellen getanzt und näherten uns dem Höhepunkt: Der Mond stand im Zenith, keine Wolke verbarg seinen Glanz. Er badete die Mondbeerenplantage in silbernes Licht und ließ die perlmuttfarbenen Beeren wie Seide schimmern. Die Pflückfeen standen mit den blank polierten Muscheln und Schneckenhäusern bereit, und ich … ich war sehr aufgeregt, denn ich hätte erstmals anlässlich meines Geburtstags anstelle meiner … meiner Mutter die Zeremonie der Mondbeerenernte eröffnen sollen.«

Gebannt beobachtete Leon Finnjas Gesicht. Weshalb stammelte sie und sah so unglücklich aus? Es fiel ihr sichtlich schwer zu erzählen, was vorgefallen war.

»Wochenlang hab ich geübt«, fuhr Finnja fort, »hab mir die Mondperlenlegende eingeprägt, um sie ohne zu stottern vortragen zu können, und dann … dann …«

Finnja schluckte, und wenn Leon sich nicht täuschte, würde sie gleich in Tränen ausbrechen. Maja eilte zu ihr, nahm sie in die Arme und Finnja barg ihren Kopf an ihrer Schulter.

»… dann schob sich plötzlich eine wogende schwarze Wand vor den Mond und der Himmel war von einem gewaltigen Tosen, Knurren und Grollen erfüllt«, erzählte Maja weiter. »Mit dem Tosen kam ein Sturm auf, der so stark war, dass sich die Baumwipfel und Mondbeerenstängel fast bis zur Erde neigten und das Wasser des Silbersees weit über das Ufer auf die Weide der Silberflocklinge schwappte.«

»Wir schrien und klammerten uns aneinander, um nicht weggeweht zu werden«, ergänzte Druseline.

Maja nickte und fuhr fort. »Und plötzlich flackerten Blitze über den Nachthimmel. Sie schossen aus pechschwarzen Schatten hervor, die in einem wilden Tanz um den Mond herumkreisten und immer wieder zu uns herabstürzten.«

»Das, was wir für dunkle Wolken gehalten hatten«, ergriff nun wieder Finnja das Wort, »waren in Wirklichkeit riesige schuppige Drachen mit feuerspeienden Schlünden. Mit ihren Flammen setzten sie unsere Felder, Obstbäume und auch die Mondbeerenplantage in Brand.«

»Was nicht verbrannte, das zerfetzten sie mit ihren Klauen«, ergänzte der Langzeigefinger, der, wie Leon mittlerweile wusste, Stradivarius hieß, mit düsterer Stimme.

Leon blickte wie erstarrt zu Finnja und Maja. Das Kreisen um den Mond, das Tosen und Grollen – es konnte gar nicht anders sein: Es musste das gewesen sein, was er von seinem Zimmerfenster aus in der Ferne beobachtet und für ein Unwetter gehalten hatte.

»Habt ihr dabei auch manchmal eine Glocke läuten hören?«, fragte er leise.

Tausend grüne Augen blickten ihn entgeistert an. Dann ertönten gefühlt fünfhundert Stimmen durcheinander.

»Ja, da war eine Glocke, ich hab sie auch gehört …«

»… das war die Turmruine von Mon Diö …«

»… wo diese gruselige Sumpfhexe thront …«

»... sie ist auf einem riesigen Drachen direkt an mir vorbeigeritten und ...«

»... und Dragon an mir und hat mich dabei aus seinem Glutauge angesehen und ich konnte gerade noch ...«

»Schluss jetzt«, rief Finnja laut und gestikulierte mit den Armen, so dass alle innehielten.

»Du konntest also die Turmglocke von Mon Diö hören. Und da zweifelst du immer noch an deinen magischen Fähigkeiten?« Fassungslos sah sie Leon an und schüttelte den Kopf. »Was hast du noch gesehen oder gehört?«

»N...n...ichts«, stammelte Leon. »Nur genau das, was ihr erzählt habt. Blitze, Tosen, schwarze Wolken, die vom Gewittersturm um den Mond herumgejagt wurden.«

»... nur dass das keine Gewitterwolken waren, sondern blutrünstige Drachen mit gewaltigen Schwingen. Und diese verursachten auch den Sturm«, warf Maja ein.

»Aber das Schlimmste kommt erst noch«, fuhr Finnja leise fort. Maja sah ihre Freundin besorgt an und drückte ihr fest die Hand.

»Dragon hat meine Mutter entführt. Er ergriff sie im Tiefflug von seinem rasenden Drachen aus und riss sie mit sich in die Höhe. Ich habe nur noch ihren gellenden Schrei gehört, dann war sie auch schon in der Schwärze der Nacht verschwunden.«

Nun ließen sich Finnjas Tränen nicht mehr aufhalten. »Nicht auszudenken, was Dragon mit ihr macht, ob sie überhaupt noch am Leben ist. Vielleicht quält er sie ja aus Rache langsam zu Tode.« Schluchzend schlug Finnja die Hände vor ihr Gesicht und sank auf die Knie.

»Ach Kindchen, mein Armes«, rief Druseline und hockte sich neben Finnja. »Alles wird wieder gut, glaub mir. Lynn ist stark, die lässt sich nicht so leicht unterkriegen.«

»Wie soll sie sich allein gegen zwei böse Mächte wehren?«, rief Finnja verzweifelt. »Ihr habt doch auch gehört, was Swampilla mit ihren Feinden anstellt?«

»Aber sie ist nicht allein, sie hat uns und nun auch Leon«, erwiderte Druseline.

Wie bitte, was? In Leons Kopf wirbelten die Gedanken durcheinander.

»Stopp«, rief er. »Wer ist Swampilla und wer ist Dragon? Und warum will Dragon sich an deiner Mutter rächen?«

Finnja schniefte. »Das ist aber eine lange Geschichte.«

»Macht nichts, ich hab grad nichts vor«, erwiderte Leon trocken.

»Also gut. Dragon … Dragon ist eine ganz fiese, miese, gemeine Ratte, der hat sogar eine Ratte als Haustier und futtert die ganze Zeit SchuggaSchugga – ekelhaft.« Finnja verzog angewidert das Gesicht. Ganz im Gegensatz zu Wuhuuu, der sich sehnsuchtsvoll die Lippen leckte.

»Und dieses feige, Würmer futternde Stinktier …« –

»… ist ein Drachenzüchter«, unterbrach Maja Finnjas Wutrede und legte ihr eine Hand auf den Arm. »Lass mich weitererzählen, Finnja, du bist zu aufgebracht.« Finnjas Freundin drehte sich zu Leon um. »Also, Leon: Dragon herrscht über mindestens zweihundert Drachen, eher mehr. Jedenfalls entführte er vor etlichen Jahren Lynn, um sie zur Frau zu nehmen. Doch Lynn gelang die Flucht. Zuvor hatte sie mit einer List Trüblix in zwei seiner drei Augen geträufelt …«

»… zwei seiner drei Augen. Trüblix. Alles klar«, wiederholte Leon mit kugelrund aufgerissenen Augen.

»Genau.« Maja nickte. »Und seitdem hat er nur noch eines im Sinn …«

»Lass mich raten, Rache?«, beendete Leon den Satz.

»Genau.«

»Kann man ja auch irgendwo verstehen«, dachte er laut. Doch das hätte er besser bleiben lassen sollen, denn Finnja schoss ihm förmlich an die Gurgel, packte und schüttelte ihn mit aller Kraft, die sie aufbringen konnte.

»Was fällt dir ein? Wie kannst du es wagen, Partei für Dragon …«

Zu mehr kam sie nicht, denn Wuhuuu erhob sich schneller, als man es ihm zugetraut hätte, packte Finnjas Hände und zog sie, obwohl sie sich heftig wehrte, von Leon weg.

»Lass das«, knurrte er. »Nicht wehtun sagst du immer. Und was machst du gerade? Wehtun! Das darfst du nicht.«

Finnja starrte Wuhuuu entgeistert an, doch der erwiderte ihren Blick so bekümmert, dass sie schließlich klein beigab. »Ist ja gut. Lass mich los.«

Doch so schnell war Wuhuuu nicht zu überzeugen. »Schwör, dass du Leon nicht mehr wehtust«, forderte er.

»IST – JA – GUT«, fauchte Finnja. »Ich schwör. Und jetzt lass mich los, verfloddert noch mal.«

Leon, der gar nicht wusste, wie ihm geschah, schenkte Wuhuuu ein scheues Lächeln, der dies mit einem etwas verrutschten Augenzwinkern erwiderte. Schließlich ließ er Finnja los. Ohne Leon auch nur eines Blickes zu würdigen, rieb sich Finnja die Handgelenke, da Wuhuuu mal wieder etwas zu fest zugepackt hatte. Außerdem zupfte sie an ihrem Lianengürtel herum und zog ihr Shirt in die Länge, obwohl das eigentlich gar nicht nötig war.

»Finnja, ich wollte dich nicht ärgern, glaub mir. Und ich ergreife auch nicht Partei für diesen Dragon, aber die Augen kaputt machen, das ist echt heftig.«

»Geschieht ihm recht«, erwiderte Finnja unwirsch. »Hätte er meine Mutter nicht entführt und zur Ehe zwingen wollen, wäre das nicht passiert. Und überhaupt, ein Auge hat er ja noch – leider«, ergänzte sie.

»Soll ich jetzt weitererzählen oder nicht?«, schaltete sich Maja genervt ein.

Finnja und Leon nickten kleinlaut.

»Lynn konnte also zurück ins Feenland fliehen, sie heiratete einen der Unseren, gebar Finnja, und für viele Jahre herrschte dann erst mal Ruhe ...

»... abgesehen davon, dass mein Vater beim Kampf gegen einen Drachen starb«, murmelte Finnja.

Maja drückte Finnja und alle schwiegen für einen Moment. Schließlich fuhr Maja fort. »Wir hörten und sahen nichts mehr von Dragon und zum Glück auch nichts von seiner Cousine Swampilla.«

»Stimmt doch gar nicht«, warf Finnja ein. »Hast du diese riesige gelb-schwarze Wildkatze vergessen, die das Silberflocklingbaby fast getötet und Gladiole beinahe den Arm zerfleischt hätte?«

»Ja, stimmt, wie konnte ich das vergessen«, räumte Maja ein und schlug sich mit der flachen Hand gegen die Stirn. »Das war Swampillas Späher.«

»Und hast du, Hermarius, nicht neulich erst von einer schwarzen Wolke berichtet, die seit Tagen über Mon Diö hängen sollte und aus der manchmal Grollen und Jaulen zu hören sei?«, fuhr Finnja erregt fort.

Hermarius nickte mit grimmiger Miene. »Wie wir nun leidvoll erfahren haben, müssen das Dragons Drachen gewesen sein«, antwortete er. »Dragon ist bei Swampilla zu Besuch. Und warum? Um mit ihr gemeinsame Sache gegen uns zu machen. Ist doch klar.«

»Stopp«, rief Leon erneut. »Wer oder was ist Swampilla, und warum sollte sie euch Böses wollen?«

»Das kann ich dir sagen«, ergriff nun wieder Finnja das Wort. »Swampilla ist eine ganz widerliche, kleine, gemeine, stinkige …«

»Swampilla ist eine mächtige Sumpfhexe«, fiel Maja Finnja erneut mit lauter Stimme ins Wort. »Sie lebt auf der Klosterinsel Mon Diö und herrscht über die umliegenden Sümpfe. Finnja hat recht, Swampilla ist in der Tat nicht das freundlichste Geschöpf …«

Finnja lachte laut auf. »Sie ist ekelhaft und widerwärtig, meinst du wohl eher …« –

»… und sie ist von Neid auf uns Feen zerfressen«, ergriff Maja wieder das Wort. »Sie kann es nicht leiden, dass wir von Natur aus fröhlich sind, tanzen, singen, lachen und in Harmonie mit Tieren, Pflanzen und magischen Wesen aller Art leben. Im Unterschied zu uns geht es Swampilla einzig und allein um ihr eigenes Wohl und vor allem um Macht. Alles andere betrachtet sie als Schwäche. Sie will die Schönste, Mächtigste und bewundernswerteste Herrscherin weit und breit sein und denkt, dies erreichen zu können, indem sie Angst und Schrecken verbreitet.«

Ringsumher nahm Leon Kopfnicken und beifälliges Gemurmel wahr.

»Und wer nicht nach ihrer Pfeife tanzt, den versteinert sie, wie die Klostermönche oder den einen oder anderen Frosch«, ließ sich eine nuschelnde Stimme aus dem Weiher vernehmen. Es war der zahnlose Bartfloss, der, den Kopf auf die Hand gestützt, halb im, halb aus dem Wasser am Ufer fläzte und mit trägem Blick Majas Worten lauschte.

»Genau«, antwortete Maja.

»Aber woher wisst ihr das alles? Hat sie euch schon einmal etwas getan?«, fragte Leon.

»Einmal?«, rief Finnja schrill. »Mehrere Male. Es ist nicht ihr erster Versuch, die Grenzen unseres Reichs zu überschreiten und uns zu schaden. Einmal wäre es ihr fast gelungen, unsere Silberwasserquelle mit Kadavern von Bibern, Ratten und Vögeln zu vergiften.«

»Und erinnert ihr euch, als ein paar unserer Silberflocklinge unter qualvollen Krämpfen gestorben sind?«, ergänzte einer der Waserelfenzwillinge, die, wie Leon inzwischen wusste, Nicko und Najad hießen. »Das ging auch auf das Konto von Swampilla, denn auf der Weide fanden wir hochgiftige Rizinella-Samen, und die gedeihen nicht bei uns, sondern nur in der Nähe von Sümpfen.«

»Und was sind Silberflocklinge?«, warf Leon fragend ein.

»Hä? Ja was wohl: Arbeitseinhörner natürlich«, erklärte Nicko, oder vielleicht war es auch Najad. Doch nachdem Leon ihn immer noch ratlos anblickte, ergänzte er leicht genervt: »Einhörner, deren Flügel durch Züchtung über Generationen hinweg zu Stummeln geschrumpft sind und die daher nicht mehr fliegen können.«

Leon nickte und ließ es erst einmal dabei bewenden. Einhörner hatte er bis jetzt für erfundene Fabelwesen gehalten und von Arbeitseinhörnern hatte er sowieso noch nie etwas gehört.

»Aber dass sich Swampilla nun mit Dragon und seinen Drachen gegen uns verbündet, das ist neu«, nahm Maja den Faden wieder auf.

»Und auch, dass sie so dreist ist, uns an unserem höchsten Feiertag anzugreifen«, ergänzte Finnja.

»Die beiden wussten genau, dass wir uns in dieser Nacht nicht in unseren Wohnhöhlen aufhalten, sondern uns alle im Freien bei der Silberwasserquelle und dem Eingang zur Mondbeerenplantage versammeln würden«, sagte Druseline.

»Und dass in Vollmondnächten unser magischer Schutzschirm durchlässig sein würde. So konnten die beiden sicher sein, uns größtmöglichen Schaden zuzufügen«, fuhr Finnja traurig fort. »Und nun antworte mir Leon: Was außer Hass und Zerstörungswut könnte der Grund dafür sein, dass die beiden uns an unserem höchsten Feiertag heimtückisch überfallen, unsere Felder und Mondbeeren zerstören und unsere Königin rauben? Nennst du so etwas gute Nachbarschaft oder gar Freundschaft?«

»Uff«, sagte Leon und fuhr sich mit einer Hand durch die struppigen Haare. »Nein, nicht wirklich. – Aber was anderes: Wenn Lynn deine Mutter und eure Königin ist, dann bist du also so was wie eine Prinzessin?«

Verwundert betrachtete Leon das mürrisch dreinblickende, reichlich zerrupft aussehende Mädchen. Der Dutt hatte sich mittlerweile aufgelöst, da die Raupe eingeschlafen war, und der Algenverband am Arm hing in schmutzigen Lappen herunter.

»Na und? Was dagegen?«, blaffte Finnja.

»Nee, alles gut, passt schon. Hab nur noch nie eine Prinzessin gesehen.«

Mit gerunzelten Augenbrauen erwiderte Finnja Leons Blick.

»Und nun? Was habt ihr vor?«, brach Leon das Schweigen.

»Da fragst du noch?«, rief einer der beiden Wasserelfen. »Dreimal darfst du raten. Wir müssen Lynn natürlich befreien.«

»Und zwar so schnell wie möglich«, ergänzte der andere.

»Das ist ja wohl klar«, sagte Maja und kratzte sich an der Nase. »Aber wisst ihr auch, wie?«

»Na ja, wir gehen nach Mon Diö und holen Lynn dort raus«, schlug einer der Spaider vor.

»Ach wie doof von mir, dass ich da nicht von selbst draufgekommen bin«, erwiderte Finnja. »Wir klingeln freundlich an der Klosterpforte, trinken mit Swampilla und Dragon ein Tässchen Kräuterschlürf, kitzeln ein bisschen die Drachen und dann spazieren wir mit Lynn nach Hause und winken freundlich zum Abschied.«

Der Spinnenartige verzog schmollend den Mund.

»Hauen«, brummelte Wuhuuu.

»Wie bitte?«, kam gleichzeitig von Finnja und Leon.

»Wir müssen Dragon, Swampilla und die Drachen verhauen. Die sind böse.«

Finnja verkniff sich das Grinsen. »Klar, eine Superidee, Wuhuuu.

Wenn wir erst dort sind, darfst du sie verhauen, so viel du willst, und ich hoffe, deine Pranken brechen dir nicht ab, wenn du zweihundert Drachen vermöbelst. Aber erst einmal müssen wir es bis nach Mon Diö schaffen. Wie ihr wisst, ist der Weg zum Sumpfland voller tödlicher Gefahren und …«

Ein Hupen unterbrach Finnjas Worte und alle zuckten erschrocken zusammen. Nur Leon schoss in die Höhe.

»Mein Handy, das war mein Klingelton. IHR habt es also. Wo ist es?«

10

Niemand antwortete. Leon ließ den Blick durch die Runde der Grünaugen, wie er sie für sich im Stillen nannte, schweifen. Doch während manche entschuldigend mit den Achseln zuckten oder verneinend den Kopf schüttelten, senkten andere, wie Finnja und Maja, den Blick zu Boden, als hätten sie ein schlechtes Gewissen. Am merkwürdigsten verhielt sich allerdings Wuhuuu. Er kniff Augen und Lippen fest zusammen und verbarg beide Arme hinter dem Rücken.

»Wuhuuuuuu, gib es mir«, sagte Leon mit drohendem Unterton.

Der Troll wimmerte leise und schüttelte heftig den Kopf. Erneut hupte das Handy, und Wuhuuu machte erschrocken einen kleinen Luftsprung.

»Wenn du es mir gibst, dann zeig ich dir etwas, das hast du bestimmt noch nie gesehen.«

Wuhuuu öffnete ein Auge und sah Leon an, und auch alle anderen Grünaugen richteten sich neugierig auf ihn.

»Du lügst – oder?«, fragte Wuhuuu misstrauisch.

Leon schüttelte den Kopf. »Du musst mir schon glauben.«

»Gib es ihm«, schaltete sich nun Finnja ein.

Zögerlich streckte Wuhuuu Leon die Pranke mit dem Handy entgegen.

»Jetzt sieh her.« Leon drückte den On-Knopf und der Homebildschirm leuchtete hell auf. Eigentlich wollte er ihnen ein Foto zeigen, doch die Reaktion, die er allein mit dem Einschalten des Handys auslöste, hatte er nicht erwartet. Feen, Spaider, Langfinger, Chorgrillen und selbst Myria schrien schrill auf und wichen hinter die Felsen und an die Höhlendecke zurück, die Wasserelfen machten einen Hechtsprung in den Weiher und tauchten gemeinsam mit Bartfloss ab.

»He, was ist denn mit euch los?«, rief Leon belustigt. Doch niemand reagierte. Selbst Wuhuuu blieb stumm, während er auf das Handy in Leons Hand starrte und vor Angst schlotterte.

»Warum erschreckst du uns so? Was ist das für ein Zauber?«, traute sich Finnja schließlich zu fragen, während sie zaghaft hinter einem Felsen hervorlugte.

Leon lachte. »Das ist kein Zauber. Das ist mein Smartphone. Nur Technik.«

»Smatfo«, raunte Wuhuuu andächtig hinter ihm.

»Und was machst du damit?« fragte Maja.

»Sagt bloß, ihr kennt keine Handys«, sagte Leon.

»Handys«, echote es von den Spaidern an der Decke über ihm.

»Damit kann man alles Mögliche machen, zum Beispiel telefonieren, Nachrichten verschicken, ins Internet gehen, Fotos machen, Filme gucken, Musik hö…«

»Essen?«, wollte Wuhuuu wissen, dem der Rotz schon wieder aus der Nase lief.

»Untersteh dich«, warnte ihn Leon.

Langsam kam wieder Bewegung in die Grünaugen. Immer mehr krabbelten aus ihren Verstecken hervor, hielten aber einen sicheren

Abstand zu Leon und reckten die Hälse, um einen Blick auf das Handy zu werfen.

Finnja fasste all ihren Mut zusammen und stellte sich neben ihn.

»Nicht erschrecken«, sagte Leon und lächelte. »Ich spiel euch Musik vor, okay? Habt keine Angst. Es passiert euch nichts.«

Er scrollte durch seine Playlist, wählte einen Song von Ed Sheeran aus und tippte auf Start.

Alle lauschten mit großen Augen, der Song hallte von den Höhlenwänden wider, Wuhuuu lächelte breit, umarmte sich selbst und wiegte sich hin und her, nur der Langfinger drehte sich um seine eigene Achse, scannte suchend die Höhle ab und klopfte Leon schließlich mit dem Zeigefinger auf die Schulter.

»Stopp, junger Mann. Du behauptest, dass das keine Zauberei ist? Ich sage dir: Du lügst. Wo sind die Instrumente, wo die Sänger? Wer gibt den Takt an? Und was ist das überhaupt für eine merkwürdige Sprache?«

Leon drückte verblüfft die Pausen-Taste.

»Stradivarius hat recht«, sagte Finnja.

»Nein, Stradivarius hat nicht recht. Das ist Technik. Völlig harmlos. Die Instrumente, die Sänger, der Takt, die Melodien aller Stücke – das ist sozusagen unsichtbar in dem Gerät drinnen. Wie das genau funktioniert, kann ich euch nicht sagen. Ist alles digital.«

»Digital«, murmelte Maja. »Ich kenne nur Digitalis, und das ist hochgiftig.«

»Quatsch, das ist was anderes. Hier ist nichts Giftiges dran«, winkte Leon ab. »Das ist einfach moderne Technologie im Netz.«

Maja blickte ihn nur verständnislos an, während vom Weiher eine dunkle und zwei hellere Stimmen aufgeregt riefen: »Was? Ein Netz? Wo?« Hektisch peitschten die Wasserelfen, die samt Bartfloss wieder aufgetaucht waren, das Wasser.

»Aber nein, kein Fischernetz. Ein unsichtbares Netz in der Luft.«

»Was redest du für Unsinn«, kam es japsend von der Decke. »Wenn hier noch ein Netz wäre außer unseren beiden, dann wüssten wir das. Das ist unser Revier.« Erzürnt wedelten die Spaider mit den Beinen.

Leon setzte sich erschöpft auf einen Fels. »Ich kann euch das nicht erklären. Ich komme doch aus einer anderen Welt, dort gibt es das. Aber es ist nicht giftig und nicht gefährlich, nur unsichtbar.«

»Du weißt nicht, wovon du sprichst«, belehrte ihn Finnja. »Unsichtbares kann immer gefährlich sein.«

»Willst du etwa behaupten, dass da noch mehr unsichtbare Orchester drin sind?«, schaltete sich nun Stradivarius wieder ein.

Leon nickte. Er wusste beim besten Willen nicht mehr, was er noch sagen oder besser nicht sagen sollte. Mit jedem weiteren Versuch, sein Handy zu erklären, geriet er nur noch mehr in den Schlamassel.

»Aber wie passen die da alle rein? Beherrschst du den Schrumpfzauber?«

Leon riss erstaunt die Augen auf. »Stradivarius, glaub mir. Ich schrumpfe niemanden. Die ganze Musik da drin ist digitalisiert. Dadurch kann ich sie mir runterladen oder aufnehmen.«

»Runterladen, aufnehmen«, hörte Leon es um sich herum tuscheln und sah zu seiner Belustigung so etwas wie Hochachtung in den Blicken der Grünaugen glimmen.

»Ich will Musik«, quengelte Wuhuuu.

»Putz dir erst mal die Nase«, erwiderte Leon, der Sorge hatte, Rotzspritzer abzubekommen.

»Ich will tanzen«, maulte Wuhuuu.

»Und ich will, dass du siehst, wie eklig es ist, wenn dir Rotzglocken aus der Nase hängen«, sagte Leon, während er auf seinem Handy herumtippte und es Wuhuuu vor die Augen hielt. Mit einem Kieksen schlug sich Wuhuuu eine Pranke vors Gesicht und schielte zwischen den gespreizten Klauen hervor.

»Wer ist das?«, wisperte er und deutete auf das Display. »Du hast einen Freund für mich gezaubert. Gib ihn mir.« Wuhuuu lächelte verklärt, während er die Pranke nach dem Smartphone ausstreckte. Leon zog es schnell beiseite und seufzte.

»Das bist du selbst, du Filzsocke. Du siehst dich selbst.«

»Gibt es mich zweimal?«, fragte Wuhuuu verwundert. »Bist du ein Doppler-Zauberer? Wo bin ich?« Suchend drehte er sich um sich selbst.

»Mann, Wuhuuu, kapierst du nicht? Das ist doch nur …«

»Zeig mal«, unterbrach ihn Finnja.

»Aber wenn du reinschaust, dann siehst du natürlich dich und nicht Wuhuuu«, erklärte Leon. »Oder ihr schaut beide rein. Dann seht ihr euch beide. Ich kann euch aber auch alle zusammen fotografieren, wenn du willst.«

»Was? So viele Sachen kann das machen?« Mit offenem Mund starrte Finnja erst Leon an, dann auf ihr Antlitz im Display, schloss und öffnete den Mund, blinzelte mit den Augen und verfolgte fasziniert die synchrone Bewegung auf dem Bildschirm. Bis zu dem Moment, als sie sich selbst die Zunge rausstreckte.

»Baaah, was ist das? Das hat mir die Zunge rausgestreckt«, rief sie empört und stieß Leons Hand mit dem Handy beiseite.

»Finnja, das Handy spiegelt nur das, was du machst. Du hast dir selbst die Zunge rausgestreckt.«

»Verfloddert noch mal, warum sollte ich mir selbst die Zunge rausstrecken? Außerdem bin ich hier in der Höhle und nicht da drin.«

Leon, der kurz vorm Verzweifeln war, hatte plötzlich eine Idee.

»Komm mal mit«, sagte er und ging zum Weiher. »Stell dich neben mich ganz nah ans Wasser und guck hinein.«

»Wieso?«, fragte Finnja misstrauisch.

»Mach einfach.«

Finnja, gefolgt von Wuhuuu, tat wie geheißen und blickte ins Wasser.

»Und jetzt?«, fragte sie mit großen Augen.

»Das gibt's doch nicht«, stammelte Leon.

Die Wasserfläche spiegelte ihre Gesichter nicht zurück.

»Wenn du mich fragst, dann ist es Zauberei, dass das Wasser nicht spiegelt«, sagte Leon.

»Papperlapapp und Quallenschlapp«, schaltete sich nun Druseline ein. »Gar nicht Zauberei. Das ist unser ganz normales Wasser und wir sind ganz normale magische Wesen und du … du …«

»Du besitzt Magie«, sagte Maja und blickte Leon an.

»Eine neue, uns bisher unbekannte Magie. Deshalb hat dich dein

Weg von den Menschen weg und zurück zu deinem eigentlichen Volk geführt«, fuhr sie weiter aus.

Und an ihre Gefährten gewandt: »Leon ist zu uns zurückgekehrt, um uns in der Not zu helfen und zwar mit einer neuen Art von Magie – der Smatfo-Magie.«

»Du hast recht, Maja. Das ist es.« Finnja strahlte Leon an. »Du beherrschst die Smatfo-Magie. Und die ist es, die uns helfen wird, Lynn zu befreien.«

»Halloooo? Seid ihr irre?« Panik ergriff Leon. »Das ist keine Magie, das ist nur ein Smartphone. Damit kann man nicht gegen Drachen und Hexen kämpfen wie mit einem Zauberschwert.«

»Es ehrt dich, wie bescheiden du bist.« Finnja klopfte ihm auf die Schulter. »Doch glaub mir, Leon. Deine Smatfo-Magie ist unsere Rettung, denn sie besitzt einen unschlagbaren Vorteil: Sie ist neu. Keiner kennt sie, es gibt kein Gegenmittel. Mit ihr haben wir die Chance, meine Mutter aus den Klauen von Swampilla und Dragon zu befreien.«

11

Nach Majas und Finnjas Worten war die Stimmung in der Höhle wie ausgewechselt. Von allen Seiten wurde Leon auf die Schulter geklopft. Druseline und Maja tischten diverse Schüsseln und Teller mit Früchten, Nüssen, gebackenen Fladen und seltsam aussehenden Pasten auf, die jedoch köstlich schmeckten. Einer der beiden Spaider hatte sich hinter Leon gestellt und versuchte, mit sechs seiner acht Beine sein Strubbelhaar zu entwirren, ohne zu ziepen. Ein anderer tat dasselbe mit Finnja, die Leon gegenübersaß. Während er kaute, betrachtete Leon heimlich Finnjas lange Haarpracht, die durch das Kämmen wie Gold glänzte.

Der Musikelf Stradivarius stimmte währenddessen mit den Chorgrillen ein Lied an, nicht ohne immer wieder Beifall heischend Leon anzublicken. Der wurde das Gefühl nicht los, dass sich Stradivarius als bisher unangefochtener Meister der Musik durch Leons unsichtbare Melodien angegriffen fühlte. Daher nickte Leon und hob zustimmend seine Daumen.

Er konnte nicht fassen, wie schnell er durch seine vermeintliche Magie in der Achtung der Grünaugen gestiegen war. Er hatte es schließlich aufgegeben, sie davon überzeugen zu wollen, dass er nicht den geringsten Funken Zauberkraft besaß. Sie hatten sich in den Kopf gesetzt, mit ihm und seiner Smatfo-Magie, wie sie es nannten, eine Waffe gegen Dragon und Swampilla in der Hand zu haben. Und wenn er ehrlich war, fand er mittlerweile sogar Geschmack an der Sache. Es gefiel ihm, wie hochachtungsvoll sie ihn behandelten und wie viel Vertrauen sie in ihn hatten. Und er war auch ein bisschen neugierig auf Dragon, Swampilla und die Drachen – und ob es sie tatsächlich gab.

Zwar hatte er keine Ahnung, wie ihm sein Handy gegen diese Wesen behilflich sein könnte. Aber bisher war schon so viel Erstaunliches geschehen, dass er einfach darauf vertraute, im richtigen Moment den rettenden Einfall zu haben.

Nur eins könnte seiner Smatfo-Magie einen Strich durch die Rechnung machen: der Akku. Aber noch war er voll, was im Grunde genommen schon an Magie grenzte. Eigentlich müsste er fast leer sein. Sein Aufladekabel lag zu Hause neben seinem Bett, aber das hätte ihm ohnehin nichts genutzt. Eher würde er hier einem Dino über den Weg laufen, als eine Steckdose zu finden.

Herzhaft biss Leon in einen mit Seerosenmarmelade bestrichenen Fladen. Jedenfalls war die Aussicht auf Abenteuer und ruhmreiche Heldentaten verlockender als Lateinnachhilfe. Vor seinem geistigen Auge sah er, wie die Feenkönigin ihn mit Tränen in den Augen umarmte und sich für ihre Rettung bedankte und wie ihn das Feenvolk jubelnd auf Händen trug – im Slalom um all die von ihm niedergestreckten Drachen herum.

Aus den Augenwinkeln schaute er noch einmal in Finnjas Richtung. Sie sah wirklich hübsch aus mit den offenen Haaren. Leon verschluckte sich. Hä? Wo kam denn das plötzlich her? Was hatten Finnjas Haare mit ihm und seinen anstehenden Heldentaten zu tun? Er schüttelte den Kopf über sich.

»Warum wackelst du mit dem Kopf?«, fragte Wuhuuu. »Hat dein Smatfo dir heimlich was zugeflüstert?«

Leon vergaß für einen Moment zu kauen. Dann bediente er sich einer List, denn Wuhuuu war der Einzige, der ihm etwas Sorge bereitete. Er schien nicht dieselbe Hochachtung vor der vermeintlichen Magie seines Handys zu hegen wie die anderen. Sein Verlangen nach Musik und Tanz war einfach zu groß. Leon schloss nicht aus, dass Wuhuuu versuchen würde, ihm das Handy zu klauen.

»Ja, Wuhuuu, es hat mir zugeflüstert. Es wollte wissen, ob es nun sicher ist, nicht mehr in fremde Hände zu geraten, oder ob es weiterhin seine Magie unterdrücken soll. Deswegen habe ich den Kopf geschüttelt.«

Wuhuuu betrachtete nachdenklich das Gerät.

»Es ist schwach, wenn es nicht bei seinem Meister ist?«, fragte er, und Leon nickte.

»Deshalb hat es auch nach dir gerufen – huhuuuu, huhuuuu«, ahmte Wuhuuu den Klingelton nach.

Leon verkniff sich das Lachen. »Ja, genau.«

»Aber ich hab nichts kaputt gemacht, oder?«

»Ich hoffe nicht. Bisher ist mir nichts aufgefallen. – Du warst es, der es gefunden hat?«

Wuhuuu nickte.

Und dann, Leon wusste selbst nicht genau, woher dieser Impuls kam, bedankte er sich bei Wuhuuu.

»Gut, dass du es gefunden und an dich genommen hast, ich hätte es sonst wahrscheinlich nie mehr gefunden.«

Wuhuuu strahlte. »Es lag im Gras und hat laut geheult. Ich dachte, es ist etwas, das Dragon und Swampilla verloren haben – eine geheime Waffe oder so etwas. Deshalb hab ich es mitgenommen, aber wir konnten nichts damit anfangen – auch nicht, nachdem ich es gehauen hab. Aber nicht doll.«

»He ihr zwei«, unterbrach Finnja ihre Unterhaltung. »Lasst uns in einen Kreis setzen und alle gemeinsam überlegen, wie wir vorgehen.«

Uff. Leon schluckte, es wurde Ernst.

Die Nacht war kurz. Sie hatten bis in die frühen Morgenstunden hinein beratschlagt, die Route ausgetüftelt, Proviant gepackt und die Silberflocklinge ausgewählt, die sie begleiten sollten. Leon blieb vor Staunen der Mund offen stehen, als er die weißfellige Herde sah. Sie waren in einer Nebenhöhle untergebracht und schienen zu spüren, dass etwas in der Luft lag. Unruhig scharrten sie mit den Hufen und warfen den Kopf hin und her, so dass nicht nur Leon aufpassen musste, nicht von einem der gedrechselten, spitz zulaufenden Hörner verletzt zu werden.

»Es gibt sie wirklich«, flüsterte er und schoss heimlich ein Foto. Finnja zeigte ihm das Tier, das er reiten sollte. Sein Name war Tulipan. Es war groß und kräftig. Sachte streichelte ihm Leon über die samtene Nase und flüsterte ihm ins Ohr.

»Hallo Tulipan, du bist in den nächsten Tagen mein Gefährte. Ich hoffe, dass wir uns gut verstehen werden.«

Tulipan schnaubte leise und zwinkerte Leon verschmitzt an. Ich sollte aufhören, mich zu wundern, dachte sich Leon. Hier ist nichts so, wie ich es gewohnt bin. Apropos gewohnt: Ab und zu dachte er noch an seine Großeltern und dass er sie unbedingt anrufen müsste, doch dann verdrängte er den Gedanken wieder. Was sollte er ihnen denn auch sagen? Dass er in der Hand von Feen sei und nun mit ihnen gemeinsam gegen einen Drachenfürsten samt zweihundert Drachen sowie eine Sumpfhexe zu Felde ziehen müsse, weil er der Meister der Smatfo-Magie sei? Nee, das konnte er sich sparen. Am besten erst mal gar nichts tun und abwarten. Ärger würde er noch früh genug bekommen. Außerdem konnte er ohnehin nicht weg. Und wenn er ehrlich war, wollte er das mittlerweile auch gar nicht mehr unbedingt. Finnja brauchte ihn und glaubte an ihn. Er würde sie nicht im Stich lassen. Yep.

Der längste Teil der Besprechung ging darum, welche Route die beste sei und welche der magischen Wesen sich mit auf den gefährlichen Weg machen sollten. Darüber entbrannte ein Streit, denn alle – bis auf Bartfloss – wollten mit in den Kampf ziehen und ihren Teil dazu beitragen, Lynn zu befreien. Es herrschte ein lautes Stimmengewirr, bis Finnja schließlich ein Machtwort sprach.

»Es ehrt euch, dass ihr alle euer Leben aufs Spiel setzen wollt, um unsere geliebte Königin, meine Mutter, zu befreien«, hob sie an. »Doch habt Verständnis dafür, dass nicht alle mitkommen können. Je mehr wir sind, desto größer ist das Risiko, von Swampillas Spähern aufgespürt zu werden. Außerdem, liebe Gefährten, müssen ein paar von uns schon deshalb hierbleiben, um alles für die Rückkehr unserer Königin vorzubereiten. Die zerstörten Felder, die Mondbeerenplantage, der Festplatz – alles muss wieder in Ordnung gebracht werden. Nicht zu reden von den verletzten Feen und Silberflocklingen – wer soll sie pflegen, wenn alle auf dem Weg nach Mon Diö sind? Die Aufgabe derer, die sich dazu entscheiden hierzubleiben, zählt genauso viel wie die Aufgabe derer, die nach Mon Diö aufbrechen. Es wird Lynn glücklich machen zu sehen, dass wir uns trotz der schweren Verwüstungen nicht unterkriegen lassen. Ich schlage daher vor, folgende Gefährten nach Mon Diö mitzunehmen: Leon, Maja, Hermarius, Wuhuuu und die beiden Spaider.«

»Und was ist mit uns?«, empörten sich die beiden Wasserelfen.

»Ich habe lange überlegt, doch es macht keinen Sinn. Ihr müsst täglich in Wasser baden, um bei Kräften zu bleiben. Das wird nicht möglich sein. Ihr seid hier viel mehr von Nutzen.« Nicht wirklich begeistert blieb den beiden Wasserelfen nichts anderes übrig, als einzuwilligen.

»Aber wer kocht für euch, wenn ich nicht dabei bin?«, wollte Druseline wissen.

»Unsere Nahrung wird sehr bescheiden sein, aber dank deines Proviants und dessen, was wir unterwegs finden, wird es uns an nichts mangeln. Außerdem haben wir nicht vor, lange wegzubleiben.«

»Und außerdem musst du für uns kochen«, blubberte Bartfloss. »Was sollen wir denn sonst essen?«

»Ach du, du faule Schuppe, koch dir doch selbst was«, schimpfte Druseline.

Spätabends, nachdem Leon auch den verletzten Grünaugen in der Nebenhöhle vorgestellt worden war, zeigte Druseline ihm seinen Schlafplatz. Es war ein Lager aus aufgeschichtetem Laub und Vogelfedern samt einer aus Pflanzenfasern gewebten Decke. Schließlich legten sich alle für ein paar Stunden schlafen, um Kräfte zu sammeln für den kommenden Tag.

12

Als Leon den warmen Atem an seinem Ohr spürte und jemand seinen Namen flüsterte, schien es ihm so, als sei er gerade erst eingeschlafen. Es war Druseline, die ihn und die anderen Gefährten weckte. Auf einem hölzernen Tablett trug sie dampfende Schalen mit warmem Haferbrei.

»Das wird euch bis zum Nachmittag wärmen und sättigen«, flüsterte sie, um die anderen Grünaugen nicht zu wecken. »Auch die Silberflocklinge habe ich bereits gefüttert, gesattelt und nach draußen geführt. Die können es kaum erwarten, dass es losgeht.«

Keine halbe Stunde später lief die Gruppe im Gänsemarsch durch labyrinthische Gänge zu einem Ausgang der Höhle. Finnja ging voran und trug eine Fackel, deren Schein die nackten Felswände gespenstisch flackern ließ.

»Nicht so schnell«, motzte Wuhuuu, der das Schlusslicht bildete und wegen der niedrigen Gänge gebückt laufen musste. Nach etwa fünfzehn Minuten erblickten sie hinter einer scharfen Biegung endlich ein Felsentor. Das eindringende Tageslicht erhellte den Gang und Finnja konnte die Fackel löschen. Dazu tunkte sie sie in einen mit Sand gefüllten Binsenkorb, der dort samt frischer Fackeln wie ein Regenschirmständer neben dem Ausgang bereitstand.

Mit klopfendem Herzen durchschritt Leon das Tor. Seinem Gefühl nach war er seit Tagen bei den magischen Wesen in der Höhle.

Was würde ihn hier draußen erwarten? War es dasselbe Grasland, durch das er gestreift war? Leon blieb stehen und blinzelte. Der Anblick, der sich ihm bot, war gespenstisch. Die Sonne war gerade erst als glühender Ball über den Horizont geklettert und tauchte den Himmel in ein leuchtendes Orange. Vor diesem Hintergrund breitete sich wie ein Scherenschnitt eine rabenschwarze Ebene aus. Alles Gras war verbrannt, Bäume und Büsche ragten wie kahle, verkohlte Besen aus der flachen Landschaft auf. Und die morgenkühle Luft roch so, als seien tausend Pizzen im Ofen zu Briketts gebacken worden. Niemand sagte etwas. Allen hatte es angesichts des trostlosen, gespenstischen Anblicks die Sprache verschlagen. Selbst Wuhuuu war verstummt. Schließlich durchbrach Leon das Schweigen.

»Da haben die Drachen ja ganze Arbeit geleistet.«

»Das wird Dragon büßen«, sagte Finnja mit gepresster Stimme. Und als Leon ihr einen Blick zuwarf, sah er Tränen ihre Wangen hinunterkullern und spürte einen schmerzhaften Stich. Am liebsten hätte er sie in die Arme genommen und getröstet. Doch er traute sich nicht. Instinktiv spürte er, dass ihr das peinlich gewesen wäre.

Wie auf ein geheimes Kommando erfüllte plötzlich ein Piepkonzert die Luft, als ob alle überlebenden Vögel sich heimlich darauf verständigt hätten, Finnjas Schmerz zu lindern, und Leon wunderte sich, woher sie plötzlich alle gekommen waren. Wie gefiedertes Laub saßen sie auf den kahlen Ästen und Zweigen und zwitscherten aus voller Kehle. Auch die Silberflocklinge schnaubten und scharrten mit den Hufen, als erwarteten sie ungeduldig den Aufbruch. Sie tummelten sich am Ufer des von der aufgehenden

Sonne orange leuchtenden Silbersees und suchten nach nicht verbrannten Grashalmen. Leon konnte nicht anders: Er fummelte sein Handy aus der nicht-löchrigen Hosentasche und schoss heimlich ein Foto. Weiße Silberflocklinge vor schwarzer Landschaft, orangefarbenem Himmel und See und auch noch Finnja, die gerade ihr Arbeitseinhorn streichelte, das sah einfach super aus. Das musste er unbedingt Ben zeigen.

»Kommt«, rief Hermarius. »Trödelt nicht. Je eher wir uns auf den Weg machen, desto schneller können wir Lynn erlösen.«

»Seid ihr sicher, dass ihr euch in dieser Marslandschaft nicht verlaufen werdet?«, fragte Leon. Die Skepsis in seiner Stimme war nicht zu überhören.

»Keine Sorge, Leon, wir finden uns zurecht. Schließlich sind wir hier zu Hause, obwohl nun alles verändert aussieht. Sobald wir die Grenzen des Feenlands überschritten haben, werden uns Hermarius und die Sonne den Weg weisen. Außerdem können die Spaider und Wuhuuu geheime Zeichen und Spuren in der Natur lesen.«

Einigermaßen beruhigt schritt Leon zu seinem Einhorn, kraulte es unterm Kinn und schwang sich in den Sattel. Nun war er froh, im Urlaub mit seinen Eltern vor zwei Jahren Reitstunden genommen zu haben, obwohl er in dem Kurs damals der einzige Junge gewesen war. Wirklich reiten konnte er zwar nicht, aber wenigstens blamierte er sich nicht schon beim Aufsteigen. Und wenn er Glück hatte, passten diese Arbeitseinhörner ja vielleicht auf ihre Reiter auf?

»Alle bereit?«, rief Finnja, die mit Hermarius an der Spitze ritt und sich in ihrem Sattel zu den anderen umgedreht hatte.

»Wuhuuu? Was machst du denn da?«

Neugierig drehten sich nun auch Maja, Leon und Hermarius zu dem Troll um, der mit den Spaidern zu Fuß laufen und das Schlusslicht bilden sollte. Anstatt startbereit auf Finnjas Signal zu warten, kauerte er auf dem Boden.

»Guckt mal«, rief er glücklich, »ich hab ein vierblättriges Kleeblatt gefunden.« Mit spitzen Klauen hob er es in die Höhe und strahlte mit seinen schwarzen Zähnen in die Runde.

Finnja schmunzelte, und auch alle anderen mussten lächeln. Das war ein gutes Zeichen. Ein Kleeblatt, noch dazu ein Glückskleeblatt, hatte das Flammeninferno überstanden.

»Dann bewahre es gut auf, Wuhuuu. Vielleicht bringt es uns Glück«, sagte Maja. »Und nun mach dich bereit. Es geht los.«

Aufgeregt schnaubend setzten sich die Tiere in Bewegung. Im Schritttempo ging es gleichmäßig voran. Anfangs genoss es Leon, hoch oben auf dem Rücken von Tulipan zu sitzen und die Landschaft nach vertrauten Hinweisen abzusuchen. Doch es dauerte nicht lange, und er verlor jegliches Zeitgefühl. Es sah alles so gleich aus, flach und öd wie ein verbrannter Pfannkuchen. Leon konnte nicht sagen, ob sie eine, zwei oder schon drei Stunden unterwegs waren. Die Sonne stand fast senkrecht über ihnen, was bedeutete, dass es fast Mittag sein musste. Doch die Uhrzeit auf dem Handy zeigte 15.30 Uhr an. *Unmöglich*, dachte Leon. Hatte es sich aufgehängt? Sicherheitshalber schaltete er das Gerät komplett aus und dann wieder an. Immer noch 15.30 Uhr. Nicht nur, dass die Uhrzeit nicht mit dem Sonnenstand übereinstimmte, eigentlich müsste nun auch schon 15.31 Uhr angezeigt werden. Mit mulmigem Gefühl verstaute Leon das Smartphone. Hoffentlich gab es nicht den Geist auf, bitte nicht, nicht jetzt …

»Was machst du da?«, fragte Hermarius, der sich zu ihm gesellt hatte, besorgt. »Alles in Ordnung mit der Smatfo-Magie?«

»Ja klar, alles bestens«, erwiderte Leon und lächelte ihn beruhigend an. »Wie weit reiten wir heute noch?«

»Bis zu den Wanderfelsen an der östlichen Grenze des Feenlandes«, antwortete Hermarius, wobei er mit angestrengter Miene den Blick über den Horizont schweifen ließ. Leon schoss siedend heiß durch den Kopf, dass sie hier in der flachen Ebene weithin zu sehen waren. Es gab nichts, das ihnen Schutz böte, falls Swampilla und Dragon einen erneuten Angriff starten sollten.

»Wie lange dauert das noch?«, wollte Leon wissen.

»Ungefähr bis zum Mückentanz am späten Nachmittag«, antwortete Hermarius, »wenn wir keine Pause machen, geht es etwas schneller. Mal sehen, ob die Tiere durchhalten.«

»Okay«, erwiderte Leon gedehnt. *Bis zum Mückentanz*, was war denn das für eine schräge Zeitangabe. Und was hieß eigentlich, *mal sehen, ob die Tiere durchhalten*. Ihn quälte vielmehr die Frage, ob er durchhielte. Er beobachtete die anderen. Tat denen nicht der Hintern weh? Er zumindest wusste kaum noch, wie er sitzen sollte.

Als könne Finnja seine Gedanken lesen, ließ sie einen Pfiff hören.

»Alles anhalten. Die Hörner der Silberflocklinge sind schon dunkelgrau. Die Tiere sind völlig erschöpft. Wir sitzen jetzt ab und laufen ein Stück zu Fuß weiter, bis sie sich erholt haben und die Hörner wieder silbern funkeln.«

»Aber nur ein kurzes Stück«, mahnte Hermarius. »Wenn wir im

Schutz der Wanderfelsen sind, haben wir reichlich Gelegenheit, uns auszuruhen.«

Mückentanz, Wanderfelsen, Einhorn-Hörner, die sich verfärbten. Leon musste grinsen. In was war er hier bloß hineingeraten?

Das Laufen tat gut, und auch Tulipan schien erleichtert, für eine Weile kein Gewicht auf dem Rücken tragen zu müssen. Fröhlich stupste es Leon mit seinem Horn an und zwinkerte ihm zu. Leon zwinkerte belustigt zurück, woraufhin Tulipan die Lippen zurückzog, so dass es aussah, als lachte das Tier.

Nach etwa einer Stunde Fußmarsch begann sich die Landschaft zu verändern. Immer mehr Grün mischte sich in das Schwarz und immer öfter musste die kleine Truppe die Tiere davon abhalten, grasen zu wollen.

»Hier begann der Angriff der Drachen, ab hier etwa spuckten sie Feuer«, stellte Maja fest. »Die Grenze zwischen dem Feenland und Swampurien ist nicht mehr weit«, fuhr sie fort und deutete mit dem Finger auf die Hügel, die die gerade Horizontlinie unterbrachen.

Leon atmete innerlich auf. Endlich. Es war inzwischen sehr warm geworden und alle schwitzten. Wuhuuu schüttelte seinen Wasserbehälter, doch er war bis auf den letzten Tropfen leer. Und auch Leon hatte nicht mehr viel in seiner Butteline, wie die Grünaugen das Tongefäß nannten, das Druseline mit Wasser aus der Silberquelle gefüllt hatte.

»Ich verdurste«, jammerte Wuhuuu und ließ die lila Zunge weit raushängen. Leon musterte ihn. Er sah wirklich ziemlich mitgenommen und verschwitzt aus. Kein Wunder. Er selbst hätte auch keine Lust, bei der Hitze mit solch einem dicken Pelz rumzulaufen.

»Gib mir deine Butteline«, sagte er. Er wollte Wuhuuu nur ungern aus seiner eigenen trinken lassen, auch wenn die Hitze Wuhuuus Rotz vorübergehend zum Versiegen gebracht zu haben schien.

Wuhuuu reichte sie ihm und Leon kippte vorsichtig, um nur ja keinen Tropfen zu verschütten, die Hälfte seines Wassers in Wuhuuus Gefäß.

»Daaaanke, Leon«, seufzte Wuhuuu, »du bist ein wahrer Freund.«

»Schon gut«, sagte Leon und wandte sich schnell ab, bevor Wuhuuu noch auf die Idee kam, ihm um den Hals fallen zu wollen. Dem Geruch nach nassem Hund hatte die Hitze nichts anhaben können. Im Gegenteil. Je mehr Wuhuuu schwitzte, desto mehr müffelte er.

»Bei den Wanderfelsen gibt es einen Flusslauf, dort können wir uns alle erfrischen und unsere Wassergefäße auffüllen«, sagte Maja, die sich das Schmunzeln verbiss. Sie hatte sehr wohl bemerkt, wie schnell sich Leon vor Wuhuuu in Sicherheit gebracht hatte.

»Wanderfelsen – alles klar«, sagte Leon. »Und woher weißt du, dass die Wanderfelsen noch beim Fluss sind und nicht inzwischen woanders hingewandert sind?«

»Weil der Fluss die Grenze nach Swampurien bildet und die Wanderfelsen unsere Wachposten sind. Sie bewegen sich immer entlang des Flusslaufes und auch nur, wenn es sein muss.«

»Und wie machen die das? Haben sie Füße?«

»Nein, natürlich nicht. Sie rutschen nachts, wenn der Boden vereist.«

»Ach so, dumme Frage«, antwortete Leon trocken.

»Warte ab, bis wir dort sind. Dann wirst du verstehen.«

Nachdem sie noch gefühlt tausend Schritte weitergetrottet waren, blieb Finnja so abrupt stehen, dass Leon ihr beinahe auf die Hacken trat.

»Was ist los?«, fragte er.

»Still«, zischten Finnja, Maja und Hermarius wie aus einem Mund und lauschten angestrengt. Da hörte Leon es auch. Aus der Ferne war ein Heulen und Winseln zu hören. Es klang so, als habe jemand oder etwas große Schmerzen. Obwohl Leon schwitzte, bekam er eine Gänsehaut. Noch nie in seinem Leben hatte er solch qualvolle Töne gehört, und noch weniger konnte er sich vorstellen, welches Wesen solche Laute von sich geben könnte. Und überhaupt: Wer außer ihnen selbst trieb sich in dieser Einöde herum?

Hermarius flüsterte kurz mit Finnja. Dann drehte er sich zu den anderen um, legte den Zeigefinger an die Lippen und signalisierte mit Handzeichen, dass alle wieder aufsitzen sollten. Beunruhigt bemerkte Leon, dass Hermarius seine Armbrust anlegte. Und auch Wuhuuu nahm eine seiner Keulen aus dem Rucksack und hielt sie einsatzbereit in einer Pranke. *Und ich? Wie soll ich mich verteidigen?* Leon fühlte sich dem, was sie da vorne erwartete, schutzlos ausgeliefert, und wieder hatte er das verrückte Gefühl, in einem ganz und gar schrägen Traum gefangen zu sein. Sollte er nun allen Ernstes in Lebensgefahr geraten? Leon biss sich auf die Unterlippe, doch das Blut, das er schmeckte, war alles andere als nur eingebildet.

»Leon, wir wissen nicht, was da vorne ist«, flüsterte ihm Finnja zu. »Zur Not musst du jetzt schon deine Smatfo-Magie einsetzen.«

Leon schluckte trocken und nickte zögerlich. Verdammte Kacke, dachte er. Ich bin am Arsch. Wie bitte soll die funktionieren? Er wollte etwas erwidern, als ein durchdringendes Brüllen sie alle erschrocken zusammenfahren ließ.

»Es hat uns gewittert«, flüsterte Hermarius. »Seid alle bereit.«

13

Auch die Silberflocklinge schienen zu spüren, dass Gefahr drohte, denn sie bewegten sich wie auf Zehenspitzen nahezu lautlos.

»Hast du eine Idee, was das für ein Wesen ist?«, fragte Leon mit Herzklopfen.

Maja schüttelte den Kopf und grinste schief. »Sicherlich keine Feldmaus. Und es ist nicht mehr weit weg – vermutlich dort vorne, am Fluss, im Schatten der Felsen.«

Wenige Hundert Meter vor ihnen ragten unvermittelt die rötlich-ockerfarbenen Wanderfelsen aus der Ebene auf. Ihre gewaltigen buckeligen Rücken erinnerten Leon an Wale, die in einer Reihe hintereinander aus dem Wasser auftauchten. Zwischen den Hügeln drängten sich grüne Büsche und Bäume. Je mehr sie sich näherten, desto stärker mischte sich in das Furcht einflößende Fauchen ein Rauschen und Plätschern.

»Der Grenzfluss«, flüsterte Maja, und Leon nickte.

»Horch mal, es brüllt gar nicht mehr so laut«, sagte Leon hoffnungsfroh, »vielleicht ist es erschöpft?«

»Freu dich nicht zu früh«, erwiderte Maja.

»Aber wie wollt ihr wissen, wo genau sich das Wesen befindet und dass es nicht plötzlich von hinten angreift?«

Maja zuckte mit den Schultern. »Ich bin nicht so gut im Spurenlesen wie Hermarius oder die Spaider. Aber siehst du die abgeknickten Äste dort vorne?« Maja wies auf eine Baumgruppe. »Dort könnte es durchgelaufen sein.«

Finnja und Hermarius bewegten sich genau auf diese Stelle zu, Leon und Maja folgten ihnen. Die Spaider und Wuhuuu drangen in einem Bogen von einer anderen Seite aus in das Dickicht ein.

»Es ist besser, wir teilen uns auf«, erklärte Maja. »Man weiß ja nie …«

Leon klopfte das Herz bis zum Hals, vor Anspannung traten seine Fingerknöchel weiß hervor. Was war da vorne? Sollte er nicht doch vielleicht einfach umkehren und das Weite suchen? Aber das hieße, seine Freunde im Stich zu lassen. Nein, wenn sie so mutig waren, sich diesem brüllenden Wesen entgegenzustellen, dann war er das auch. Trotzdem wünschte er sich insgeheim, schon eine Stunde älter zu sein, um schon alles hinter sich zu haben.

Mit einem Mal stimmten Hermarius und Finnja ein durchdringendes Geheul an, das Leon vor Schreck fast aus dem Sattel hüpfen ließ. Gleichzeitig gaben sie ihren Silberflocklingen die Sporen. Donnernd galoppierten sie los und wirbelten eine Staubwolke auf. Kurz darauf war ein solch lautes und wütendes Fauchen zu hören, dass Leon sich vor Angst zusammenkrümmte.

»Los, Leon«, rief Maja, beugte sich hinüber zu Tulipan und gab ihm einen festen Klaps auf den Po. Das Tier machte einen Satz und galoppierte der schrill kreischenden Maja in rasendem Tempo hinterher. Leon, der fast einen Rückwärtssalto machte, gelang es nur mit Mühe, sich flach auf den Rücken des Tieres zu legen und sich an Tulipans Mähne festzuklammern. Den Kopf barg er zwischen den Armen, um seine Augen vor den Staubwolken zu schützen. Doch plötzlich bremste das Silberflockling abrupt ab. Leon schlitterte wie auf einer Rutschbahn über seinen Hals und landete in einem Purzelbaum auf dem Boden. Durch den Schwung kullerte er noch ein paar Meter weiter, bis ihn etwas abbremste und er bäuchlings liegen blieb.

Finnja und Maja schrien entsetzt auf. »Weg, Leon, schnell«, doch Leon war von dem wilden Ritt und halsbrecherischen Sturz zu benommen, um zu verstehen, was los war. Langsam hob er den Kopf und öffnete die Augen. Er lag auf etwas Grünem, doch es war weder Gras noch Moos und auch kein von Flechten überzogener Stein – und es bewegte sich. Verwundert spürte er, wie sich etwas in seinen Nabel bohrte und ihn vom Boden abhob. Gleichzeitig wehte ihm etwas Heißes in den Nacken. Leon riss den Kopf hoch – und schrie gellend auf. Nur wenige Handbreit über seinem Gesicht schwebte ein riesiges Maul. Aus den Lefzen ragten spitze, gebogene Fangzähne wie schmutzig-orangefarbene Säbel hervor. Darüber schielten ihn gelbe Augen an und aus den topfdeckelgroßen Nasenlöchern blies ihm übel riechender Atem die Haare aus dem Gesicht. Nun erkannte er auch, worauf er lag: Es war ein Fuß des Ungeheuers, genauer gesagt, eine der Klauen.

Noch bevor das Wesen recht begriff, was auf ihm gelandet war, sprang Leon in einem beherzten Satz rückwärts. Finnja und Maja packten ihn blitzschnell an Kragen und Armen und zogen ihn weg von dem Untier in ihre Mitte.

»Ach du stinkende Sumpfmorchel, das war knapp. Tut dir etwas weh?«, fragte Finnja besorgt und klopfte Leons Arme, Rücken und Kopf ab, als wolle sie prüfen, ob irgendwo ein Knochen herausragte.

Leon schüttelte den Kopf, ohne seinen Blick von dem Wesen vor ihm abwenden zu können.

»Wahnsinn, d-d-d-as gibt's doch nicht«, stammelte er. »Sagt, dass das ein Traum ist.«

Erst jetzt, aus ein paar Metern Entfernung, erkannte er, was ihm gegenübersaß: ein Drache. Und was für einer. Er war riesig. Mindestens so groß wie ein Mähdrescher. Leon legte den Kopf in den Nacken, um ihn von oben bis unten betrachten zu können. Die Haut war ledrig, schimmelgrün und gesprenkelt mit wulstigen Warzen, was Leon unwillkürlich an eine gigantische Gewürzgurke erinnerte. Ein gezackter, mit dunkelgrünen Dornen gespickter Kamm lief vom Kopf über den Rücken und mündete in einem mehrere Meter langen Schwanz. Links und rechts an den Seiten hingen schlapp wie halb ausgeklappte Regenschirme fledermausähnliche Flügel auf den Boden hinab.

Und nun erkannte Leon auch, weshalb der Drache so geheult hatte. Ein Fuß und ein Stück eines Flügels klemmten unter einem der Wanderfelsen fest. Dessen Steinfurchen bildeten ähnlich der Baumfrau Arborelia ein Gesicht ab – ein recht zufrieden aussehendes Gesicht. Der Drache saß in der Falle. Alleine würde er sich nicht befreien können. Ohne Hilfe würde er verhungern und verdursten. Nicht zu reden von den Schmerzen, die das Gewicht des Felsens ihm verursachen musste. Aber wie hatte das überhaupt geschehen können?

Stumm blickte Leon dem Tier in die Augen und stellte fest, dass er trotz allem etwas Mitleid empfand. Denn so gewaltig der Drache war und so furchteinflößend und laut er auch brüllen mochte, in seinen kugelrunden, leicht schielenden und gelb leuchtenden Augen las Leon nur eins: Angst und Schmerz.

»Wen haben wir denn da?«, riss ihn eine Stimme aus seinen Gedanken. Hermarius hatte seinen Dolch, der im Gürtel steckte, gezogen und ging mit hämischem Grinsen ein paar Schritte auf den Drachen zu. »Eine von Dragons Missgeburten, wenn ich mich nicht täusche.« Blitzschnell pikte er dem Drachen in die Seite, so dass dieser erschrocken quiekte und unbeholfen auszuweichen versuchte.

»Haben sie dich hier ganz allein zurückgelassen? Wie gemein von ihnen und welch Pech für dich, du widerliche Flugnatter.«

Mit ängstlich aufgerissenen Augen verfolgte der Drache, wie Hermarius langsam im Halbkreis um ihn herumschritt.

»Ich hab nichts gemacht«, flüsterte das Tier mit heiserer Stimme.

»Wie bitte? Was sagst du? NICHTS GEMACHT? Du wagst es, mit deinesgleichen das Feenland zu verwüsten und zu behaupten, du habest nichts gemacht?« Erbost pikte Hermarius erneut den Drachen, doch dieses Mal fester, denn er jaulte laut auf.

»Was heulst du denn?«, fragte Hermarius scheinheilig, »ich hab auch nichts gemacht.« Erneut hob er den Arm mit dem Dolch, doch nun schritt Leon ein.

»Lass das«, rief er und machte Anstalten, Hermarius' Arm herunterzureißen, doch Finnja hielt ihn zurück.

Entgeistert sah Hermarius Leon an. »Hat dir Druseline heute morgen Schmusi-Kraut in den Tee gegeben oder ist dir etwas Entscheidendes entgangen, du Menschensohn? Das ist eine der zweihundert Kreaturen, die uns vernichten wollten, die unser Land zerstört und unsere Königin entführt – und vielleicht schon getötet haben.«

»Nein, das ist mir nicht entgangen. Aber dieser Drache ist verletzt und kann sich nicht wehren.«

»Zum Glück für uns«, erwiderte Hermarius, »oder was denkst du, was er mit dir und uns anstellen würde, wenn er bei Kräften wäre? Nicht wahr, du Mistvieh!« Wütend stach er dem Untier in den noch heilen Fuß.

Das war zu viel. Leon riss sich von Finnja los, stürmte auf Hermarius zu und stieß ihn so heftig zu Boden, dass ihm der Dolch aus der Hand glitt und wegschlitterte.

»Leon«, brüllten Maja und Finnja wie aus einem Mund und zerrten ihn von Hermarius weg. »Spinnst du?« Finnja packte ihn bei den Schultern und funkelte ihn wütend an.

»Nein, ich spinne nicht«, protestierte Leon und riss sich los, »aber Hermarius soll mit dem Stechen aufhören. Man quält kein wehrloses verletztes Tier.«

»Mir kommen gleich die Tränen, der arme kleine Drache«, höhnte Hermarius, klopfte sich den Staub von seinem grünen Umhang ab und hob seinen Dolch wieder auf. »Du solltest dir dein Mitgefühl für all die verletzten und getöteten Feen aufsparen anstatt für so eine scheinheilige Killernatter.«

Verächtlich bespuckte er den Drachen, der sich inzwischen so klein er konnte zusammengekrümmt hatte und sich in eine Furche des Felsens zu pressen versuchte. Wenn Leon nicht alles täuschte, verzog der Fels darüber missbilligend seine Mundwinkel.

»Ich hab aber wirklich nichts gemacht«, flüsterte der Drache erneut, und alle sahen verwundert, wie aus seinen Augen je eine grün schillernde Träne quoll.

Hermarius stemmte die Arme in die Seiten und schüttelte mit grimmiger Miene den Kopf. Aber immerhin verzichtete er darauf, den Drachen erneut zu quälen.

»Und was hast du stattdessen gemacht? Regenwürmer verknotet oder was?« fragte er.

»Ich hab mich versteckt«, flüsterte der Drache und senkte verschämt den Kopf.

»Sprich lauter«, schnauzte Hermarius.

»ICH HAB MICH VERSTECKT«, heulte der Drache laut auf.

»Wo ist er, wo hat er sich versteckt?«, brüllte plötzlich eine Stimme. Wutschnaubend kam Wuhuuu, die Keule in der erhobenen Pranke, um den Felsen gestürmt, dicht gefolgt von den beiden Spaidern.

»Vorsicht«, rief Maja gellend, doch es war zu spät. Auch Wuhuuu prallte wie zuvor Leon mit voller Wucht gegen den Drachen.

»Auuuuuu«, heulte der auf, was nicht verwunderlich war, denn schließlich wog Wuhuuu einiges mehr als Leon.

»Oh, oh, 'tschuldigung«, sagte Wuhuuu reflexhaft und rieb sich den Kopf. »Uuuaaaaaah, da ist ja ein Drache.«

Hermarius stöhnte auf und rollte die Augen. »Und ich dachte, es sei ein Maulwurf.«

»Bin kein Maulwurf, ich bin Sangrian, und das tut soooo weh«, heulte der Drache laut auf, wobei ihm Rotz aus der Nase quoll.

Na super, noch eine Rotznase, schoss es Leon durch den Kopf.

Betroffen betrachtete Wuhuuu den Drachen und als er zwei Drachenklauen unter dem Fels hervorspitzen sah, schlug er sich eine Pranke vors Maul.

»Donnerflüüt, bin ich stark. Ich hab den Drachenfuß unter den Fels geschoben.«

»Das warst du nicht«, jaulte der Drache und auch der Fels blickte Wuhuuu mit grimmig gefurchten Stirnfalten an. »Das war der Wanderfels. Der hat sich einfach auf mich draufgestellt, als ich mich verstecken wollte. So fies.«

»Fies?«, schaltete sich nun Finnja ein. »Wer ist hier fies? Du doch wohl. Du und deine Freunde, ihr habt uns hinterrücks überfallen, ihr wart es, die meine Mutter geklaut habt.«

Der Drache sah Finnja aus großen Augen an und vergaß für einen Moment zu heulen. »Deine Mutter geklaut? Lynn ist deine Mama? Das wusste ich nicht. Das tut mir sooooo leid«, heulte er nun laut.

Hermarius schüttelte den Kopf. »Schluss jetzt mit dem Geheule und dem Theater. Ich glaube dir kein Wort. Sag uns sofort, wohin Dragon und Swampilla die Feenkönigin gebracht haben und was sie vorhaben. Dann werden wir dir und deinen Schmerzen ein schnelles Ende bereiten.«

»Neeeeeeiiiiin«, jaulte Sangrian, und »Nein«, riefen auch Leon, Finnja, Maja und Wuhuuu.

Entgeistert blickte Hermarius in die Runde. »Seid ihr von allen guten Geistern verlassen? Wollt ihr das Vieh etwa leben lassen?«

»Warte, Hermarius«, sagte Finnja. »Der Drache soll erst einmal berichten, was er erlebt hat und was er weiß. Anschließend überlegen wir, was wir mit ihm machen.«

»Wie du meinst«, knurrte Hermarius. »Aber erzähl uns keine Lügenmärchen, ich warne dich.« Drohend wedelte er mit dem Dolch.

Der Drache nickte mit eingezogenem Kopf, schniefte und begann zu erzählen.

»Es stimmt, ich bin einer von Dragons Drachen …«

»… na also, hab ich's euch nicht gesagt?« Hermarius presste die Lippen aufeinander.

»Pssst«, schalt Finnja und nickte dem Drachen aufmunternd zu.

»… aber nicht alle Drachen sind böse, und nicht alle Drachen sind gleich. Es gibt große und kleine, dicke und dünne, tapfere und …«, Sangrian schluckte, »nicht so tapfere.«

»Und du bist nicht so tapfer, oder?«, fragte Leon.

Sangrian nickte und eine Träne kullerte im Slalom die Warzen auf seiner Wange herunter.

Hermarius rollte mit den Augen. »Ein feiger Drache, ich fress zehn faule Lurcheier, wenn das stimmt.«

»Psst. Jetzt hör ihm doch einfach mal zu, Hermarius. Du kannst dich später noch zu Wort melden.« Finnja sah den Kundschafter zornig an.

»Ich bin anders als die anderen«, fuhr Sangrian fort, »aber das darf niemand merken, sonst machen sie Schlammknödel aus mir.« Sangrian heulte erneut auf.

Mit einem strengen Blick hielt Finnja Hermarius davon ab, eine höhnische Bemerkung zu machen.

»Weiter«, forderte sie den Drachen auf.

»Mir wird schlecht, wenn ich Blut sehe, und ich mag auch nicht boxen und nicht hauen und nicht beißen, das tut nämlich weh. Und mir schmeckt auch kein Fleisch, davon wird mir speiübel.«

»Das gibt's doch nicht«, rief Wuhuuu entgeistert. »Hast du mal einen in Kräuter gewickelten Vierpfötling, etwa eine Stunde am Spieß überm Feuer gebraten, probiert ...«

»Wuhuuu«, schimpfte Finnja, »hier geht es nicht um Kochrezepte.«

»Aber er muss doch was essen«, beschwerte sich Wuhuuu.

Der Drache nickte eifrig mit dem Kopf. »Kräuter und Blätter esse ich ja auch, aber nicht Vierpfötlinge. Die hoppeln so niedlich rum.«

Hermarius stöhnte auf. »Das kann ja wohl nicht wahr sein. Ein pflanzenfressender Drache. Ihr glaubt auch alles, oder?«

Finnja und Maja sahen den Drachen und Hermarius ratlos an, und Leon verbiss sich ein Grinsen. Ob Ben ihm das jemals glauben würde?

»Zurück zu eurem hinterhältigen Angriff auf unser Land. Was habt ihr vor?«

Sangrian zwinkerte nervös mit den Augen. »Ich weiß auch nicht genau. Als ich mitgekriegt hab, dass Dragon und Swampilla euch überfallen wollen, hab ich ganz viel Kohlrüben gegessen, damit ich Bauchweh und Durchfall bekomme und nicht mit in den Kampf ziehen muss. Aber der fiese schwarze Drache mit den gelben Furunkeln hat mich durchschaut. Ich musste mit.«

»Von wegen *nichts gemacht*«, äffte Hermarius den Drachen nach.

»Aber dann ist es mir gelungen, mich immer weiter zurückfallen zu lassen, bis ich schließlich ganz am Ende des Rudels war«, fuhr Sangrian fort. »Das war nicht schwer, denn ich hab nicht so viel Puste und Ausdauer wie die anderen. Und als wir uns schließlich der Grenze zu eurem Land näherten und ich die Felsen im Mondlicht leuchten sah, beschloss ich, mich so lange zwischen den Felsen und Bäumen zu verstecken, bis die anderen von ihrem Beutezug zurückkehrten.«

»Beutezug hat er gesagt, habt ihr das gehört?«, presste Hermarius grimmig zwischen den Zähnen hervor. »Unsere Königin – eine Beute.«

Finnja holte tief Luft. Auch sie musste an sich halten. »Und dann, wie ging es weiter?«

»Das mit dem Verstecken hat geklappt. Ich bin gar nicht in die Nähe eurer Wohnhöhlen gekommen und habe niemandem wehgetan. Ich schwör«, sagte er und hob kläglich den unverletzten Flügel. »Aber das mit dem Rückflug hat nicht geklappt, wie ihr seht.« Verärgert blickte er den Fels an. »Wieso können Felsen sich überhaupt bewegen?«

Finnja grinste hämisch. »Feenmagie«, sagte sie. »Oder was denkst du, weshalb sie Wanderfelsen heißen und unsere Grenze bewachen?«

»Sprich weiter, du Unschuldsdrache, hast du wenigstens mitbekommen, was sie mit Lynn vorhaben und wohin sie sie gebracht haben?«, fragte Hermarius ungeduldig.

Sangrian tat so, als habe er die Frage nicht gehört, pustete stattdessen auf seinen verletzten Flügel.

»Hallooo? Hast du Kröten in den Ohren?«

»Hmmm, was ist? Hast du was gesagt?« Sangrian blickte Hermarius wie ein Unschuldslamm an, aber selbst Wuhuuu merkte, dass er flunkerte.

»Nicht schwindeln«, warnte er, »dann passiert dir nichts.«

»Das werden wir noch sehen«, knurrte Hermarius. »Los jetzt, raus mit der Sprache.«

14

»Erst müsst ihr mir schwören, dass ihr mich hier nicht alleine zurücklasst. Und Hunger hab ich auch.« Mit einem Auge schielte Sangrian in die Runde und bohrte mit einer Klaue im Sand.

Die Feen waren für einen Moment sprachlos.

»Was fällt dir ein, Bedingungen zu stellen«, donnerte Hermarius schließlich los, machte ein paar Schritte in Richtung des Drachen und hob erneut seinen Dolch. Es fehlte nicht viel, und er hätte ihn wieder eingesetzt.

Finnja bremste ihn mit einer Handbewegung.

»Was wir mit dir machen, Sangrian, hängt ganz davon ab, welchen Nutzen wir von dir haben. Wenn wir auch nur den geringsten Verdacht haben, dass du uns belügst oder in eine Falle locken willst, lassen wir dich hier zurück – ohne Nahrung und Wasser. Deine Entscheidung. Also, wo ist meine Mutter und was haben Dragon und Swampilla vor?«

»Woher soll ich denn das wissen? Glaubt ihr, sie fragen mich um Rat, wenn es darum geht, jemanden zu quälen? Vielleicht tunken sie sie in den stinkenden Schwefelsumpf? Vielleicht binden sie ihr die Hände auf den Rücken, damit sie sich nicht die Ohren zuhalten kann, wenn die Kreischkröten sie in den Wahnsinn treiben wollen. Oder sie werfen sie in einen Trog voller Riesenblutwurmlinge? Keine Ahnung. Swampilla ist sehr erfinderisch.«

Finnja und Maja waren ganz blass geworden. »Wir müssen uns beeilen, das überlebt sie nicht«, flüsterte Finnja.

»Wo ist sie?«, schrie Hermarius und hielt dem Drachen den Dolch an die Kehle.

»Nimm das weg«, kreischte Sangrian, »sonst sag ich gar nichts mehr.«

Widerwillig tat Hermarius wie geheißen.

»Die Sumpfhexe wollte mit Dragon, Lynn und den Drachen zurück nach Mon Diö«, nuschelte Sangrian.

»Aber warum tun sie uns das an?«, fragte Finnja und jeder spürte, dass sie nur mit Mühe die Tränen zurückhalten konnte.

Sangrian zuckte mit den Flügeln und wiegte den Kopf hin und her. »Weil.«

»Was heißt hier *weil?*«

»Das soll heißen, dass Swampilla alles haben will, was euch gehört«, führte Sangrian aus. »Die grünen Libellenschuhe, die Mondperlenmagie, eure Silberflocklinge, Lynns schöne Haare. – Einfach alles.«

Fassungslos blickten sich die Feen an. Bei so viel Unverfrorenheit verschlug es ihnen die Sprache. Schließlich räusperte sich Leon.

»Okay. Ruhig Blut. Dass Swampilla es nicht gut mit uns meint, ist ja nichts Neues. Aber kampflos ergeben wir uns nicht. Der werden wir es zeigen.«

Nicht nur Leon selbst war erstaunt, sich so reden zu hören. Er hatte »uns« gesagt. Gleich zweimal. Und zweimal »wir«. Finnja schien das ebenfalls aufgefallen zu sein, denn trotz allen Kummers leuchteten ihre Augen.

»Höchste Zeit, dass wir dieser raffgierigen Dame einen Gegenbesuch abstatten und uns zurückholen, was uns gehört«, fuhr Leon fort. »Aber nun zu dir, Sangrian: Erklär uns, weshalb wir dich hier nicht zurücklassen, sondern stattdessen mitnehmen sollten?«

»Ich kann euch helfen«, murmelte Sangrian. »Ich kenn den besten Weg nach Mon Diö und …«

»Als ob wir dich dazu bräuchten«, fiel ihm Hermarius ins Wort. »Den Weg kenne ich am allerbesten.«

Sangrian nickte. »Dann weißt du auch, dass die Wege durch Swampurien voller Tücken und tödlicher Fallen sind?«

Hermarius zwinkerte nervös mit den Augen und schwieg.

»Kennst du diese Fallen?«, fragte Finnja.

»Ja klar«, antwortete Hermarius etwas zu forsch. »Ich kenne zum Beispiel die Quallentümpel und weiß, wo die Plapperflattern hausen.«

»Quallentümpel und Plapperflattern sind zwar unangenehm, aber bei Weitem nicht die gefährlichsten Hindernisse«, wies Sangrian Hermarius zurecht. »Kennst du auch den Weg durch das Schilflabyrinth der Riesenwurmlinge?«

»Riesenwurmlinge?«, fragte Wuhuuu interessiert. »Meinst du Blutwurmlinge? Schmecken die?«

»Woher soll ausgerechnet ich das wissen?«, entgegnete Sangrian. »Ich bin Pflanzenfresser. Aber ich hab keinen Zweifel daran, dass du ihnen schmeckst.«

»Pah, ich lass mich doch nicht von Würmchen anknabbern.« Drohend schwang Wuhuuu seine Keule.

»Die *Würmchen*, wie du sagst, wickeln dich so schnell ein und saugen sich an dir fest, so schnell kannst du gar nicht »pah« sagen.«

Mit großen Augen starrten Wuhuuu, Hermarius und alle anderen den Drachen an.

»Woher wissen wir, dass du uns keinen Unsinn erzählst, nur um deine Haut zu retten?«, fragte Hermarius.

»Genau«, ergänzte einer der beiden Spaider, die bisher schweigsam zugehört hatten. »Vielleicht zeigst du uns dein wahres Gesicht erst, wenn wir dich von dem Wanderfelsen befreit haben?«

»Ja, und wieso solltest du dich plötzlich auf unsere Seite schlagen und deine eigenen Gefährten verraten?«, ergänzte Maja.

Sangrian sackte mutlos in sich zusammen und schwieg für einen Moment. Dann blickte er in die Runde und alle sahen, dass seine Augen erneut in Tränen schwammen.

»Ich möchte nicht mehr zurück zu Dragon und den Drachen. Ich gehöre einfach nicht dazu. Ich bin schlecht im Kämpfen und ich will es auch nicht lernen, ich will kein Blut schmecken müssen und ich will nicht ausgelacht und geärgert werden, nur weil ich anders bin. Ich weiß nicht, was ich tun soll, und ich weiß nicht, wo ich hin soll«, heulte er nun laut auf. »Kann ich nicht einfach bei euch bleiben?«

Leon schwankte innerlich. Einerseits hätte er dem Drachen am liebsten einen tröstlichen Klaps gegeben, auf der anderen Seite war da auch noch Misstrauen.

»Aber weshalb wolltest du dich beim Rückflug wieder den anderen Drachen anschließen? Das ist doch unlogisch.«

Sangrian schniefte. »Mein Plan war, mich auf Höhe der Nebelwüste davonzumachen und einfach draufloszufliegen, irgendwohin in unbekanntes Land. Bei euch im Feenreich wollte ich nicht bleiben. Dragon und Swampilla haben erzählt, dass ihr ganz böse seid, dass ihr Swampilla alles weggenommen und zwei von Dragons Augen kaputt gemacht habt. Ich dachte, ihr seid noch fieser als Dragon und Swampilla.«

Finnja klappte der Mund auf. »Unverschämtheit!«, rief sie. »Alles erstunken und erlogen.«

»Aber weshalb bist du dann nicht gleich auf dem Hinflug in der Nebelwüste abgetaucht, anstatt dich hier zu verstecken?«, fragte Maja.

»Ich hab doch schon gesagt, dass der große schwarze Drache mit den gelben Furunkeln mich kaum aus den Augen gelassen hat. Der flog die meiste Zeit neben mir, als ob er was geahnt hätte. Aber schließlich war er dann so genervt, weil ich solches Seitenstechen hatte und immer langsamer wurde, dass er weggedüst ist. Und dann waren wir aber schon bei den Wanderfelsen und die Nebelwüste weit weg.«

Schweigend ließen Leon und seine Gefährten die Worte auf sich wirken und betrachteten den Drachen. In sich zusammengesackt lehnte Sangrian am Felsen und weinte leise vor sich hin. Und wenn Leon sich nicht täuschte, zeichnete sich auf den Steinfalten des Wanderfelsens nun etwas Mitleid ab.

»Ich glaube ihm«, flüsterte Leon schließlich den anderen zu. »Wir sollten es mit ihm wagen. Außerdem kann er uns helfen, nach Mon Diö zu kommen.«

»Ich trau ihm nicht«, knurrte Hermarius. »Ihr werdet schon sehen, sobald wir ihn von dem Felsen befreit haben, wird sich der süße, ach so harmlose Veggie-Drache auf uns stürzen und uns zerfleischen. Und dann kann ich nur hoffen, dass Leons Smatfo-Magie uns retten kann, denn mein Dolch alleine schafft das nicht.«

»Gut, dann lasst uns abstimmen«, entschied Finnja.

»Wer ist dafür, Sangrian zu vertrauen?«

Alle mit Ausnahme von Hermarius hoben die Arme, die Spaider jeweils ein Bein.

»Gut, dann ist die Sache entschieden. Sangrian wird uns begleiten und darf, je nachdem wie er sich bewährt, in Zukunft bei uns leben.«

»Hicks«, kam von Sangrian, und gleich noch mal »hicks« und »Da-hanke«. Vor lauter Freude hatte der Drache Schluckauf bekommen. Und als erneut ein »Hicks« aus seinem Bauch kollerte, schoss eine kleine Stichflamme aus seinem Maul, so dass die Feen erschrocken zurückwichen.

»Es geht wieder«, jubelte Sangrian. »Schaut mal, ich kann wieder Feuer spucken.«

»Na großartig«, maulte Hermarius. »Von wegen nicht gefährlich. Aber auf mich will ja keiner hören.«

»Solange du dein Feuerspeien in Maßen ausübst und niemanden von uns verletzt …«, setzte Maja an, doch Sangrian unterbrach sie buchstäblich mit Feuereifer: »Meine Füße sind kalt wie Eiszapfen. Friert ihr auch? Soll ich euch ein klitzekleines Lagerfeuer machen?«

»Keine schlechte Idee«, erwiderte Finnja schmunzelnd, »es ist schon fast dunkel, der Boden wird bald gefrieren. Wir sollten hier die Nacht verbringen, auch wenn es eiskalt wird.«

»Und Hunger hab ich auch«, maulte Wuhuuu. »Was gibt's zu essen?«

»Alles der Reihe nach«, schaltete sich Maja ein. »Wir sollten zuerst unseren neuen Gefährten befreien und uns seine Wunden anschauen. Schließlich muss er morgen in der Lage sein, gut zu laufen.«

Finnja holte tief Luft, blickte Sangrian fest in die Augen und flüsterte ein paar Worte. Gleich darauf knirschte es, Sangrian quiekte und humpelte dann plump einen Meter weg vom Fels.

»Ich blute«, kreischte er.

Hermarius rollte erneut mit den Augen. »So ein Weichei. Was ist das denn bitte für ein Drache, der sich so anstellt?«

»Jetzt sagst du das auch schon«, jaulte Sangrian. »Du bist genauso gemein wie der Furunkel-Drache.«

»Puuuh, reg dich ab«, stöhnte Hermarius und wandte sich um zu seinem Silberflockling.

»Was hast du da eigentlich eben geflüstert?«, wollte Leon von Finnja wissen.

»Sei nicht so neugierig«, grinste die Fee. »Den Zauberspruch kennen nur die Herrscher des Feenreichs und ihre Nachfolger. Aber unter uns: Ich bin heilfroh, dass ich den Vers noch auswendig konnte und es geklappt hat.«

Leon grinste zurück. »Hast du es auch nicht so mit dem Auswendiglernen? Das kenn ich. Oder was denkst du, weshalb mein Opa mir Lateinnachhilfe verpasst?« Kaum hatte er das ausgesprochen, überschwemmte ihn eine Welle von Heimweh und schlechtem Gewissen. »Sicher machen sich meine Großeltern riesige Sorgen um mich. Wahrscheinlich waren sie schon bei der Polizei und haben eine Vermisstenanzeige aufgegeben.« Leon ließ die Schultern hängen.

»Mach dir keine Sorgen um deine Großeltern, Leon. Alles wird gut. Und jetzt komm, lass uns Sangrians Verletzungen versorgen.«

Als wüsste Sangrian, dass er seine neuen Freunde nicht erschrecken durfte, um ihr Vertrauen nicht zu verlieren, machte er sich so klein er konnte und bewegte sich so vorsichtig, als liefe er auf rohen Eiern. Maja umwickelte seine Wunden mit Algenblättern, die sie in ihrem Medizinvorrat mit sich trug. Anschließend versammelten sich alle rund um ein flackerndes Feuerchen und knabberten Maiskolben, die Druseline ihnen als Proviant eingepackt und die sie am Feuer gegrillt hatten. Sangrians Augen leuchteten in der Dunkelheit wie zwei Strahler, und das lag nicht allein an dem Feuerschein, der sich darin widerspiegelte. So glücklich hatte er sich schon lange nicht mehr gefühlt.

15

Am nächsten Morgen ließ sich Leon nur ungern wecken, doch Hermarius rüttelte unerbittlich an seiner Schulter. Als Leon schließlich die Augen aufschlug, sah er, dass er in einem Arm von Sangrian lag, während Maja und Finnja sich in den anderen gekuschelt hatten. Sangrian selbst lag leise grunzend auf dem Rücken, Hals und Kopf gegen den Felsen gestützt. Leon klopfte ihm mit der flachen Hand auf den Bauch, der so gewölbt war, als habe Sangrian zwanzig Medizinbälle verschluckt.

»Aufwachen, du Schlafmütze.«

Langsam kam Bewegung in den Drachen. Er gähnte und rekelte sich, so dass Leon, Finnja und Maja wie Fallobst auf den Boden purzelten.

»Einen wunderschönen guten Morgen«, flötete Sangrian schielend die noch etwas schlaftrunkene Truppe an, während er seine Flügel vorsichtig aus- und wieder einklappte.

Die beiden Spaider streckten nacheinander jedes einzelne ihrer über Nacht steif gewordenen Beine in die Luft, so dass es aussah, als tanzten sie Ballett.

Eins der Silberflocklinge wieherte ungehalten auf, gefolgt von einem zischenden »Psst, Schnauze«. Leon stutzte und erhob sich, um nachzusehen, was dort vor sich ging. Dabei entdeckte er Wuhuuu, der sich heimlich am Proviantsack zu schaffen machte. Auf

Zehenspitzen schlich sich Leon an und als er direkt hinter ihm stand, brüllte er »Huhu, Wuhuuu«.

Der Troll machte vor Schreck einen Satz und quiekte, wobei ihm ein Stück Apfel aus dem Mund fiel.

»Schmeckt's?«

Schuldbewusst senkte Wuhuuu den Kopf und schluckte hastig das, was er noch im Maul hatte, runter.

»Schon mal was von Teilen gehört?«, fuhr Leon fort.

»Immer auf die Kleinen«, jammerte Wuhuuu zu Leons Verwunderung. »Ich musste etwas essen. Mein Bauch hat so laut geknurrt, dass ich euch ansonsten alle aufgeweckt hätte.«

Leon sah Wuhuuu mit schiefem Grinsen an. »Du tust mir ja sooo leid, du armer Kleiner. Musstest vor lauter Rücksicht auf uns einen von diesen blöden, eklig saftigen Äpfeln essen.«

Wuhuuu blickte zu Boden und schob verlegen die ausgespuckten und halb zerkauten Apfelreste mit einem Fuß hin und her. »Ganz ehrlich ...«, wollte er sich weiter rechtfertigen, doch ein tiefes Knurren, das alle erschrocken zusammenfahren ließ, unterbrach ihn. Gleichzeitig schlug sich Sangrian verlegen mit einer Pranke vor die Schnauze.

»'tschuldigung«, stammelte er. »Das war mein Bauch, der ist auch leer.«

Wuhuuu lächelte erleichtert. »Siehst du, bei Sangrian ist es genauso. Ein leerer Bauch ist sooo laut und tut sooo weh, davon habt ihr Feen und Menschen mit euren Mini-Bäuchlein gar keine Ahnung, stimmt's, Sangrian?« Beifall heischend sah er den Drachen an, der zögerlich nickte.

»Na gut«, warf Maja ein. »Dann lasst uns kurz eine Kleinigkeit essen, bevor wir aufbrechen.«

Nach einem kurzen Frühstück und einer noch kürzeren Katzenwäsche im Fluss – Wuhuuu tunkte nur eine Pranke ins Wasser und brüllte gleich darauf »Fertig!« – packten alle ihre Sachen zusammen, rollten die Schlafdecken auf und füllten ihre Buttelinen mit frischem, klaren Wasser aus dem Fluss. Als auch die Silberflocklinge versorgt und alles in den Satteltaschen verstaut war, saßen sie auf.

Hermarius, dem es sichtlich schwerfiel einzugestehen, dass der Drache möglicherweise die unterwegs lauernden Gefahren besser kannte als er selbst, lenkte sein Einhorn an Sangrians Seite.

»Welche Tagesroute schlägst du vor?«

»Hmmm«, antwortete Sangrian und runzelte die Stirn, »ich hab ja alles nur im Flug von oben gesehen, aber wenn ich mich nicht täusche, erstreckt sich nur wenige Tausend Meter hinter dem Grenzfluss der Wald der Riesenpusteblumen.«

»Ja und?«, erwiderte Hermarius und zuckte mit den Achseln. »Wo ist das Problem? Dann pusten wir die halt weg.«

»Genau«, rief Wuhuuu und blies die Backen auf, um gleich darauf so fest zu pusten, dass Finnjas Haare zu Berge standen.

»Ich übe doch nur«, maulte er, als Finnja angewidert von Wuhuuus stinkendem Atem ihren Kopf zur Seite riss.

»Du brauchst gar nicht so doll zu pusten«, sagte sie. »Die verwelken schon alleine von deinem Mundgeruch.«

»Gemeinheit«, maulte Wuhuuu.

»So einfach wegpusten lassen die sich nicht.« Mit besorgter Miene schaukelte Sangrian seinen langen Hals hin und her. »Ihre

Flugsamen sind messerscharfe Kristallpfeile. Die bleiben sogar in meinem dicken Leder stecken wie Stacheln und piken ganz furchtbar – so wie dein Messer«, ergänzte er mit einem vorwurfsvollen Seitenblick zu Hermarius, der daraufhin beschämt zu Boden sah und ein säuselleises »Tut mir leid« hören ließ.

»Doch wie kommt es dann, dass ich noch nie etwas von deinen Riesenpusteblumen gehört oder gesehen hab? Vergiss nicht, ich bin ein Kundschafter«, sagte Hermarius gleich darauf und warf sich in die Brust.

Sangrian schnalzte mit der Zunge, was sich in Leons Ohren wie ein Peitschenhieb anhörte. »Dann waren sie eben noch nicht reif und du konntest sie nicht sehen. Eine Weile tarnen sie sich als gelbe Blumen. Aber im Frühsommer verwandeln sie sich in grau-weiße Kugeln, die gespickt sind mit messerscharfen Pfeilen. Und die schießen auf alles, was ihnen in die Quere kommt.«

Finnja holte tief Luft und durchbrach das ängstliche Schweigen, das sich nach Sangrians Schilderung eingestellt hatte.

»Wieso fackeln wir den Wald nicht einfach ab?«, fragte sie. »Sangrian kann doch Feuer spucken.«

»Stimmt«, rief Hermarius. »Denselben Gedanken hatte ich auch, du bist mir nur zuvorgekommen«, log er.

Sangrian schüttelte den Kopf. »Das geht nicht«, sagte er bedauernd. »Ich kann nicht so viel Feuer spucken, um einen solch großen Wald anzuzünden. Aber das macht ohnehin keinen Sinn, denn der brennende Wald wäre meilenweit zu sehen. Da könnten wir uns gleich bei Dragon und Swampilla persönlich anmelden. Außerdem lassen sich die Pusteblumenbäume ohnehin nicht anzünden. Sie sind viel zu feucht. Es würde nur qualmen, und dann werden wir nicht nur von den Kristallspießen durchbohrt, sondern ersticken auch noch.«

»Und weshalb warten wir dann nicht einfach ab, bis sich der Qualm verzogen hat?«, warf Leon ein.

Sangrian seufzte. »Auch das macht keinen Sinn. Aus einer verbrannten Pusteblume wachsen blitzschnell zwei neue nach.«

»Das klingt nicht gut. Das klingt gar nicht gut«, sagte Finnja und zupfte sich am Ohrläppchen. »Aber wir haben keine Wahl. Wir müssen da durch. Ihr wisst nun alle, was uns erwartet, und jeder von euch kann sich auf dem Weg dorthin überlegen, wie wir die Gefahr bewältigen. Ich bin mir sicher, dass wir eine Lösung finden. Und vergesst nicht: Vielleicht kann uns auch Leon mit seiner Smatfo-Magie helfen. Also, vorwärts.«

Leon zuckte innerlich zusammen, als Finnja ihn bei diesen letzten Worten vertrauensvoll und herausfordernd zugleich anblickte. Aber er ließ sich nichts anmerken.

Doch dass Hermarius den Mund verzog und sich eine zweifellos geringschätzige Bemerkung verkniff, war nicht zu übersehen.

Nachdem sie eine seichte Stelle gefunden und den Grenzfluss zwischen dem Feenland und Swampurien durchquert hatten – nicht ohne Gekreische von Wuhuuu, der Wasser nicht leiden konnte –, schien es Leon, dass sich unmerklich etwas veränderte. Ohne dass er es an konkreten Dingen hätte festmachen können, kam es ihm so vor, als hinge etwas Bedrohliches in der Luft. Verhieß die aufgehende Sonne erst eine Stunde zuvor noch einen strahlend schönen Tag,

verbarg sie sich nun hinter grauen Dunstschleiern. War es am Vortag noch zu warm gewesen, fröstelte Leon nun. Sehnsüchtig dachte er an seine warme blaue Fleece-Jacke, die bei seinen Großeltern an der Garderobe hing. Bis auf das leise trappelnde Geräusch der Hufe war es mucksmäuschenstill. Kein Vogel zwitscherte, keine Maus buddelte ein Loch oder raschelte im Gebüsch. Es war gerade so, als gäbe es kein tierisches Leben mehr. Selbst die Pflanzen sahen aus wie tot. Je weiter sie in das Land der Sumpfhexe eindrangen, desto mehr erinnerten Bäume und Büsche an tote Gerippe. Die Stämme und Äste schienen wie von einer schwarzen glänzenden Schmiere überzogen und das Laub hing in modrigen braunen Lappen herunter und schwängerte die Luft mit einem fauligen Aroma. Leon fühlte sich zunehmend bedrückt und hätte am liebsten kehrtgemacht. Und wenn er sich nicht täuschte, erging es seinen Gefährten ebenso. Alle trotteten schweigsam vor sich hin und folgten dem noch immer leicht humpelnden Drachen.

»Sag, wenn du eine Pause brauchst, Sangrian«, rief Maja.

»Ach ja«, erwiderte der Drache mit wehleidiger Stimme. »Ich schaff das schon. So ein bisschen Blutverlust wird mich schon nicht umbringen. Waren ja bloß ungefähr drei Buttelinen voll.«

Leon runzelte die Stirn. »Meinst du den Fingerhut voll Blut aus deiner Wunde am Fuß?«

»Jaja, mach dich nur lustig über mich«, fuhr Sangrian weinerlich fort und humpelte gleich noch einen Tick theatralischer. »Du weißt ja nicht, dass ich schon die ganze Zeit die Zähne zusammenbeiße.«

»Besser, als dass du jemanden von uns beißt«, murmelte Hermarius so leise, dass Sangrian es nicht hören konnte.

Plötzlich blieb der Drache abrupt stehen. Er reckte seinen Kopf in die Höhe und schnupperte, so dass die Nüstern sich blähten wie Segel. »Oh nein«, flüsterte er entsetzt.

»Was ist los, Sangrian? Sind wir schon bei den Riesenpusteblumen?«

Sangrian schüttelte den Kopf. »Riecht ihr das nicht?«

Alle schnupperten, und als habe sie nur darauf gewartet, erhob sich plötzlich aus dem bisher windstillen Nichts eine Böe und trug den Geruch von Blut und Angst mit sich.

»Igitt, was ist das denn? Mir wird schlecht.« Leon hielt sich die Nase zu, während er Mühe hatte, Tulipan zu bändigen.

Denn wie auf ein geheimes Kommando tänzelten plötzlich alle Silberflocklinge hin und her, schnaubten, wieherten und hatten die Augen panisch aufgerissen.

Hermarius, ebenfalls seine Nase mit einer Hand schützend, gelang es, sein widerspenstiges Tier zu bändigen. Er galoppierte ein Stück voraus und blieb auf der Kuppe einer kleinen Anhöhe abrupt stehen.

»Diese Drecksviecher«, hörte Leon ihn brüllen. »Wenn ich die in die Finger bekomme, mach ich Krümelhack aus denen.«

Trotz Hermarius' Aufforderung wegzubleiben, setzten nun auch Finnja, Maja und die anderen ihre Einhörner in Bewegung. Und nun verstanden alle, weshalb Hermarius nicht wollte, dass sie näher kamen und das sahen, was er sah: Das Gelände vor ihnen war, so weit das Auge reichte, übersät mit leblos daliegenden Silberflocklingen. Jedem von ihnen war das Horn abgebrochen, aus manchen sickerte noch immer etwas Blut. Die Erde war durchpflügt von den

Trittspuren sehr großer Tiere mit je fünf gewaltigen Klauen – genau solchen, wie Sangrian sie auch hatte.

»Die Drachen. Hier haben sie Rast gemacht und ihre Beute getötet«, flüsterte Sangrian hinter vorgehaltener Pranke.

Finnja rutschte aus ihrem Sattel und reichte Maja die Zügel ihres Silberflocklings, das am liebsten das Weite gesucht hätte. Sie lief die Anhöhe hinunter und kniete neben einem der Kadaver nieder.

»Das sind unsere Einhörner«, flüsterte sie und hob das abgebrochene, nun mattschwarze Horn in die Hand. Vom einstigen silbernen Schimmer war keine Spur mehr zu sehen. »Dragon und Swampilla haben unsere Silberflocklinge geraubt, um sich selbst und ihre Drachen mit deren magischen Kräften zu stärken«, schluchzte sie.

Leon spürte einen dicken Kloß im Hals. Wie konnte man nur so barbarisch sein und den edlen und schönen Tieren so etwas antun? Dennoch blickte er Finnja ratlos an, denn abgesehen von den zerbrochenen Hörnern konnte er keine Bisswunden erkennen. Weshalb also waren sie tot?

»Alle Lebenskraft der Silberflocklinge steckt in ihren magischen Hörnern«, antwortete Finnja, als habe sie Leons Gedanken lesen können. »Bricht man sie ab und trinkt das daraus austretende Blut, müssen sie sterben. Derjenige, der ihr Blut trinkt, erhält dafür all ihre nahezu unerschöpfliche Energie, ihren Mut und ihre Kraft.«

Leon rutschte aus dem Sattel, reichte Maja ebenfalls seine Zügel und legte Finnja in dem hilflosen Versuch, sie zu trösten, einen Arm um die Schulter. Als würde diese Geste geheime Schleusen öffnen, strömten Finnja nun Tränen wie Sturzbäche aus den Augen. Und ehe Leon wusste, wie ihm geschah, barg sie ihr Gesicht an seiner Brust und weinte so bitterlich, dass er ihre Tränen durch sein T-Shirt hindurch warm auf seiner Haut spürte. Etwas unbeholfen tätschelte er ihren Rücken. Jetzt bloß nicht selbst losheulen, dachte er. Auch wenn ihm danach war.

»Das werden sie büßen«, presste er mit rauer Stimme hervor. Und Finnja nickte heftig. Mit zerzausten Haaren und vom Weinen verquollenen Augen blickte sie zu ihm auf, und Leon konnte seinen Blick nicht von ihren nassgrün glitzernden Augen lösen.

»Schwör«, flüsterte sie, und Leon nickte wie ferngesteuert. Dass er keine Ahnung hatte, wie er gegen ungefähr zweihundert blutrünstige und mit Magie aufgeladene Drachen ankommen sollte, spielte im Moment keine Rolle. Hauptsache Finnja hörte nicht auf, ihn so anzusehen. Dafür hätte er es auch mit zweitausend Drachen aufgenommen.

16

Schweren Herzens setzten die Gefährten ihre Reise fort – ganz im Gegensatz zu den Silberflocklingen. Erleichtert, den schrecklichen Ort hinter sich zu lassen, strebten sie eilig davon. Dass es Dragon und Swampilla nicht nur gelungen war, Lynn zu entführen, sondern auch so viele der Einhörner auf solch schreckliche Weise zu töten, hatte alle zutiefst erschüttert. Da half es auch nicht, dass Sangrian schniefte, schluchzte und immer wieder beteuerte, wie leid es ihm täte, was seine Artgenossen verbrochen hatten. Und dass er so etwas niemals übers Herz brächte und genau deshalb nichts mit ihnen zu tun haben wolle.

»Sangrian, wir glauben dir, dass du nichts dafür kannst«, sagte Finnja schließlich. »Aber jetzt sei still, lass uns traurig sein und bring uns auf dem schnellsten Weg zum Wald der Riesenpusteblumen und weiter nach Mon Diö.«

Sangrian schniefte und nickte unglücklich.

»Am besten kannst du uns beweisen, dass du anders bist als die anderen Drachen, wenn du uns mit all deinen Kräften hilfst, uns zu rächen – auch, wenn du dich vor den anderen Drachen fürchtest«, ergänzte Leon. »Aber du bist genauso groß und stark wie sie, du kannst Feuer spucken und wenn deine Wunde am Flügel verheilt ist, kannst du auch wieder fliegen. Wer weiß, wozu uns das alles noch nutzen kann.«

Alle hatten gebannt Leons Worten gelauscht und nickten nun zustimmend, nur Wuhuuu murmelte: »Ich bin aber auch ziemlich groß und stark.«

Sogar Hermarius schien von Leons Worten beeindruckt. »Wir lassen uns von Dragon und Swampilla nicht unterkriegen«, hob er an. »Los, Sangrian, zeig uns den schnellsten und gefahrlosesten Weg nach Mon Diö.«

Als hätten Leons und Hermarius' Worte etwas von der felsenschweren Trauer weggenommen, fassten nun alle neuen Mut.

»Denen zeigen wir's«, rief einer der Spaider.

»Genau. Aus denen machen wir Drachengulasch«, ergänzte der andere zu Leons Belustigung.

Das war das Stichwort für Wuhuuu, der nun überlegte, ob Drachenfleisch schmackhaft wäre beziehungsweise mit welchen Gewürzen und Kräutern man es zubereiten könnte.

Der Nachmittag war schon weit fortgeschritten, als Sangrian plötzlich einen zischenden Laut von sich gab. Flinker als man es ihm zugetraut hätte, kauerte er sich bäuchlings hinter einen großen Busch und hob warnend eine Pranke.

»Wir sind da«, flüsterte Hermarius und bedeutete allen, sich ebenfalls im Gebüsch zu verstecken. »Dort vorne ist der Pusteblumenwald.«

Leon schob sich neben ihn und schluckte. »Die sind viel größer, als ich dachte«, flüsterte er.

Mit Pusteblumen, so wie er sie kannte, hatten die Pflanzen, die die Senke vor ihnen ausfüllten, nichts zu tun. Sie waren vielmehr

Pustebäume, und sie bildeten einen gewaltigen kilometerlangen Forst. Jeder einzelne Stamm war bekrönt von einer kugelrunden Haube, die mit silbern funkelnden Spießen gespickt war. Wie ein Nadelkissen – nur viel, viel größer.

»Die stehen aber eng. Wie sollen wir denn da durchkommen?«, jammerte einer der beiden Spaider.

»… ohne aufgespießt zu werden«, ergänzte der andere.

»Wäre es nicht besser, wir gehen außen rum?«, schlug Leon vor.

»Außen rum?«, echote Hermarius empört. »Siehst du nicht, wie riesig der Wald ist. Das würde uns Tage kosten. Nein, wir schlagen eine Schneise durch die schmalste Stelle, und zwar genau hier.«

Hermarius streckte einen Arm aus und gab die Richtung an. Genau in diesem Moment öffnete sich am Horizont die dunstige Wolkendecke und gab exakt in der Verlängerung von Hermarius' Arm den Blick frei auf einen Turm mit gezackter Kontur.

»Mon Diö«, hauchte Sangrian, und Leon riss die Augen auf. Das war der Turm, den er für eine Fata Morgana gehalten hatte. Als er blinzelte, meinte er sogar, eine Bewegung oben auf den Zinnen zu erkennen.

»Ist dort oben jemand?«, fragte er flüsternd.

»Würde mich nicht wundern, wenn dort ein Späher positioniert wäre«, erwiderte Hermarius. »Vielleicht sind es aber auch Dragon oder Swampilla, die etwas frische Luft schnappen. Jedenfalls brauchst du nicht zu flüstern. Sie können uns nicht hören, wir sind noch zu weit weg.«

»Und wie geht's jetzt weiter?«, mischte sich Maja ein. »Wie kommen wir durch den Wald, ohne uns zu verlaufen und aufgespießt zu werden?«

»Ich hab eine Idee«, sagte Sangrian. »Wuhuuu soll vorneweg laufen und mit seiner Keule links und rechts auf die Pusteblumen eindreschen, um eine Schneise zu schlagen. Ihm können die Kristallspieße nichts anhaben. Dazu ist sein Fell zu dick.«

»Aber ...« – Wuhuuu riss sein Maul auf, um etwas zu entgegnen, doch Finnja kam ihm zuvor.

»Ja, Wuhuuu, ich weiß, was du sagen willst. Aber glaub mir, jetzt darfst du hauen. Und zwar so viel und fest du kannst.«

Da klappte Wuhuuus Maul wieder zu und er nickte zufrieden.

»Du solltest allerdings deine Augen vor den Spießen schützen«, ergänzte Maja. »Die sind deine Schwachstelle.«

»Und wie soll ich das machen? So vielleicht?« Wuhuuu kniff abwechselnd die Augen zu.

Maja schmunzelte. »Genau so.«

»Und ich folge Wuhuuu und gebe ihm die Richtung vor, damit wir uns nicht verlaufen«, fuhr Sangrian fort. »Schließlich bin ich der Einzige, der über den Wald hinausragt und sehen kann, ob die Richtung stimmt.«

»Okay, Sangrian. Das klingt alles ganz gut. Aber was ist mit uns?«, fragte Maja.

»Wart's ab, Maja, ich hab mir alles genau überlegt«, fuhr Sangrian eifrig fort. Es war nicht zu übersehen, wie stolz er auf seine Idee war: »Wenn Wuhuuu vorausläuft und eine Schneise schlägt, hab ich Platz und kann meine Flügel wie zwei Schirme ein kleines Stück ausbreiten. Darunter verbergt ihr euch. So wie Drachenbabys.«

Beifall heischend strahlte Sangrian in die Runde, was angesichts seiner schielenden Augen so lustig aussah, dass der eine oder andere nicht anders konnte, als zu lachen.

»Das ist eine tolle Idee, Sangrian, aber du weißt schon, dass du dann die volle Wucht der Spieße abbekommst.« Maja blickte Sangrian besorgt an.

»Besser er, als wir. Oder habt ihr Lust, als wandelnde Kakteen aus dem Wald zu stolpern – oder es gar nicht zu schaffen?«, brummte Hermarius ungerührt. Kaum waren die Worte ausgesprochen, merkte Hermarius, wie gefühllos sie waren. Alle waren verstummt und sahen ihn missbilligend an.

»Das meinst du jetzt nicht im Ernst, oder?«, fragte Wuhuuu schließlich und runzelte die Stirn. »Das ist nämlich gemein.«

Verlegen räusperte sich Hermarius. »Ähm nein, natürlich nicht. Ich meinte nur, dass Sangrians Haut zum Glück viel dicker ist als unsere und dass er deswegen im Vergleich zu uns viel weniger leidet. Und außerdem hat Maja Mondbeerengelee dabei, das Schmerzen schnell vergessen und Wunden heilen lässt. Und überhaupt ist es … ähm … heldenhaft von dir, dass du das für uns auf dich nimmst, Sangrian. Der Plan ist so gut, der hätte glatt von mir sein können.«

Leon, Maja und Finnja rollten mit den Augen.

»Lasst uns aufbrechen«, rief Hermarius dann und machte Anstalten, sich auf sein Silberflockling zu schwingen.

»Besser nicht«, sagte Sangrian. »Wir sollten abwarten, bis es Nacht wird. Dann falten die Pusteblumen ihre Kronen zusammen und ruhen sich aus. Um uns angreifen zu können, müssen sie sie erst wieder öffnen, was uns einen zeitlichen Vorsprung verschafft.«

»So machen wir es«, sagte Maja. »Auch wir haben eine Pause nötig. Ausgeruht können wir dann umso schneller durch den Wald preschen. Und wer weiß, vielleicht sind wir dann sogar schneller als die verschlafenen Pusteblumen.«

Nachdem alle sich hinter den Büschen niedergelassen hatten, dauerte es nicht lange, und ein leises Schnarchen und Schnauben erfüllte die Luft. Wuhuuu und Sangrian waren beide nahezu auf der Stelle eingeschlafen. Maja und Finnja lagen neben Leon und hatten sich eng unter ihren Decken aneinandergeschmiegt, denn mit der hereinbrechenden Nacht war es zunehmend kühler geworden. Ein Feuer konnten sie nicht entfachen – der Lichtschein hätte zu weit geleuchtet und sie verraten.

Leon lag auf dem Rücken und starrte in den sternen- und mondlosen Himmel. Vor seinem inneren Auge sah er wieder die Ebene mit den getöteten Einhörnern, Finnjas weinendes Gesicht und Wuhuuu, wie er über Drachengulasch sprach. Drachen. Nicht nur einer, sondern viele. Wie sollten sie nur gegen die ankommen? Und was hatte es mit der Sumpfhexe auf sich – konnte die auch ihm als Menschen, oder was auch immer in seinen Genen war, gefährlich werden? Und falls ja, wie? Oder würde er doch irgendwann aufwachen und feststellen, dass alles nur ein aberwitziger Traum gewesen wäre?

Plötzlich regte sich etwas neben ihm.

»Kannst du auch nicht schlafen? Hast du Angst?«

Finnja blickte ihn, den Kopf auf einen Arm gestützt, an. Obwohl es inzwischen finstere Nacht war, nahm er den Glanz ihrer ungewöhnlichen Augen wahr und konnte gerade noch den Impuls unterdrücken, ihr die verwuschelten Haare aus dem Gesicht und hinters Ohr zu streichen.

»Ein bisschen schon«, gab Leon zu. »Aber weniger vor den Pusteblumen. Die Drachen machen mir Sorgen.«

Finnja nickte und schwieg. »Mir auch«, murmelte sie schließlich und seufzte. »Aber weißt du was, Leon, wenn wir als Feen eine Schwachstelle haben, dann gilt das doch vielleicht auch für die Drachen, oder nicht?

Leon nickte. »Könnte sein. Aber was ist denn eure Schwachstelle?«

»Da fragst du noch?«, wunderte sich Finnja. »Das Mondbeerenfest natürlich. Unser magischer Schutzschirm war durch den Vollmond abgeschwächt, und niemand von uns war in seiner Wohnhöhle. Wir hatten uns alle im Freien versammelt und auch keine Wachen aufgestellt. Keiner von uns wäre je auf die Idee gekommen, dass uns Gefahr drohte. Wir waren viel zu sehr mit unseren Feierlichkeiten beschäftigt. Aus Sicht von Swampilla und Dragon hätte es gar keinen besseren Zeitpunkt geben können, um uns anzugreifen. Und dank des Vollmonds konnten sie uns bestens sehen.«

Leon nickte. »Du hast recht. Das bedeutet, dass wir herausfinden müssen, welche Schwachstellen die Drachen, Dragon und Swampilla haben. Und dann genau dort zuschlagen.«

»Genau.« Finnja kratzte sich am Hals. »Wir müssen ihre Schwachstellen finden, denn zahlenmäßig und an Kraft sind sie uns haushoch überlegen.«

Leon nickte. »Stimmt. Wir müssen sie überlisten. Ansonsten machen die Hackfleisch aus uns.«

Als habe er das gehört, schmatzte Wuhuuu im Schlaf, und Leon und Finnja kicherten leise.

Nachdenklich betrachtete Leon den Himmel und wickelte, ohne dass er es selbst bemerkte, eine von Finnjas Haarsträhnen um seinen Zeigefinger. »Sangrian ist und bleibt ein Drache, auch wenn er sich noch so sehr von den anderen unterscheidet«, grübelte Leon. »Wer also, wenn nicht er, weiß am ehesten, wo Drachen schwach sind oder schwach werden?«

Finnja nickte. »Du hast recht. Wir müssen ihn unbedingt fragen.«

»Du, Leon«, flüsterte sie dann nach einer kurzen Pause plötzlich ganz leise und so nah an seinem Ohr, dass Leon ihren warmen Atem spürte.

»Ja«, antwortete er mit urplötzlich belegter Stimme.

»Ich bin so froh, dass du hier bist«, wisperte sie. »Sei mir bitte nicht böse, wenn ich am Anfang hässlich oder gemein zu dir war. Ich … ich … wusste einfach nicht …«, stammelte sie.

Und Leon – er wusste selbst nicht so recht, was in ihn fuhr – zog Finnja an sich, so dass ihr Kopf auf seiner Schulter lag. »Alles gut«, murmelte er in ihre Haare. »Ich war auch nicht besonders nett zu dir. Jetzt sind wir quitt, okay?«

Finnja nickte: »Aber nur, wenn ich dir auch an den Haaren rumzupfen darf.« Nur wenige Minuten später war sie eingeschlafen und Leon wagte nicht, sich zu bewegen, vor Angst, sie könne davon aufwachen. Während er ihren Atemzügen lauschte und in die dunklen

Wolken starrte, fühlte er sich wider Erwarten gestärkt und voller Zuversicht. Egal, ob das alles hier ein krasser Traum oder die noch krassere Wirklichkeit war: Er würde Finnja dabei helfen, ihre Mutter zu befreien und die Feen zu rächen. Dragon und Swampilla sollten nie wieder auf die Idee kommen, den Feen und anderen magischen Wesen auch nur ein Haar krümmen zu wollen.

17

Irgendwann mussten auch ihm die Augen zugefallen sein, denn er erwachte davon, dass ihn jemand rüttelte.

»Leon, aufstehen, es ist so weit.« Der Stimme nach war es Hermarius, denn sehen konnte er zunächst nichts. Rund um ihn herum war alles tintendunkel, so als seien seine Augen noch geschlossen. Erst nach einigem Augenzwinkern schälten sich die Umrisse seiner Gefährten, der Büsche und etwas weiter weg die schwarze Wand des Pusteblumenwalds aus der Finsternis heraus. Der Arm, auf dem Finnja gelegen hatte, fühlte sich ganz taub an. Finnja war schon wach und trank aus der Butteline, wie Leon an dem Gluckern hörte.

»Verfloddert noch mal«, schimpfte Maja mit noch etwas schlaftrunkener Stimme. »Spaider, solltest du nicht Wache halten und uns nach zwei Stunden wieder aufwecken? Wir müssen viel länger geschlafen haben als geplant. Am Horizont ist schon ein heller Streifen. Jetzt aber Tempo. Es dauert bestimmt nicht mehr lange, bis sich die Pusteblumen entfalten.«

Leon ahnte mehr, als dass er es sehen konnte, wie einer der Spaider schuldbewusst den Kopf senkte. Zum Glück hatte er nicht Wache schieben müssen, er wäre garantiert auch eingeschlafen.

»Alles bereit?«, rief Maja und blickte forschend in die Runde. Wuhuuu hielt in jeder Pranke eine Keule und schien es gar nicht abwarten zu können, sie einzusetzen. Und Sangrian positionierte die Gefährten samt Einhörnern unter seinen Flügeln – unter jedem je ein Spaider, dazu Finnja und Leon unter dem einen, Maja und Hermarius unter dem anderen.

»Drängt euch alle dicht unter Sangrians Achsel«, schlug Leon vor. »Hermarius und ich laufen am Rand, um möglichst viele Pfeile abzuwehren. In Ordnung, Hermarius?«

»Natürlich, du Flitzbirne, oder dachtest du, ich verkriech mich und lass zu, dass Maja zur lebenden Zielscheibe wird?«

Leon rollte mit den Augen. Puuh, war der empfindlich.

»Dann legt euch aber bitte Decken um Kopf und Schultern, damit ihr den Pfeilen nicht ganz schutzlos ausgeliefert seid«, wies Finnja an.

»Ja, klar«, antworteten Leon und Hermarius wie aus einem Mund.

»Also Wuhuuu, los geht's«, rief Sangrian. »Und ihr Drachenbabys kitzelt mich nicht unter den Achseln und passt auf, dass ihr nicht über eure Füße stolpert.«

»Nicht frech werden«, murrte Hermarius.

Je näher sie dem Wald kamen, desto bedrohlicher und größer erschienen ihnen die Kronen der Pusteblumen. Jede einzelne von ihnen sah aus wie ein monumentaler Strauß aus silbern schimmernden Pfeilen. Leon wollte sich gar nicht vorstellen, wie riesig die Kronen in entfaltetem Zustand sein mochten. Das einzig Gute war, dass sie nicht so eng standen, wie es aus ihrem Nachtlager heraus den Anschein gehabt hatte, und es daher für Wuhuuu nicht ganz so erschöpfend wäre, eine Schneise zu schlagen. Leon hatte insgeheim befürchtet, dass den Troll mitten im Wald die Kräfte verlassen könnten und sie stecken blieben.

Wuhuuu hob die Arme und holte schwungvoll aus. Gleich darauf sausten seine Keulen in die Stämme der ersten Pusteblumenbäume, die daraufhin mit einem hässlichen Knirschen und jammernden Klagelaut umknickten. Keine drei Sekunden später erfüllte ein gewaltiges Rauschen und Knistern die Luft über ihren Köpfen und Leon sah entsetzt, dass sich die Pusteblumen rings um sie herum blitzschnell wie monströse Schirme entfalteten und ein Dach über ihnen bildeten. Deutlich erkannte er nun die einzelnen, wie Samen einer Pusteblume aus der Mitte der Pflanze herausstechenden Kristallpfeile. Jeder einzelne von ihnen war mindestens zwei Meter lang und sah aus wie eine dünne, spitz zulaufende Nadel mit Widerhaken – und sie prasselten wie ein Trommelfeuer auf Wuhuuus Pelz und Sangrians Flügel nieder. Es hörte sich an wie dicke Hagelkörner, die auf ein Wellblechdach aufschlugen, und war so laut, dass die Silberflocklinge unruhig tänzelten und auch die ansonsten unerschütterlichen Spaider ängstlich wimmerten. Nahezu blind stolperten die Gefährten in der Dunkelheit und Enge unter Sangrians Flügeln voran.

»Autsch, pass doch auf«, schimpfte einer der Spaider, als ihm ein Einhorn, das sich schutzsuchend hinter ihn geflüchtet hatte, sein Horn in den Bauch pikte. Zornig schob er es vor sich. »Bleib vor mir, wir müssen uns jetzt nicht auch noch gegenseitig verletzen.«

Plötzlich ließ Sangrian ein wütendes Fauchen hören und brüllte »Achtung!«. Aus dem Augenwinkel hatte er bemerkt, dass einer der von Wuhuuus Keulen umgenieteten Bäume noch einmal alle Kräfte sammelte und mit seinen Kristallpfeilen unter Sangrians Flügel zielte. Gleich darauf schrie Leon auf. Ein Pfeil blieb sirrend in seiner Schulter stecken. Der Schmerz war so überwältigend, dass Leon auf der Stelle speiübel war und alles um ihn herum zu schwanken schien. Krampfhaft umklammerte er den Sattelknauf, um nicht den Halt zu verlieren.

»Leon«, schrie Finnja entsetzt und stürzte aus ihrer Deckung unter Sangrians Flügel hervor.

»Bleib hier«, rief der Spaider. Vergeblich versuchte er, Finnja festzuhalten, doch sie riss sich los. Dass sie dabei auf etliche Füße trat und alle ins Stolpern brachte, zumal Sangrian unbeirrt weiter hinter Wuhuuu hertrampelte, war ihr egal.

»Fuck, tut das weh«, stöhnte Leon, als Finnja den Pfeil mit beiden Händen umfasste, um ihn rauszuziehen. Doch er war so scharfkantig, dass er nicht nur die dicke, aus Rindenfasern gewebte Decke wie Watte durchbohrt hatte, sondern auch in Finnjas Haut schnitt.

»Ich krieg ihn nicht raus«, schluchzte sie und betrachtete ihre blutigen Handflächen.

»Dann lass ihn drin«, presste Leon zwischen den Zähnen hervor, »und bring dich wieder in Sicherheit. Wir kümmern uns später darum, wenn wir diesen Dreckswald hinter uns haben. Solange werde ich es schon aushalten. Ist ja nur die Schulter.«

Unglücklich tat Finnja wie geheißen und zog sich wieder unter den Flügel zurück. Auch Leon lenkte Tulipan etwas weiter zurück unter den Flügel und atmete ein paar Mal tief ein und aus. *Nicht schlappmachen*, sagte er zu sich selbst und biss die Zähne zusammen. *Du schaffst das.*

»Aaaah«, brüllte nun auch Hermarius, und Sangrian gab jaulende Töne von sich und taumelte, dass die Gefährten unter den Flügeln vor Angst aufschrien.

Auch Leon bekam noch weitere Pfeile ab, vor allem in das den Bäumen zugewandte Bein. Doch wenigstens hatte er nicht wieder laut losgebrüllt. Finnja sollte auf keinen Fall noch einmal ihre Deckung verlassen.

»Schneller, Wuhuuu«, brüllte Hermarius. »Gib alles.«

Wütend knurrend legte der Troll einen Zahn zu und schwang unverdrossen seine Keulen links und rechts, so dass ihm die geborstenen Stängel nur so um die Ohren flogen. Das schrille Wehklagen der Pflanzen und das sirrenden Pfeifen der Pfeile war so durchdringend, dass sich Leon, den Kopf unter der Decke verborgen, die Ohren zuhielt und weder nach links noch nach rechts schaute. Nur weg hier. Raus aus diesem Wald. Sie mussten es doch bald geschafft haben!

Nach einer gefühlten Ewigkeit wurden die Abstände zwischen den Pflanzen lichter und das Rauschen und Pfeifen schwächer. Und plötzlich öffnete sich vor ihnen eine Wiese. Erschöpft stolperten alle hinter Wuhuuu hinaus aus dem Wald, taumelten unter Sangrians Flügeln hervor und ließen sich in das vom Morgentau nasse Gras fallen.

»Das war knapp«, keuchte Leon. Am liebsten hätte er sich auf den Rücken gelegt und alle viere von sich gestreckt, doch das ging nicht wegen der Pfeile.

»Allerdings«, erwiderte Finnja und kniete sich, gefolgt von Maja, neben ihn.

»Aber wir haben es geschafft – wenn auch etwas durchlöchert. Zeig mal deine Schulter.«

Finnja wickelte sich ein Shirt, das sie aus ihrer Packtasche gezogen hatte, um die Hand und Maja verrieb glibberiges Mondbeerengelee rund um die Wunde und strich auch etwas davon auf eine Blattspitze.

»Schleck das ab, das lindert den Schmerz.« – Leon tat wie geheißen und registrierte erneut das angenehme Aroma von Vanillepudding. Anschließend nickte Maja den Spaidern zu. »Haltet ihn fest.«

»Hee, was macht ihr da? Lasst mich los!« Empört sah Leon sich von den beiden Insektophilen in die Zange genommen.

»Keine Angst, Leon«, beruhigte ihn Maja. »Es ist zu deiner eigenen Sicherheit. Die beiden sorgen nur dafür, dass du nicht zappelst, während Finnja den Spieß rauszieht. Wenn du dich bewegst, verletzen dich die Widerhaken nur noch mehr, als sie es ohnehin schon tun. Das Mondbeerengelee wirkt zwar betäubend, aber ich weiß nicht, wie lange.«

Nichts Gutes ahnend, machte sich Leon erneut über das Blatt her und schleckte es so gründlich ab, dass keine Spur mehr von dem Gelee übrig blieb. Als er fertig war, summte Finnja eine leise Melodie und blickte ihm tief in die Augen. Leon konnte sich nicht erklären, warum, aber ihm wurde angenehm warm und leicht zumute, während er das Gefühl hatte, in ihren Augen wie in einen tiefen grünen Waldsee einzutauchen. Entspannt lehnte er sich zurück gegen die hinter ihm kniende Maja. Die bedeutete Finnja, nun anzufangen. Sachte rüttelnd zog Finnja so lange an dem Pfeil, bis er schließlich herausglitt. Leon zuckte ein paar Mal und stöhnte, doch blieb ansonsten ruhig. Finnja umwickelte die blutende Wunde mit Algenblättern. Anschließend befreite sie auch Leons Unterschenkel von den Pfeilen.

»Der Nächste bitte!«, rief Finnja, erleichtert darüber, dass es so gut geklappt hatte. Hermarius, dem ein Pfeil im Oberschenkel steckte, ließ sich nicht zweimal bitten.

Als auch er verarztet war, hörten sie ein leises Winseln. Es kam von Sangrian, der so erschöpft im Gras kauerte, dass er nicht mal mehr seinen langen Hals aufrecht halten konnte. Er erinnerte an einen riesigen Igel, denn sein Rücken war gespickt mit Pfeilen. Aus den zahllosen Wunden sickerte grünes Drachenblut und aus den Augen hellgrüne Tränen.

»Aua aua aua«, jammerte er. »Das brennt so, macht das weg.«

»Ach du armer, tapferer Drache«, rief Maja und schmierte ihm großzügig Mondbeerengelee auf seine Wunden und auf die Lefzen, das der Drache mit seiner großen Zunge eifrig ableckte. Zum Glück hatten sie reichlich Gelee mitgenommen.

»Lecker«, seufzte er, rollte mit den Augen, »sooo leck…« Mitten im Sprechen sackte sein Kopf zur Seite und Sangrian war eingeschlafen. Schnell entfernten alle, ausgenommen Wuhuuu und Leon, der noch immer betäubt schlief, einen Pfeil nach dem anderen und stapelten sie auf der Wiese.

»Mit all diesen Löchern sieht Sangrians Rücken aus wie ein Sieb«, meinte Hermarius nach getaner Arbeit.

»Keine Sorge, die wachsen alle wieder zu.«

»Und was ist mit mir?«, meldete sich nun Wuhuuu mit weinerlicher Stimme. Auch er lag im Gras, alle viere von sich gestreckt.

»Ich spüre meine Arme nicht mehr. Den ganzen Wald hab ich kurz und klein geschlagen, aber der arme Wuhuuu bekommt natürlich nichts von dem leckeren Mondbeerengelee ab.« Dicke Tränen quollen aus seinen Augen und in Folge davon auch ballongroße Rotzglocken aus den Nasenlöchern.

»Aber nein, was redest du denn, du tapferster aller Trolle. Natürlich bekommst auch du Mondbeerengelee.« Schmunzelnd schmierte Maja ihm etwas davon auf die erwartungsvoll herausgestreckte Zunge und Wuhuuu schmatzte zufrieden.

»Bitte noch zwei Kugeln Schokoeis, aber mit Sahne«, kam plötzlich von hinten. Verdutzt drehten sich alle um. Leon gähnte herzhaft. Verwirrt von seinem Traum wähnte er sich zu Hause in München in seiner Lieblings-Eisdiele.

»Darf's auch getrockneter Fisch und Algencreme sein?«, erwiderte Finnja und grinste.

Leon starrte sie für einen Moment an, als sei sie ein Alien. Dann verzog er das Gesicht.

»Ich hatte so einen schönen Traum«, jammerte er. Dann reckte und streckte er sich in alle Richtungen. Doch plötzlich erstarrte er und zog scharf die Luft ein.

»Was ist das?«, stieß er hervor.

Alarmiert drehten alle die Köpfe in die Richtung, in die Leon blickte.

Am Rand des Waldes, den sie soeben verlassen hatten, saß eine große gelb-schwarz gestreifte Katze und belauerte sie.

»Ist das ein Tiger?«, flüsterte Leon, denn das Tier war ziemlich groß.

»Nein«, zischte Hermarius, »das ist Leonidas, einer von Swampillas Spähern.« Blitzschnell griff er nach einem der herausgezogenen Kristallpfeile und schleuderte ihn in Richtung der Katze. Fast schon gelangweilt, als wüsste sie genau, dass ihr die Pfeile nichts anhaben könnten, zog sich die Katze zwischen die Stämme zurück. Doch bevor sie verschwand, meinte Leon, ein hämisches Grinsen in ihrem Gesicht zu lesen.

»Verfloddert noch mal. Nun wissen Swampilla und Dragon, dass wir kommen«, fluchte Hermarius.

18

»Oh, welch Balsam für meine Seele, welch Trooost nach all den qualvollen Jaaahren. Weine, ooohh du verfluuuchte Feenkönigin, weine bis ans Ende deiner Taaage, weine, bis du verdorrt bist wie eine alte Wurzel, weine mich Nacht für Nacht in den Schlaaaf. Dein Schluchzen ist mein Schlaflied, jede einzelne deiner Trääänen versüßt meine Träume!«

Schrill sang Swampilla in einer schauerlichen Melodie vor sich hin, während sie um sich selbst kreisend durch das oberste Turmgeschoss von Mon Diö torkelte. Nur eine Handbreit schrammte sie dabei mit dem Kopf an den Balken der Decke vorbei. An ihren Füßen trug sie Lynns Libellenschuhe. Diese ließen sie nicht nur größer erscheinen, sondern verliehen ihr einen unsicher schwebenden Gang.

Ängstlich klammerten sich die Fledermäuse mit ihren Zehen an die Balken und zogen die Köpfe ein, um ja nicht mit Swampilla zusammenzustoßen. Sie trauten ihrer scheinbar blendenden Laune nicht, denn nur zu gut wussten sie, wie schnell diese kippen und in zerstörerische Wut umschlagen konnte. Hatte sie doch erst am Vortag eine der Ihren von der Decke gepflückt und ihr den Hals umgedreht, nur weil diese nicht demutsvoll den Kopf zwischen die Flügel gesenkt, sondern gegähnt hatte. Anschließend hatte sie den Kadaver Leonidas, ihrem gelb-schwarz gestreiften Riesenkater, zum Fraß vorgeworfen. Der Schock saß den Fledermäusen noch tief in den grätendünnen Knochen.

»Platz da!«, fauchte Swampilla plötzlich, und Dragon, der seine Beine lang ausgestreckt hatte, zog sie schnell ein. Er lümmelte in einem zerschlissenen Ohrensessel und beobachtete mit Unbehagen seine wie irrsinnig herumtanzende Cousine. Auch er konnte diese überdrehte Stimmung nicht leiden.

Seitdem sie vor zwei Tagen von ihrem Feldzug nach Mon Diö zurückgekehrt waren, benahm sich Swampilla so launisch und unberechenbar wie nie zuvor – mal von schriller Fröhlichkeit, mal von solch explosiver Wut und Gehässigkeit, dass man ihr möglichst nicht in die Quere kam. Dragon war ratlos. War ihr Angriff etwa nicht erfolgreich gewesen? Hatten sie nicht nahezu alle Mondbeerenfelder zerstört, unzählige Feen und Einhörner getötet oder verletzt und vor allem die Feenkönigin entführt? Gedankenverloren pickte er sich ein SchuggaSchugga aus der Manteltasche und schob es sich zwischen die Lippen – genauestens verfolgt von Miss Souris gierigen Blicken.

»Du nicht«, sagte er, »du wirst fett.« Beleidigt zog sich die Ratte in ihre Manteltasche zurück.

»Ssssselber fett«, maulte sie, was Dragon mit einem Klaps quittierte. Nicht auf ihr empörtes Quieken achtend, hing Dragon weiter seinen Gedanken nach. Und die drehten sich um die letzten überaus ereignisreichen Tage.

Nachdem ihn Swampilla in ihre Angriffspläne eingeweiht hatte und der Moment zum Aufbruch gekommen war, hatte er den Ritt durch die Nacht und das gewaltige Rauschen von mindestens vierhundert riesigen Drachenschwingen in vollen Zügen genossen. Er hätte vor Freude jubeln können, als ihm der Wind um die beachtlich lange Nase pfiff und tief unter ihm Swampillas Sümpfe, Schilflabyrinthe und Wälder dahinglitten. Hier oben an der Spitze seines Drachenheeres hatte die Sumpfhexe nichts zu melden, hier war er der alleinige Herrscher, hier folgten alle seinem Kommando.

Schmunzelnd erinnerte er sich daran, wie tollpatschig Swampilla sich angestellt hatte, als sie auf den Rücken ihres Reitdrachen Rufus klettern sollte. Obwohl die Riesenkröte Unkula als Hocker diente, hatte er Swampillas Hintern noch einen ordentlichen Schubs geben müssen, damit sie eine der Zacken des Rückenkamms greifen und sich hochziehen konnte. Dass dies alles nicht ohne wütendes Gekeife vonstattenging, wunderte ihn nicht. Swampilla hatte sich das offensichtlich leichter vorgestellt und platzte fast vor Zorn darüber, solch eine lächerliche Figur abzugeben und sich helfen lassen zu müssen. Sogar Rufus, der einer der gutmütigsten unter seinen Drachen war, wurde es fast zu viel. Ungeduldig peitschte er mit dem Schwanz und fauchte wegen des Gekreisches und Gezerres auf seinem Rücken. Dragon konnte ihn gerade noch davon abhalten, Swampilla in die Wade zu zwicken.

Zu dumm, dass Sangrian, sein friedfertigster Drache, sich geweigert hatte, Swampilla zu tragen. Angeblich würden ihn die Bisswunden, die ihm der Vampir Maledetto zugefügt hatte, noch immer so schmerzen, dass an eine Last auf seinem Rücken gar nicht zu denken war. Dabei hatte er so herzerweichend gejault und geheult, dass Dragon schließlich klein beigegeben hatte.

Im Nachhinein betrachtet war es ein Glück, dass es so gekommen war, denn Sangrian war als einziger Drache nicht nach Mon Diö zurückgekehrt. Dragon machte sich Sorgen und hätte zu gern gewusst, was ihm widerfahren war. Er hoffte sehr, dass er bei dem Kampf nicht umgekommen war und sich nur verflogen hatte, was nach Dragons Meinung bei solch schielenden Augen nicht unwahrscheinlich wäre. Grundsätzlich hatte Dragon für alles, was mit schlechten, verletzten oder gar fehlenden Augen zu tun hatte, größtes Verständnis – zumindest, seitdem ihm die Sache mit Lynn und dem Trüblix widerfahren war. Andererseits hätte Sangrian nur der gewaltigen Drachenmeute beziehungsweise dem Rauschen der Flügel folgen müssen, schließlich waren Drachen keine Fruchtfliegen, die man übersehen oder überhören könnte. Dragon hoffte sehr, dass Leonidas etwas über Sangrians Schicksal in Erfahrung bringen konnte.

Als sie vor vier Nächten schließlich nach einem zügigen Flug das Feenland erreicht hatten und sich die ersten Drachen auf seinen Befehl hin Feuer spuckend in die Tiefe gestürzt hatten, drang das panische Geschrei der Feen wie liebliche Musik zu ihm hinauf. Die Angreifer hatten leichtes Spiel, denn der Vollmond tauchte die Szenerie wie ein Scheinwerfer in helles Licht. Aufgeschreckt waren die Feen hin- und hergelaufen, was vor allem Swampilla ergötzte. Ganz offensichtlich kam der Angriff für die Feen buchstäblich aus heiterem Himmel. Dazu die Rauchschleier der brennenden Mondbeeren, die hoch hinaufstiegen und ein solch süßes und betörendes Aroma mit sich trugen, dass Dragon gar nicht genug davon schnuppern konnte. Fast wäre er dabei aus dem Sattel gerutscht, so schwindelig machte ihn der Duft. Doch Swampilla hatte die Gefahr bemerkt und ihm von ihrem Drachen aus warnend zugerufen. Schweren Herzens hatte er sich daraufhin sein Halstuch über die Nase gezogen, um sich vor dem Duft zu schützen und seine eigentliche Aufgabe zu erfüllen.

In all dem Chaos die Feenkönigin zu erkennen, war zum Glück leichter gewesen, als er befürchtet hatte. Wie zu Stein erstarrt stand sie vor ihrem ausladenden Schwanenthron und schien nicht fassen zu können, was rings um sie herum geschah. Außerdem überragte sie die anderen Feen dank ihrer grünen Libellenschuhe erheblich an Körpergröße und trug als Einzige ein silbern schimmerndes Festgewand, das wie flüssige Seide ihren schlanken Körper umfloss. Wie schön sie ausgesehen hatte! Dragon seufzte.

Inzwischen hatte diese Schönheit deutliche Schrammen davongetragen. Kauend wandte Dragon den Kopf zur Wand. Da hing sie. Wie ein Insekt. Swampilla hatte die Meister-Spinne Grosselana ein Netz anfertigen lassen, an das Lynn mit Beinen und Armen wie ein großes X festgebunden war. Ihr Kleid war beschmutzt und eingerissen. Den Kopf ließ sie hängen, als würde sie schlafen.

»Magst du ein SchuggaSchugga?«, flüsterte Dragon und hielt ihr einen der gezuckerten Mehlwürmer unter die Nase.

Lynn schüttelte den Kopf. »Bin ich eine Ratte, die Würmer frisst?«, fauchte sie kraftlos. »Lieber hungere ich. Wenn du mir etwas Gutes tun willst, dann binde mich los. Meine Arme und Beine sind schon ganz taub.« Sie rüttelte so heftig an dem Netz, dass es bedenklich schaukelte.

»Losbinden – ja klar«, schnaubte Dragon, »für wie dumm hältst du mich? Den Fehler hab ich schon einmal gemacht.« Nicht zu fassen, wie dickköpfig und stolz Lynn noch immer war. Wusste sie nicht, in welch aussichtsloser Lage sie sich befand? Wie einfallsreich Swampilla war, wenn es darum ging, ihre Opfer zu quälen, um das zu bekommen, was sie wollte? Dagegen war er, Dragon, ein harmloses Froschbaby.

Nun, wo Lynn erneut in seiner – aber auch in Swampillas – Gewalt war, verspürte er zu seinem eigenen Erstaunen gar nicht mehr solch große Lust, sie noch mehr leiden zu sehen, als sie es ohnehin schon tat. Dabei kannte sie vermutlich noch gar nicht das ganze Ausmaß der Zerstörung, die seine Drachen in ihrem Reich angerichtet hatten.

Wahrscheinlich hoffte sie, befreit zu werden und wieder zurückkehren zu können. Doch wer sollte sie befreien? Mit Mondbeeren allein ließ sich kein Krieg gewinnen. Am besten, sie sah schnell ein, dass sie ihnen ausgeliefert war. Je schneller sie sich in ihr Schicksal fügte, desto besser für alle. Vor allem für sie selbst, denn seine Cousine würde ihr ohne mit der Wimper zu zucken die Haare büschelweise ausreißen oder ihr etwas anderes Schmerzhaftes zufügen, wenn sie dadurch Lynns Stolz brechen konnte.

Er selbst fand daran normalerweise keinen Gefallen. Na gut, Ausnahmen bestätigten die Regel. Beschämt blitzte die Erinnerung an den Vampir Maledetto auf und daran, was er ihm angetan hatte. Doch Lynn leiden zu sehen, bereitete ihm wider Erwarten genauso wenig Vergnügen wie fünfzehn Jahre zuvor, als er sie nur hatte heiraten wollen. Dummes Ding. Dragon runzelte die Stirn. Obwohl es ihn ärgerte, dass sie seine freundliche Geste mit den SchuggaSchugga abgeschmettert hatte, konnte er nicht umhin, Lynns Stolz und Furchtlosigkeit zu bewundern. Und wenn ihn sein altersschwaches Auge nicht täuschte, sah sie trotz Schmutz, Erschöpfung und zerrupftem Haar immer noch schön und majestätisch aus. Eigentlich wäre er auch jetzt nicht abgeneigt, sie zur Frau zu nehmen. Aber das behielt er besser für sich. Oder ahnte Swampilla etwas?

Heimlich musterte er seine Cousine, die im Tanz gerade gegen ihr Bett rumpelte. Wenn sie nicht ständig so unfreundlich und schlecht gelaunt wäre, könnte sie ihm beinahe leidtun. Zwar trug sie nun die heiß ersehnten magischen Libellenschuhe an den Füßen und war dadurch tatsächlich ein deutliches Stück größer. Doch von königlicher Ausstrahlung oder Eleganz konnte keine Rede sein, denn sie torkelte umher, als habe sie zu viel vergorenen Sumpfdotterspritz genascht.

Doch vielleicht war genau dies der Grund für Swampillas Gereiztheit. Wahrscheinlich spürte sie, dass sie trotz der magischen Schuhe dem Vergleich mit der Feenkönigin nicht standhalten konnte. Dragon kratzte sich unter einer Augenbinde.

»Was glotzt du so?« Mit gefährlich von hell- zu dunkelgrün flirrenden Schlammwarzen taumelte Swampilla herbei und wäre bei dem Versuch zu bremsen beinahe auf Dragon und seinen Sessel gestürzt. Lynn kicherte.

»Das Lachen wird dir bald vergehen«, fauchte die Sumpfhexe, der es zutiefst peinlich war, nicht so sicher und majestätisch daherstolzieren zu können, wie sie sich das wünschte.

»Blasen sollst du an den Füßen bekommen, du Sumpfkröte, Blasen, so dick wie deine Nase«, zischte Lynn zurück, und Dragon zog erschrocken den Kopf ein. Diese dumme Lynn. Konnte sie nicht einfach mal ihren Mund halten? Wusste sie nicht, was ihr drohte, wenn sie Swampilla reizte?

»Sumpfkröte nennst du mich?«, erwiderte diese gefährlich leise. »Das bringt mich auf eine Idee. Ich habe schon lange nicht mehr einem Konzert meiner hochverehrten Kreischkröten gelauscht. Du wünscht dir doch sicherlich, ihre Kunst am eigenen Leib zu erleben, nicht wahr, liebste Lynn? AM EI-GE-NEN LEIB«, kreischte Swampilla und spie Lynn die letzten Silben förmlich ins Gesicht. Begeistert von ihrer Idee, klatschte sie in die Hände.

»Dragon, liebster Cousin, geh bitte hinunter in den Sumpfkerker und nimm den Kreischkröten jeden einzelnen Käfer und jeden einzelnen Blutwurmling weg. Ich will, dass sie völlig ausgehungert sind und so schrill kreischen, wie ich es noch nie zuvor gehört habe. Nach etwa drei Stunden schaffst du mir dann die gierigsten und lautesten hierher. Und du, Unkula, bereitest Lynn für das Ereignis vor. Schmier sie mit vergorenem Fischbrei ein. Die Kröten sollen sich auf sie stürzen! Hach, ich kann es kaum erwarten, dass das Schauspiel beginnt.«

»Nein, bitte nicht«, murmelte Lynn so leise, dass man es kaum hören konnte. Doch Swampilla hatte gute Ohren.

»Ts, ts, ts, Lynn, nicht so bescheiden. Das wird dir ein UN-VERGESS-LI-CHES Erlebnis sein«, ätzte sie.

»Muss das sein?«, murrte Dragon. »Ich hasse das. Allein vom Gestank der Kröten und des Breis wird mir schlecht. Von dem Rest gar nicht zu reden.«

»Ja, das muss sein«, blaffte Swampilla. »Hast du nicht gehört, wie sie mich verhöhnt?« Mit ausgestrecktem Arm wies sie auf Lynn. »Sumpfkröte hat sie mich genannt, mich, Swampilla, die mächtigste Sumpfhexe weit und breit.«

»Aber, aber, liebste Cousine, beruhige dich doch. Würdest du an ihrer Stelle nicht ebenso rumstänkern?«, entgegnete Dragon, wohl wissend, dass er Streit mit der Sumpfhexe riskierte, nur um die vorlaute Lynn vor der Folter zu bewahren.

»Ich? Welch dämliche Frage. Als ob ich dumm genug sein könnte, mich von diesen … diesen … Kreaturen überrumpeln und entführen zu lassen. Doch ihnen geschieht das ganz recht. Das haben sie nun von ihrem Lachen, Singen und Feiern, von ihrer … widerwärtigen Fröhlichkeit.« – Und an Lynn gewandt: »Wann kapierst du endlich, dass du mir unterlegen bist? Wie lange willst du mir noch Widerstand leisten?«

»Welch trauriges Leben du führst, Swampilla«, flüsterte Lynn. »Niemand wird dich jemals lieben, alle in deinem Reich fürchten dich. Jemandem wie dir, der nur durch Hass, Bosheit und Gewalt herrscht, werde ich mich niemals unterordnen. Ich dagegen bin die Herrin über die Lichtwesen und die Mondbeeren. Du hast nichts, was damit vergleichbar wäre.«

»Du irrst dich, meine Liebe. Du besitzt nichts mehr. Und glaub mir, bisher war ich noch gutmütig«, zischte Swampilla. »Die Kreischkröten sind erst der Anfang. Du wirst mir alle Geheimnisse und Rezepturen rund um die Mondbeeren verraten, noch bevor drei Nächte vergangen sind.«

Plötzlich quietschte die Holztür, die zur Wendeltreppe des

Turms hinausführte. Wie von Geisterhand schob sie sich auf und Leonidas schlich auf leisen Pfoten herein.

»Leonidas, mein Schätzchen. Komm zu mir. Was hast du mir zu berichten?«, rief Lynn entzückt und streckte die Arme nach ihrer Katze aus.

Langsam näherte sich Leonidas, fauchte in Richtung Lynn und strich seiner Herrin um die Beine.

»Keine guten Nachrichten«, maunzte er. »Sie kommen.«

19

»Wir sollten uns beeilen«, rief Finnja. »Diese Monstermieze wird möglichst schnell nach Mon Diö zurückkehren, um Swampilla und Dragon zu berichten, dass wir auf dem Weg zu ihnen sind. Und dann könnten sie auf die Idee kommen, uns unterwegs angreifen zu wollen.«

Die Gefährten nickten mit besorgter Miene.

»Also, worauf warten wir?«, rief Leon. »Hermarius, Sangrian, wie geht es weiter?«

»Wir sollten uns nicht nur wegen Swampilla und Dragon beeilen, sondern überhaupt schnellstmöglich von hier verschwinden«, sagte Hermarius und blickte hektisch um sich. »Wenn ich mich nicht täusche, ist die Wiese nicht so harmlos, wie sie aussieht.«

Kaum hatte Hermarius zu Ende gesprochen, hörten die Gefährten ein zartes Gebimmel, wie von Glöckchen. Zu ihrem Erstaunen sahen sie, wie sich um sie herum mit dem ersten Sonnenorange Tausende Glockenblumen aus dem Grün des Grases erhoben, die Tautropfen abschüttelten und dabei lieblich läuteten.

»Wie schön«, flüsterte Wuhuuu und wiegte sich mit verträumtem Blick hin und her.

»Weeeeeg, schnell«, brüllte Hermarius so laut, dass sich seine Stimme fast überschlug. Alle fuhren erschrocken zusammen und sahen verdattert, wie sich Hermarius auf sein nicht minder verdutztes Einhorn schwang und ihm die Sporen gab, so dass es die Vorderbeine in die Höhe riss und gleich darauf in rasendem Galopp davonsprengte.

Noch während der Rest der Truppe ihm wie versteinert hinterherblickte, schrie ein Spaider plötzlich auf und Finnja riss ihren Kopf herum und sah zu ihrem Entsetzen, dass die so unschuldig aussehenden lila Glockenblumen ihre Blütenkelche nicht nur entfalteten, sondern raubtierartig fletschten und die nun sichtbaren Haifischzähne in die Beine des Spaiders schlugen. »Leon, Wuhuuu, schnell«, brüllte Finnja. Ohne nachzudenken, stürzten die Feenprinzessin und die beiden Gerufenen zu dem sich mittlerweile am Boden windenden Insektophil. Mit aller Kraft trampelten sie die nun nicht mehr läutenden, sondern fauchenden Glockenblumen nieder und rissen an den Blütenkelchen.

Gleichzeitig mussten sie darauf achten, nicht selbst von den wie rasend nachwachsenden Stängeln umschlungen zu werden. Schließlich gelang es ihnen, den Spaider zu befreien – während nun Finnja panisch die an ihr hochkriechenden Ranken von sich abzureißen versuchte. Wild um sich schlagend stolperten die drei samt Spaider auf ihre Gefährten zu, als Sangrian plötzlich »Achtung!« brüllte und einen Feuerstrahl aus seinem Maul stieß. Finnja spürte einen glutheißen Luftstrom an ihren Beinen vorbeistreichen. Gleich darauf zerfielen die gierig nach ihnen hangelnden Ranken zischend in schwarze Aschehäufchen.

Nach ein paar Schritten sackten Finnja, Leon, Wuhuuu und der Spaider keuchend inmitten ihrer Gefährten zu Boden. Sangrian hatte in einem Kreis um sie herum das Gras niedergebrannt. Wie auf einer Insel saßen sie nun innerhalb des Kreises, während außen herum die fleischfressenden Pflanzen wütend ihre Hälse nach ihnen streckten und zischten.

»Gibt es hier eigentlich irgendwelche Pflanzen, die nicht bösartig sind?«, fragte Leon.

»Das ist alles Swampillas Werk«, presste Finnja hervor. »Sie verwandelt auch die harmlosesten Lebewesen in tödliche Waffen.«

Der Spaider stöhnte. »Das wird schon wieder«, tröstete ihn Maja.

»Meine Wunden, ja, aber – verzeih mir, mein verehrter Troll-Freund, wenn ich das so offen sage, aber du stinkst dermaßen nach nasser Hund, dass es kaum auszuhalten ist.«

»Paahh«, sagte Wuhuuu beleidigt und stieß den Spaider von sich. »Ich müffele nur, wenn ich mich aufrege, und schließlich hab ich mich nur aufgeregt, weil die Blümchen dabei waren, dich zum Frühstück zu verspeisen.«

Belustigt lauschte Leon dem Wortgefecht der beiden.

»Hört ihr zwei jetzt auf?«, schimpfte Finnja. »Inzwischen dürften wir alle mehr oder weniger stinken, aber das ist jetzt völlig unwichtig.«

»Ihr wollt Wasser? Das könnt ihr bald haben«, schaltete sich Sangrian ein. »Wenn wir diese blutrünstige Wiese hinter uns gebracht haben, kommen wir zu Wasser – aber nicht nur Wasser«, ergänzte er so leise, dass nur Leon es hörte. Fragend blickte er in Sangrians schielende Augen, doch der schloss sie ganz schnell.

»Lasst mich kurz ausruhen, bis ich bis fünfhundertzwölf gezählt habe.«

Leon stutzte. »Wieso bis fünfhundertzwölf?«

Sangrian öffnete ein Auge. »Wieso ›*wieso*‹? Weil ich nur bis fünfhundertzwölf zählen kann. Deshalb wieso. Aber das reicht, um dann wieder Feuer spucken zu können.«

»Okay«, antwortete Leon gedehnt und ertappte sich dabei, wie er selbst lautlos zu zählen begann. Allerdings verzählte er sich, als er hörte, dass es in Sangrians Bauch grummelte und kollerte.

»Fünfhundertzwölf«, brüllte Sangrian und sprang so hektisch auf alle vier Beine, dass Leon, der sich an ihn gelehnt hatte, ein Stück wegkullerte und die nächststehende Glockenblume blitzschnell und gierig nach ihm schnappte. Leon krabbelte so schnell er konnte rückwärts auf Händen und Füßen zurück in den Kreis.

»Stellt euch jeweils zu zweit nebeneinander hinter mir in einer Reihe auf«, befahl Sangrian.

»Alle bereit?«

»Ja«, kam aus vielen Kehlen – bis auf die der Spaider, die sich gegenseitig beschimpften, sich zu breit zu machen.

Sangrian drehte sich zu ihnen um und runzelte die Stirn. »Ihr seid wirklich zu breit. Geht hintereinander.«

»Auf die Plätze, fertig, los«, rief Finnja, und Sangrian setzte sich Feuer speiend in Bewegung, dicht gefolgt von den ängstlich aneinandergedrängten Gefährten. Wütend darüber, ihrer Beute beraubt zu sein, reckten die Glockenblumen ihnen ihre Raubtier-Gebisse entgegen, doch dank Sangrians Feuerstrahl wagten sie es nicht, ihnen zu nahe zu kommen. Seinen Kopf hin- und herschaukelnd, brannte Sangrian einen langen, schwarzen Korridor in die Wiese, bis sie endlich felsigen Boden erreichten.

Erschöpft sank Sangrian nieder und schnaufte laut, wobei ihm ein paar Ascheflöckchen aus den Nasenlöchern schwebten.

»Alle unverletzt?«, keuchte er.

»Sangrian, du bist ein Held«, rief Finnja und streichelte dem Drachen über die verrußte Schnauze.

»Und welch ein Glück, dass wir dich bei uns haben«, ergänzte Leon.

»Schade, dass du kein Fleischfresser bist«, brummte Wuhuuu, »dann würde ich dir einen Streifpfötling grillen, gefüllt mit Kräutern und Pommknollen. Überleg's dir, denn sonst muss ich den Streifpfötling ganz alleine aufessen.«

Finnja musste grinsen, und Sangrian schaukelte den Hals hin und her und schielte geradezu schwindelerregend, weil er nicht wusste, ob das nun nett oder nicht nett war, was Wuhuuu gesagt hatte.

»Da seid ihr ja endlich«, schallte plötzlich eine Stimme zu ihnen herüber.

Hermarius kam hinter einem Felsen hervor und blickte in die Runde. Doch keiner erwiderte seinen Gruß, so als hätten sie sich untereinander abgesprochen. Stumm blickten die Gefährten ihren Kundschafter an.

»Soll ich ihn hauen?«, fragte Wuhuuu.

»Was?« Mit aufgerissenen Augen starrte Hermarius Wuhuuu an.

»Du hast uns im Stich gelassen«, sagte Finnja. »Noch bevor wir wussten, in welcher Gefahr wir waren. Du hättest bei uns bleiben müssen.«

Hermarius öffnete den Mund, um etwas zu erwidern, und senkte schließlich den Kopf.

»Ihr habt recht«, murmelte er. »Das war feige von mir.«

Als weiterhin alle schwiegen, seufzte er und fuhr fort.

»Ich habe schon einmal so eine Wiese gesehen«, erklärte er, »und musste mitansehen, wie die Glockenblumen einen Streifpfötling, der halb so groß war wie ich, verspeisten.« Wuhuuus erstauntes Quieken unterbrach kurz seine Worte. »Überall in Swampillas Reich gibt es solche trügerischen Wiesen«, fuhr Hermarius fort. »Aber dass auch hier eine ist, wusste ich nicht. Ich bin in Panik geraten. Verzeiht mir bitte.«

Um Verständnis heischend blickte er in die Runde.

Sangrian ergriff als Erster das Wort. »Jetzt weißt du, welche Panik ich hatte, als es hieß, wir sollten das Feenreich angreifen und zwar mit Feuer, Klauen und Zähnen. Und als Swampilla uns drohte, dass jeder, der nicht mindestens eine Fee oder ein Einhorn getötet hätte und als Trophäe eine Haar- oder Mähnenlocke mitbrächte, eigenhändig von ihr im Schwefelsumpf versenkt werden würde und …«

»Waaaaas?« Mit vor Entsetzen aufgerissenen Augen sahen die Gefährten Sangrian an. Erschrocken über die Reaktion seiner Freunde schlug der Drache eine Pranke vor die Schnauze und schielte heftig.

»Ups, hatte ich das nicht erwähnt?«

»Nein, dass ihr so brutal vorgehen solltet, hattest du nicht erwähnt«, sagte Finnja und stellte sich, die Arme in die Seite gestemmt, vor den Drachen. Der machte sich so klein, wie er nur konnte, und senkte den Kopf zu Boden.

»Aber hättet ihr mich mitgenommen, wenn ich euch das schon früher erzählt hätte?«, nuschelte er.

Finnja runzelte die Stirn. »Keine Ahnung«, erwiderte sie schließlich. »Aber wenn wir gerade dabei sind: Gibt es noch etwas, was wir wissen sollten? Was du uns bisher verheimlicht hast?«

Sangrian schüttelte heftig den Kopf. »Nein, ich schwör.«

»Spar dir deine Schwüre«, erwiderte einer der Spaider. »Aber vielleicht verrätst du uns, ob deine Drachenbrüder Swampillas Befehl zu vollster Zufriedenheit ausgeführt haben?«

Empört zuckte eine kleine Stichflamme aus Sangrians Maul.

»Woher soll ich das wissen? Ich war doch gar nicht dabei … aber wie fändet ihr die Aussicht, im Schwefelsumpf zu enden?« Sangrian richtete sich wieder zu seiner vollen Größe auf. »Ob außer mir noch jemand so tapfer und klug war zu flüchten, weiß ich nicht. Schon möglich, dass die anderen Swampilla gehorcht haben, zumal Dragon uns auch keinen Gegenbefehl gegeben hat. Der hat ja selbst Angst vor der Sumpfhexe.«

Verblüfft lauschten die Gefährten Sangrians Worten. Über die Kombination aus »tapfer« und »flüchten« hatten sie sich bisher noch keine Gedanken gemacht. Andererseits war es ein Glücksfall, dass er geflüchtet und zu ihnen gestoßen war.

»Okay, okay, beruhigt euch«, sagte Finnja. »Es ist, wie es ist. Lasst uns vorwärts blicken. – Sangrian, weißt du etwas, was uns dabei helfen könnte, Swampilla oder die Drachen außer Gefecht zu setzen?«

»Hä?« Ratlos erwiderte Sangrian ihren Blick.

»Na ja«, sagte Finnja und zupfte an einem ihrer Ohrläppchen,

»gibt es eine Schwachstelle, also irgendetwas, das wir ausnutzen könnten, um sie zu besiegen?«

Sangrian schüttelte den Kopf und schnaubte. »Nicht dass ich wüsste. Swampilla ist ganz und gar unberechenbar. Jeder fürchtet sie, auch Dragon traut ihr nicht. Sie wird schnell wütend, und wenn sich ihre Schlammwarzen dann dunkel färben, ist höchste Vorsicht angesagt. Dann darf man ihr auf keinen Fall in die Augen schauen, sonst wird man zu Stein. Und gegen die Drachen habt ihr ohnehin nicht die geringste Chance. Ihr könnt euch höchstens aussuchen, ob ihr gefressen, verbrannt oder zertrampelt werden wollt.«

Bekümmert blickte Sangrian auf seine Gefährten nieder, die seinen Worten bedrückt lauschten.

»Soll das heißen, dass wir völlig umsonst aufgebrochen sind? Dass unser Kampf aussichtslos ist?« Maja schluckte trocken.

»Nein«, erwiderte Finnja laut und mit trotziger Stimme. Hoffungsvoll sahen alle ihre junge Anführerin an, und Leon konnte nicht umhin, seine Feenfreundin zu bewundern. Denn Finnja ließ sich nicht von Sangrians niederschmetternden Worten ängstigen. Im Gegenteil.

»Irgendetwas muss es geben«, fuhr Finnja fort. »Die Drachen mögen stärker sein als wir, aber jedes Lebewesen hat irgendeine Schwäche. Wir müssen sie nur finden und dann genau dort zuschlagen. Also Sangrian, streng bitte dein Hirn an.«

Sangrian runzelte die Stirn. »Unmöglich«, erwiderte er bekümmert. »Ich bekomm Donnerschläge im Kopf, sobald ich nachdenke. Das ist nämlich meine Schwäche.« Beschämt blickte der Drache zu Boden.

Finnja rollte mit den Augen. »Dann musst du diese Schwäche eben überwinden, Sangrian. Wenn du wirklich unser Freund bist, dann denke jetzt ganz doll nach, auch wenn dir dabei fast der Kopf platzt: Swampilla, Dragon und die Drachen müssen einen Schwachpunkt haben. Wenn dir etwas einfällt, womit wir sie kampfunfähig machen könnten, dann gibt es auch eine Belohnung.«

Sangrians Augen leuchteten. »Was denn?«

»Etwas Mondbeerengelee. Das hilft auch gegen dein Kopfklopf.«

»Wie viel ist ›etwas‹?«

»Genug«, sagte Finnja und grinste.

»Na gut, ich versuche nachzudenken.«

»Und nun zu dir«, sagte Finnja und wandte sich um zu Hermarius, der erschrocken zusammenzuckte. »Ich verstehe, dass es scheußlich war, zu sehen, wie die fleischfressenden Blumen den Streifpfötling verspeisten. Aber das gibt dir nicht die Erlaubnis, dich bei Gefahr davonzumachen und uns unserem Schicksal zu überlassen. So etwas darf nicht mehr vorkommen. Ansonsten wirst du aus unserem Stamm und unserem Land ausgestoßen.«

Zu Leons großem Erstaunen sank der hünenhaft gebaute Hermarius vor Finnja auf die Knie und bat um Verzeihung.

»Steh auf, Hermarius«, sagte Finnja peinlich berührt. »Es sei dir verziehen, und dein Versagen bleibt unter uns. Aber in Zukunft wirst du alles tun, um unser Vertrauen zurückzugewinnen.«

»Ich verspreche es, verehrte Prinzessin«, flüsterte Hermarius.

Finnja wandte sich ab. »Dann lasst uns weiterziehen zu dem Fluss, von dem du gesprochen hast, Sangrian«, rief sie in die Runde.

»Einen Moment noch«, rief Wuhuuu. »Wenn ich mich nicht

täusche, sind das dahinten Apfelbäume. Ich pflück uns schnell ein paar Äpfel.«

»Ich komm mit«, riefen die Spaider wie aus einem Mund und eilten Wuhuuu, dem schon fast der Sabber aus den Lefzen tropfte, hinterher.

»Bleibt hier«, brüllte ihnen Hermarius hinterher. »Die sehen zwar lecker aus, sind aber hochgiftig. Schaut mal auf den Boden.«

Alle folgten nun Wuhuuu und den Spaidern und taten, wie geheißen. Rund um die Bäume verstreut lagen tote Tiere. Offensichtlich hatten sie an den Früchten geknabbert. Einem Buschschwanzhupf klemmte sogar noch eine Apfelspalte zwischen den erstarrten Pfötchen.

»Und was sollen wir jetzt essen?«, fragte Wuhuuu bekümmert.

»Wie wär's mit Fisch?«, schlug Sangrian vor und ergänzte nuschelnd nach kurzem Zögern: »… sofern er nicht uns frisst.«

20

Mit hungrigen Bäuchen begaben sich die Gefährten weiter auf ihren Weg Richtung Mon Diö. Leon kämpfte gegen Fantasien von dampfenden Rindsrouladen mit Knödeln und Soße oder von Pfannkuchen mit Nutella. Das Wasser lief ihm im Munde zusammen. Die Handvoll Trockenaprikosen, die jeder von ihnen aus Majas Essensproviant bekommen hatte, machten nicht satt und bewirkten eigentlich nur, dass sie pupsen mussten. Leon hätte sich nicht gewundert, wenn ein über ihnen fliegender Vogel betäubt von Wuhuuus oder Sangrians Stinkbomben ohnmächtig auf sie herabgestürzt wäre.

Als sie bereits Stunden gelaufen waren und die Sonne den Zenit längst überschritten hatte, hörten sie ein Rauschen. Es wurde immer lauter, je mehr sie sich näherten. Schließlich schnitt ihnen eine dichte Böschung an einem Hang den weiteren Weg ab.

»Absitzen«, befahl Hermarius mit erhobener Hand. Alle taten wie geheißen und banden die Silberflocklinge so an Ästen fest, dass sie noch genügend Bewegungsfreiheit zum Grasen hatten. Anschließend kletterten sie die Böschung hinauf. Wuhuuu lief voran und bahnte ihnen einen Weg durch das Gestrüpp aus Dornen und Ranken. Schließlich erreichten sie die Kuppe des Hangs.

»He, pass doch auf«, rief Leon dem hinter ihm stehenden Spaider zu und krallte sich an einem Zweig fest. »Du hättest mich fast runtergestoßen.«

Unmittelbar vor ihren Füßen ging es etwa fünf Meter steil bergab, geradewegs hinein in tintenschwarzes Wasser. In peitschenden Stromschnellen jagte es auf ein Felsentor zu, durch das es sich wütend schäumend hindurchzwängte. Unmittelbar hinter dem Tor, das sich von einem Ufer zum anderen spannte, verbreiterte sich das Flussbett wieder.

»Was ist das?«, rief Finnja und wies mit dem Arm auf etwas Giftgrünes, das aus dem Wasser ragte und blitzschnell auf das Tor zuraste.

»Fisch«, nuschelte Sangrian.

Fasziniert starrte Leon auf das Wasser, in dem sich nun wie auf Kommando zahllose grüne Buckel versammelten, die etwa so groß waren wie riesige Kürbisse. Als hätten sie die Anwesenheit von Finnja und ihren Gefährten gespürt, blieben die Fische wie mühelos in der starken Strömung stehen, reckten die Köpfe in ihre Richtung und blickten sie neugierig, wenn nicht sogar hungrig aus schwefelgelb leuchtenden Glupschaugen an.

»Was sind denn das für Viecher?« Leon runzelte die Stirn. »Solche Fische hab ich noch nie gesehen.«

»Und wie die uns anglotzen«, ergänzte Maja, »als ob sie unsere Anwesenheit spüren könnten.«

»Das tun sie auch«, erwiderte Sangrian und knurrte leise. »Die haben nicht nur die schärfsten Ohren aller Tiere in Swampurien, sie haben auch die feinsten Nerven und Sinneszellen. Sie erspüren jede unregelmäßige Bewegung am Flussufer.«

»Okay.« Leon staunte.

»Sind die gefährlich?«, fragte Finnja.

Sangrian schaukelte mit dem Kopf und warf Hermarius einen Seitenblick zu. »Sag du es.«

Statt zu antworten bückte sich Hermarius, hob einen Stein auf und warf ihn ins Wasser. Sofort schossen aus den Fischbuckeln spitze, besenstiellange Dornen und das Wasser spritzte und gurgelte vom wütenden Fauchen und Platschen der Fische. Erschrocken wichen die Gefährten zurück in die Büsche.

»Reicht das als Antwort?«, fragte Hermarius und blickte in die Runde. »Die spießen jeden auf, der auch nur einen Zeh ins Wasser steckt.«

»Der Fluss umfließt das Zentrum von Swampurien, oder besser gesagt die Klosterinsel Mon Diö«, ergänzte Sangrian. »Die Grünstichlinge sind quasi Swampillas Grenzwächter.«

»Heißt das, dass jeder, der nach Mon Diö möchte, diesen Fluss überqueren muss?«, fragte Finnja.

Hermarius nickte. »So ist es. Ich, oder besser gesagt Sangrian und ich, haben euch zur schmalsten Stelle geführt. Wenn wir hier den Fluss passieren, ist es nur noch etwa ein Tagesmarsch bis nach Mon Diö.«

Finnja nickte und betrachtete ungläubig das Schauspiel unterhalb ihrer Füße. Mittlerweile drängten sich so viele Fische aneinander, dass der Fluss aussah wie ein grüner, stacheliger Teppichläufer, der auf und ab wogte. Die Grünstichlinge schienen nur darauf zu warten, dass einer von ihnen so dumm wäre, einen Fuß ins Wasser zu stecken. »Gibt es nicht vielleicht eine Stelle, an der keine Fische sind?«, fragte Leon. »Vielleicht eine, an der das Wasser zu flach ist für die Fische und wir hindurchwaten könnten?«

»Träum weiter«, höhnte Hermarius. »Wenn es die gäbe, hätten wir euch dorthin geführt.«

»Oder können wir nicht über das Felsentor hinüberklettern und so die andere Seite erreichen?« Leon musterte das Tor. Mit viel Glück könnte er das schaffen. Die Spaider sicher auch. Aber die anderen?

»Kommt nicht infrage«, erwiderte Finnja. »Sollen wir uns das Genick brechen? Damit ist niemandem gedient, meiner gefangenen Mutter nicht und uns auch nicht.«

»Fischfutter«, murmelte Wuhuuu.

»Was?«, fragten Finnja, Maja und Leon gleichzeitig.

»Wenn wir Fischfutter hätten, könnten wir sie ablenken.«

»Also ich hab noch zwei Trockenpflaumen übrig«, höhnte Hermarius erneut.

»Kannst du eigentlich auch noch anders außer schnippisch?«, fauchte ihn Finnja an. »Die Idee ist doch nicht schlecht ...«

»... aber was könnten wir ihnen denn zu fressen geben?«, warf Maja ein. »Ich hab weit und breit kein Tier gesehen, das sich eignen könnte – und überhaupt: Wer von uns brächte es fertig, diesen Stachelbiestern ein Tier zum Fraß vorzuwerfen?«

»Vielleicht ein Silberflockling?«, murmelte einer der beiden Spaider fragend.

»Waaaas? Bist du verrückt?« Finnja war so erzürnt, dass sie den Spaider gegen zwei seiner acht Beine trat, so dass der einknickte.

»Ich hab das doch nicht ernst gemeint«, ächzte der so Gescholtene.

»Und warum sagst du dann so etwas? Bringt uns das irgendwie weiter?« Zornig stemmte Finnja die Arme in die Seite und funkelte den Spaider an.

»Ist ja gut«, nuschelte der und machte sich so klein er konnte.

Finnja sparte sich einen Kommentar, denn sie hatte plötzlich eine Idee.

»Sangrian, wie geht's eigentlich deinem Flügel?«

»Besser«, antwortete dieser, ohne nachzudenken, nur um gleich darauf zu stammeln: »Na ja, also manchmal zwickt es mich schon noch ganz doll, da, links unten, wenn ich gähnen muss, und auf der anderen Seite sticht es jedes Mal, wenn ich mich kratze ... aber wieso willst du das wissen? Seit wann interessierst du dich für meine Flügel?« Misstrauisch schielte Sangrian Finnja an.

Als würde bei allen gleichzeitig und wie in Zeitlupe der Groschen fallen, klatschte Maja plötzlich in die Hände und rief »Natürlich!«.

»Dass wir nicht gleich darauf gekommen sind«, ergänzte Leon und sah Finnja mit solch strahlenden Augen an, dass ihr ganz warm wurde und sie sich verlegen am Kopf kratzte.

»Stimmt, das könnte klappen«, grummelte Hermarius mit zusammengekniffenen Augenbrauen, wieder mal verärgert darüber, dass der Einfall nicht von ihm stammte.

Sangrian blickte schielend und mit schaukelndem Hals in die Runde. »Was könnte klappen?«

»Sangrian, nur du kannst uns weiterhelfen«, antwortete Finnja. »Du bist der Einzige in unserer Runde, der fliegen kann. Du wirst uns alle nacheinander über den Fluss transportieren.«

Sangrian erstarrte. »Ich?«

»Siehst du sonst noch jemanden, der Flügel hat?«, fragte Leon und zwinkerte Sangrian zu.

Sangrian blickte an sich herab, als sähe er zum ersten Mal seine Flügel. Kraftlos hob er sie ein Stück an.

»Ich bin aber schon seit Tagen nicht mehr geflogen ... ich weiß gar nicht, ob ich das noch kann. Der eine Flügel tut immer noch so weh von eurem blö... ähm, also von eurem Wanderfelsen, und ist ganz schlaff wie ein welkes Salatblatt.«

»Sangrian, du mutigster und klügster aller Drachen, natürlich bekommst du zur Stärkung ein paar Tröpfchen Mondbeerengelee«, schmeichelte Maja und tätschelte ihm den Hals.

Sangrian klimperte mit den Wimpern und seufzte. »Na ja, möglicherweise hilft das. Wir können es ja mal versuchen. Aber für Wuhuuus Gewicht bräuchte ich bestimmt eine Extraportion.«

»Aber natürlich«, sagte Maja lächelnd. »Das versteht sich doch von selbst.«

Hermarius verdrehte die Augen und murmelte »Weichflunz«.

»Und was machen wir mit den Silberflocklingen?«, warf Finnja ein.

Betroffen schwiegen alle. Jedem war klar, dass Sangrian unmöglich die Silberflocklinge transportieren könnte. Abgesehen davon, dass sie nichts dabeihatten, um sie auf dem Rücken des Drachen zu sichern, würden sie in Panik verfallen – und im schlimmsten Fall auch Sangrian zum Absturz bringen.

»Wir müssen sie zurücklassen«, brach Hermarius schließlich das Schweigen. »Eine andere Möglichkeit gibt es nicht. Sie haben hier genug zu fressen. Die Blätter und das Gras versorgen sie mit ausreichend Flüssigkeit. Wenn alles gut geht, sind wir bald wieder zurück.«

»Du hast recht, Hermarius«, pflichtete ihm Sangrian bei. »Und es gibt noch zwei weitere Gründe, weshalb wir sie leider hierlassen müssen. Sobald wir den Fluss überquert haben, befinden wir uns im zentralen Sumpfland. Dort ist es noch düsterer, alles ist grau, schwarz oder braun. Außerdem ist das Land flach. Es gibt kaum Hügel, Büsche oder Bäume, hinter denen wir uns verstecken könnten. Mit ihrem hellen Fell würden die Silberflocklinge weithin auffällig leuchten und uns verraten. Außerdem finden sie dort nichts zu fressen. In dieser Landschaft können nur Larven, Lurche, Würmer und Kröten überleben.«

Schweigend ließen die Gefährten Sangrians Worte auf sich wirken.

Schließlich klatschte Finnja in die Hände. »Jetzt guckt nicht so angefloddert. Wir wussten doch, dass diese Reise kein Spaziergang wird, oder? Je schneller wir unser Ziel erreichen, desto schneller sind wir auch wieder weg.«

»Genau«, stimmte Leon ihr zu. »Lasst uns keine Zeit verlieren. Wer fliegt zuerst?«

Während Leon sprach, schaute Finnja ihn aufmerksam an, so dass nun Leon ganz heiß wurde und er sich räuspern musste.

»Frosch im Hals?«, flüsterte sie und zwinkerte ihm zu. »Dabei sind wir doch noch gar nicht im Sumpfland.« Schelmisch grinste sie ihn an und streifte mit ihrem nackten Arm den seinen, mit dem Ergebnis, dass Leon sofort eine Gänsehaut bekam. Er hätte schwören können, dass sie das mit Absicht getan hatte. Dass sie genau wusste, wie nervös es ihn machte, wenn sie ihn nicht normal anschaute, sondern *so*. Auf diese bestimmte Weise, bei der ihm sofort ganz warm wurde.

»Tsss«, erwiderte er nur, wohl spürend, dass das keine so besonders coole Reaktion war. Doch etwas Schlaueres fiel ihm gerade nicht ein.

»Ich glaube, ich mach erst einmal alleine einen Probeflug«, sagte Sangrian mit hängenden Mundwinkeln. »Nicht, dass ich mit jemandem von euch abstürze. Lieber gehe ich alleine zugrunde.«

Hermarius rollte mit den Augen, und Wuhuuu murrte: »Ich heul gleich.«

Doch Finnja munterte den Drachen auf. »Du bist ein wahrer Held«, sagte sie. »Dann mal los. Zeig uns, was du kannst.«

»Nur Mut, du schaffst das«, ergänzte Maja und gab ihm einen Klaps.

Langsam trottete Sangrian an den Rand des Abhangs und krallte seine Klauen fest in die steinige Abbruchkante.

»Macht Platz, damit ich meine Flügel ausbreiten kann«, sagte er und alle drängten zurück in die Büsche. Sangrian holte schnaufend Luft, hob die Flügel an und stieß sich mit einem letzten leidenden Blick in Richtung seiner Gefährten von der Klippe ab. Mit nur einem weiteren Flügelschlag etwa über der Mitte des Flusses segelte er sicher über das Tor hinweg auf die andere Seite. Wütend trommelten die Fische mit ihren Flossen auf das Wasser, während die Gefährten Sangrian zujubelten und klatschten.

»Und jetzt komm wieder zurück«, brüllte Finnja.

Keine dreißig Sekunden später landete Sangrian mit einem gewaltigen Rauschen und vor Stolz strahlenden Augen wieder auf der Klippe.

»Wer mag zuerst?«, sagte er und duckte sich, um das Aufsitzen zu erleichtern.

»Gehen auch zwei auf einmal?«, fragte Finnja.

»Bei euch Fliegengewichten gehen auch drei auf einmal«, meinte der Drache so übermütig, dass sogar Hermarius nicht anders konnte, als anerkennend zu grinsen.

»Dann los, mein Freund«, sagte er, schwang sich auf Sangrians Rücken und reichte Maja seine Hand, um ihr beim Aufsteigen behilflich zu sein.

»Alle gut festhalten«, rief Sangrian und stieß sich erneut ab. Maja schrie vor Angst und Begeisterung, während Hermarius angestrengt lächelte und sie festhielt. Genau genommen sah es so aus, als habe er mehr Angst als sie und klammere sich an Maja fest, fand Leon. Dann war der Drache schon wieder da und trug nun auch Finnja und Leon über den Fluss. Dass Finnja ihm dabei ihre Finger in den Bauch krallte, störte ihn nicht im Geringsten. Zuletzt beförderte Sangrian noch Wuhuuu und die beiden Spaider über das Wasser, wobei er ächzende Töne von sich gab. Er flog so dicht über der Wasseroberfläche, dass eine Klaue das Wasser streifte und einige der Fische wie Delfine aus dem Wasser hochstiegen und nach ihm schnappten – zum Glück vergeblich. Keuchend lag Sangrian schließlich auf der anderen Seite des Flusses auf dem Boden, ließ sich tätscheln und von Maja Mondbeerengelee auf die Lefzen schmieren.

»Danke, Sangrian«, sagte Finnja und kraulte ihn hinter einem Ohr. »Ohne dich wäre unser Rachefeldzug hier bereits zu Ende gewesen.«

Sangrian blickte sie müde, aber stolz an. Doch gleich darauf runzelte er die Stirn.

»Vielleicht wäre das besser gewesen. Wer weiß, ob wir hier lebend wieder rauskommen.«

»Natürlich schaffen wir das«, erwiderte Leon. »Außerdem haben wir keine Wahl, oder bringst du es fertig, Lynn einfach ihrem Schicksal zu überlassen? Egal, wie dieses Abenteuer ausgeht: Ich will mir selbst sagen können, dass ich alles versucht habe.«

Finnja nahm seine Hand und drückte sie kurz. »Und das werden wir dir nie vergessen«, murmelte sie.

»Genug der Schmeicheleien«, murrte Hermarius. »Es dämmert bereits, die Nebelgeister ziehen auf. Wir sollten uns einen sicheren Schlafplatz suchen.«

21

Sie waren nun schon mindestens eine Stunde gelaufen. Leon fror und war müde. Dichter Nebel hüllte sie ein und drang mit klammen, feuchten Fingern unter die Kleidung und auf die Haut. Er war so dicht, dass Leon die beiden Spaider, die nur wenige Schritte vor ihm liefen, nur noch schemenhaft erkennen konnte.

»Bleibt nah beieinander, damit wir uns nicht verlieren«, flüsterte Hermarius.

Weshalb flüsterte er eigentlich?, wunderte sich Leon. Es musste an der unheimlichen Stille ringsumher liegen. Die einzigen Laute waren gelegentliches Glucksen und das Schmatzen ihrer Fußsohlen im Matsch. Der Boden fühlte sich an, als laufe man über wassergetränkte Schwämme, die von braunem schlappem Gras bedeckt waren. Und Leon fragte sich, wo sie eine Schlafstelle finden sollten, die halbwegs trocken wäre.

»Wir versuchen es im Schilfgürtel«, sagte Hermarius, als habe er Leons stumme Frage gehört. »Dort gibt es ein paar erhabene Binsenpolster, auf denen wir trocken und geschützt vor unerwünschten Blicken ausruhen können.«

»Hoffentlich können wir auch schlafen«, seufzte Sangrian.

»Wieso denn nicht? Ich könnte sogar im Stehen einschlafen«, sagte Leon.

»Wegen den Plapperflattern.«

Leon riss die Augen auf. »Plapperflattern? Noch nie gehört.«

»Sei froh«, murrte Hermarius. »Hier«, rief er und holte mit der Hand aus. »Da ist ja schon die erste.«

Ehe Leon sich's versah, schoss etwas Schwarzes dicht an seinem Kopf vorbei und schnarrte: »Hau ab, verschwinde!«

Wie erstarrt blieb Leon stehen. War das ein sprechender Riesennachtfalter? Lange musste er nicht rätseln, denn wie aus dem Nichts rauschte mit schnatterndem Getöse ein ganzer Schwarm heran. Von einer Sekunde auf die andere sahen sich die Gefährten eingehüllt in eine schwarze Wolke wild durcheinanderplappernder, handtellergroßer Falter, die versuchten, sich in den Haaren und an den Ohrläppchen festzukrallen.

»Heul doch«, schnarrte etwas in Leons linkes Ohr, »ätschbätsch« in sein anderes und in seinen Stirnfransen hing kopfüber ein Falter und beschimpfte ihn als »Dumpfdattel«. Hektisch schlug Leon um sich, doch je mehr er schlug, desto mehr Falter schienen es zu werden. Zu seinem Entsetzen fing Finnja an, panisch zu schreien und um sich zu schlagen. Schließlich ließ sie sich auf die Knie fallen und barg den Kopf wimmernd zwischen ihren Armen auf den Oberschenkeln. Leon stolperte zu ihr, riss sie hoch auf die Beine und legte einen Arm um ihre Taille.

»Finnja, beruhige dich. Ich glaube, die tun uns nichts. Stell dir einfach vor, es seien Fruchtfliegen«, rief er über den Lärm hinweg in ihr Ohr.

»Papperlapp«, antwortete es von allen Seiten und »selber Fruchtfliege«.

Finnja hielt sich schluchzend die Ohren zu, während sie, geführt von Leon, weiterstolperte und sie beide bis zu den Waden im Matsch einsanken.

Plötzlich brüllte Wuhuuu, der sich ebenfalls mit beiden Pranken die Ohren zuhielt: »Mir nach!« Wie betrunken und um sich schlagend torkelten die Gefährten dem Troll hinterher in einen mannshohen Schilfgürtel. Kaum hatten die Halme sie umschlossen, ließ das Schwatzen und Geifern der Plapperflattern nach, gerade so, als ob sie das Schilf fürchteten. Zwar hingen sie noch eine Weile wie eine Wolke, die ständig ihre Form veränderte, über ihren Köpfen. Doch schließlich gaben sie es auf und zogen fort. Gleich darauf war es totenstill.

»Bäääh«, schimpfte Leon. Sie standen knöcheltief in braunem Schlick. »Und hier sollen wir schlafen?«

»Immer mit der Ruhe, Leon. Wir finden schon einen trockenen Platz«, entgegnete Hermarius. »Freu dich, dass wir die Plapperflattern los sind.«

Zerknirscht blickte Finnja Leon und die Gefährten an. »Es tut mir leid, dass ich so … so …« Finnja schluckte und kämpfte mit den Tränen.

»Alles gut, Finnja«, kam ihr Leon zu Hilfe. »Sieht ganz so aus, als seien Riesennachtfalter nicht dein Ding.« Schief grinste er Finnja an. »Ich mag übrigens auch viele Insekten nicht. Wären das Riesenkellerasseln gewesen, wäre ich ausgeflippt.«

»Das sagst du doch bloß«, flüsterte Finnja und sah ihn verlegen von der Seite an.

»Garantiert nicht.«

»Aber wenn ich schon angesichts total harmloser Plapperflattern versage, wie soll ich dann gegen eine Sumpfhexe und einen Drachenzüchter bestehen?«, rief sie verzweifelt.

Alle blickten Finnja besorgt an. Noch nie hatten sie ihre junge Feenprinzessin und Anführerin so traurig und mutlos gesehen.

»Manchmal ist man eben tapfer und manchmal nicht«, warf Wuhuuu ein und zuckte die Achseln. »Und manchmal muss man aber auch gar nicht tapfer sein und darf gruselig jammern, so wie du eben. Und manchmal ist man tapferer, als man selbst je von sich gedacht hätte. Wie ich zum Beispiel gerade eben.«

»Hä?«, kam es aus verschiedenen Kehlen gleichzeitig.

»Nichts ›hä‹«, entgegnete Wuhuuu. »Schaut doch mal: Ich steh hier bis zu den Knöcheln in schlammigem, ekligem, stinkendem Wasser, obwohl ich Wasser nicht leiden kann.«

»Okay«, sagte Leon nach einer kurzen Pause und runzelte die Stirn. »Und was willst du uns damit sagen?«

»Weiß ich doch nicht, denk selber nach.«

Verblüfft betrachtete Leon den Troll, der seinen Blick empört erwiderte. Da machte sich ein leises Blubbern in Leons Bauch bemerkbar, das schnell stärker wurde. Und plötzlich brach es aus Leon heraus. Er lachte, dass ihm die Tränen in die Augen stiegen. Und als er die erstaunten Gesichter seiner Gefährten sah, fiel er vor Lachen gar auf die Knie. Da konnten Finnja und die anderen nicht mehr anders. Einer nach dem andern stimmte in sein Lachen ein. Und als Maja japsend fragte, wieso sie eigentlich alle so lachten, löste das nur eine weitere Lachsalve aus. Doch schließlich beruhigten sich alle wieder. Und obwohl es um sie herum schon fast dunkel war, spürten sie nun alle wieder Sonne in ihren Herzen.

»Eigentlich können wir gleich hier liegen bleiben«, kicherte Maja. »Wir sind eh schon alle nass.«

»Nein«, beschied Hermarius. »Hier gibt es Riesenblutwurmlinge, die gehen nachts auf Jagd.«

Hermarius hatte noch nicht fertig gesprochen, als alle Gefährten wieder auf den Beinen standen.

»In welche Richtung geht es zu den Binsenpolstern?« fragte Finnja und betrachtete beunruhigt das brackige Wasser zu ihren Füßen.

»Folgt mir«, sagte Sangrian und reckte suchend seinen Hals. »Ich glaube, da vorne ist schon eine Stelle.«

Platschend und schmatzend bewegten sie sich vorwärts, bis sie schließlich trockenen Untergrund erreichten. Erleichtert und erschöpft ließen sie sich auf dem heuähnlichen Polster nieder. Der Platz war knapp bemessen, weshalb sie sich eng aneinanderschmiegten. Doch angesichts der empfindlichen Nachtkühle schien das niemanden zu stören. Wie zufällig hatte Leon es einrichten können, wieder neben Finnja zu liegen. Und wenn ihn nicht alles täuschte, hatte sie nur darauf gewartet.

Komisch, wie viel Unsichtbares und Unausgesprochenes zwischen ihm und ihr geschah. Etwas Wortloses und Kribbelndes war das. Sachte strich er Finnja mit einer Hand die Haare aus der Stirn und betrachtete ihr schlummerndes Gesicht. So ruhig und gleichmäßig wie sie atmete, schien sie bereits eingeschlafen zu sein. Eine getrocknete Schmutz- und Tränenspur zog sich über ihre Wange bis zu den Mundwinkeln. Es juckte ihn in den Fingern, sie wegzuwischen, doch er ließ es bleiben. Schließlich wollte er sie nicht aufwecken. Stattdessen zog er die dünne Decke, die sie beide notdürftig bedeckte, über ihre Schulter und betrachtete anschließend den Himmel. Der Nebel hatte sich etwas gelichtet. Immer wieder glitt zwischen zerfaserten Wolkenschleiern der abnehmende Mond hervor. Plötzlich vernahm er ein Rauschen wie von Flügelschlägen und sein Herz setzte für einen Moment aus, als er einen Schwarm schwarzer Schwäne sah, die einen Bogen unterhalb des Mondes flogen und in der Ferne verschwanden. Er lauschte dem immer leiser werdenden Rauschen, bis er erneut nur noch das vereinzelte und ziemlich traurig klingende Quaken eines Frosches und das leise Schnauben von Wuhuuu und Sangrian hörte. Keiner war aufgewacht. Er schien als Einziger noch keinen Schlaf gefunden zu haben. Und der Schwarm der Schwäne hatte es ihm nicht leichter gemacht, sich zu entspannen, denn unweigerlich musste er nun an die Drachen denken. Was wohl der nächste Tag brächte? Würde er bald schon die Sumpfhexe zu Gesicht bekommen? Oder den Drachenzüchter?

Noch immer hatten sie keine Idee, wie sie gegen die Flugechsen ankommen sollten. Nicht zu reden von seiner Smatfo-Magie, auf die seine Freunde so vertrauten. Leon spürte ein unangenehmes Ziehen im Bauch. Irgendwie kam er nicht umhin, sich wie ein Betrüger zu fühlen. Mit Grausen dachte er an den Moment, in dem Finnja erkannte, dass seine Smatfo-Magie nur Schall und Rauch war. Vor seinem geistigen Auge sah er, wie ihn ihre aufgerissenen Augen in grenzenloser Enttäuschung anblickten. Leon seufzte. Genau genommen konnte er nur auf ein Wunder hoffen. Besser wäre ein handfester Plan. Im Kampf gegen diese Monster wollte er nichts dem Zufall überlassen. Leon beschloss, Sangrian am nächsten Morgen in die Mangel zu nehmen. Kopfklopf hin oder her, er würde den Drachen zwingen, alles auszuspucken, was er über seine blutrünstigen Gefährten wusste. Irgendeine Schwachstelle mussten sie haben, da hatte Finnja völlig recht. Andernfalls waren sie verloren. Die Aussicht, als Drachengulasch zu enden, war wenig vielversprechend.

Irgendwann musste Leon schließlich eingeschlafen sein.

Doch plötzlich weckte ihn etwas auf. Sein Herz pochte heftig gegen seine Rippen. Regungslos und mit aufgerissenen Augen starrte er in den schon etwas ausgeblichenen Nachthimmel und lauschte. Was hatte ihn geweckt? Da. Da war es wieder. Nur wenige Meter von ihm entfernt platschte etwas. Und war da nicht eine nuschelnde Stimme?

22

»Komm her, du fette Blutschlumpe. Komm zum lieben Maledetto. Ich tu dir nischts. Nur ein bischen quetschen. Tut gar nicht weh.«

Leon spürte, wie ihm eine Gänsehaut über den Nacken rieselte. Er schluckte trocken. In Zeitlupe bewegte er den Kopf nach links zu Finnja, Sangrian und Hermarius. Auch sie waren aufgewacht und lagen nun vor Schreck erstarrt da. Mit den Augen verständigten sie sich und Leon formte mit den Lippen: eins, zwei und …«

Auf »drei« schossen alle gleichzeitig mit Gebrüll in die Höhe – dicht gefolgt von einem schrillen Aufschrei und lautem Platschen. Hermarius, der sein feiges Davonlaufen unbedingt wiedergutmachen wollte, stand bis zu den Knien im brackigen Wasser und hielt ein tropfendes und kreischendes Bündel vor seiner Brust im Schwitzkasten.

»Lasch misch losch, ich krieg keine Luft«, ächzte das Geschöpf und zappelte mit den Beinen.

»Wer bist du?«, fragte Finnja und betrachtete erstaunt das dürre Männlein, dessen Oberschenkel kaum dicker als Hermarius' Arme waren und dessen Gesicht sich hinter schulterlangen, verfilzten schwarzen Haaren verbarg. Plötzlich riss es seinen Kopf hoch, schleuderte schwungvoll die nassen Haare zurück und blickte Finnja hochmütig an.

»Wer ich bin, willscht du wischen? Schag mir lieber, wer du bischt und wasch euch einfällt, einfach in mein Reich einschudringen.«

»Nicht frech werden, Bürschchen«, knurrte Hermarius, der sich mit einer Hand angewidert die Vampir-Haare aus dem Gesicht strich und mit der anderen den Druck so erhöhte, dass dem Männlein schier die Augen aus dem Kopf traten.

»Antworte gefälligst«, wiederholte Finnja. »Wer bist du und was machst du hier?«

Mürrisch erwiderte die tropfende Gestalt Finnjas strengen Blick. »Ich heische Maledetto, man kennt mich auch unter dem Namen ›Il Magnifico‹, denn ich war einscht der mächtigschte und gefährlichschste Vampir in ganz ...«

Weiter kam er nicht, denn plötzlich übertönte ein lautes kehliges Grollen Maledettos Worte. Zum Erstaunen aller drängelte sich Sangrian mit lautem Platschen zwischen Finnja und Leon, richtete sich zu seiner vollen Größe auf und schnaubte dem Vampir züngelnde Flammen ins Gesicht.

»Aaaah«, schrie der und riss seinen Kopf zur Seite, während Hermarius seinen Gefangenen von sich stieß und rückwärts wankte, um der Hitze zu entgehen.

»Du warst das also, du blutrünstiges Scheusal«, brüllte Sangrian. »Hast du eigentlich eine Ahnung, wie weh du mir getan hast?«

»Sangrian«, kreischte Maja erschrocken und schob sich zwischen Drachen und Vampir, »was ist denn in dich gefahren?«

Auch Leon hielt vor Schreck die Luft an. So wütend hatte er Sangrian noch nie erlebt. Genau genommen hätte er es nicht für möglich gehalten, dass der sanftmütige Drache so wütend werden könnte. Sämtliche Zacken auf seinem Rücken und Schwanz waren zu doppelter Größe angeschwollen und die Augen glühten rot wie Kohle.

Vor Angst krümmte sich der Vampir auf dem Boden und winselte: »Bitte, tu mir nichts. Geh weg. Ich tu's nie wieder. Ich könnte dasch gar nicht wieder machen. Schieh doch mal …« Dabei sperrte er seinen Mund weit auf. »Ich hab gar keine Schähne mehr und deschwegen schprech ich auch scho komisch.«

Sangrian beugte sich vor und betrachtete die schwarze, zahnlose Mundhöhle.

»Geschieht dir ganz recht«, fuhr er fort. »Ich hoffe, dass du langsam und elend verhungerst und dich die Würmer fressen.«

»Sangrian«, rief nun Finnja. »Verfloddert noch mal, bist du von allen guten Geistern verlassen? Schluss jetzt.«

Nicht nur sie, alle waren schockiert über die heftige Feindseligkeit ihres Gefährten. »Vielleicht verrätst du uns, was zwischen dir und Maledetto vorgefallen ist und warum du so zornig bist.«

»Nur zu gerne«, presste die Riesenechse zwischen ihren Lefzen hervor, ohne den Vampir auch nur einen Moment aus den Augen zu lassen. »Habt ihr schon die wulstige Narbe an meinem Hals bemerkt?«, fragte Sangrian und wies mit einer Klaue auf eine Stelle unterhalb seines Ohrs. »Die hab ich diesem hinterhältigen Untoten zu verdanken. Dort hat er mich als Baby gebissen. Zum Glück hörte meine Mama irgendwann sein Schmatzen, denn sie hatte meinen Mittagsschlaf dazu genutzt, mit anderen Drachenmamas zu quatschen und Blutwurmlinge auszuzutzeln. Ansonsten wäre ich jetzt tot. Ich war fast komplett ausgesaugt.«

Schuldbewusst senkte Maledetto den Kopf, als er die Blicke der Gefährten wie Spieße auf sich gerichtet sah. Am liebsten hätte er sich in ein Schneckenhaus geflüchtet.

»Darf ich ihn hauen?«, unterbrach Wuhuuu das fassungslose Schweigen und knetete seine Fäuste.

»Warte noch«, bremste ihn Finnja und musterte den Vampir mit unverhohlenem Ekel. »Du elender Feigling«, zischte sie. »Du willst der mächtigste Vampir gewesen sein und vergreifst dich an einem wehrlosen Baby? Schäm dich.« Aus jedem ihrer Worte triefte tiefste Verachtung. »Und wie kommst du überhaupt dazu, dies als dein Reich zu bezeichnen? Weiß die Sumpfhexe davon? Und was treibst du hier überhaupt? Oder bist du einer von Swampillas Spähern?« Drohend näherte sie sich dem Vampir, der mittlerweile bis zum Kinn im Sumpf kauerte, während Sangrian erneut ein Kollern hören ließ.

Da heulte der Vampir plötzlich auf wie ein Wolf, dass es den Gefährten durch Mark und Bein fuhr. »Immer auf die Kleinen. Ihr scheid scho gemein. Lascht mich doch in Ruhe. Scheht ihr nicht, wie schlecht esch mir geht?«

»Nein, wir lassen dich nicht in Ruhe. Spar dir deine Weichflunztränen, uns kannst du nichts vormachen«, erwiderte Hermarius und packte den Vampir am Schopf, bevor der völlig abtauchte. »Antworte: Was treibst du hier? Bist du ein Späher von Swampilla?«.

»Autsch, lasch losch, dasch tut weh«, kreischte Maledetto und versuchte, mit beiden Händen Hermarius' Griff zu lockern. »Nein, ich bin kein Schpäher. Ich hasche Schwampilla und geh ihr aus dem Weg. Ich hab blosch Hunger und schuche nach Eschen.«

»Essen? Wo? Was?«, warf Wuhuuu aufgeregt ein und blickte suchend um sich.

»Ja wasch wohl?«, erwiderte Maledetto. »Dasch hier«. Dabei griff er mit einer Hand in eine Hosentasche und zog einen langen, dicken, sich windenden Blutwurmling hervor. »Da. Schenk ich dir«, rief er und schleuderte ihn Wuhuuu entgegen.

»Iiiiiih«, kreischten Maja und Finnja angeekelt wie aus einem Mund. Sangrian wandte wimmernd den Kopf ab, um nicht zu sehen, wie sich Wuhuuu den Wurmling in den Mund schob.

»Danke«, rief der Troll schmatzend. »Hast du noch mehr davon?«

»Na klar«, antwortete der Vampir großzügig. »Hier wimmelt esch davon. Kleiner Tipp: Die beschten findeschst du dort drüben, nur zwei Schumpflöcher weiter.«

»Wuhuuu, du verfressener Troll, bleib da!«, schalt Maja. Doch zu spät. Wuhuuu war nicht zu stoppen.

»Komm gleich wieder«, rief er und stampfte hastig in die angewiesene Richtung, so dass der Sumpf unter seinen Pranken schmatzte. Keine Minute später war ein Brüllen zu hören, das aus den tiefsten Tiefen des Trollbauchs zu kommen schien. »Verfloddert noch mal, was ist denn das … Hiiiiilfe, neeeeeiiiin!«

Erschrocken wandten die Gefährten den Kopf. Dort, wo eben noch Wuhuuu zu sehen war, spritzte, schäumte und zischte nun schwarzes Sumpfwasser auf. Doch da war noch etwas anderes.

»Was ist das?«, stammelte Finnja und kniff die Augen zusammen.

»Ich weiß es nicht, aber das sieht nicht gut aus«, knurrte Hermarius. »Wuhuuu, wo bist du? Komm sofort zurück«, rief er laut. Und nun brüllten auch alle anderen nach ihrem Freund.

Als Antwort kam nur Gurgeln, Platschen und Prusten.

»Lasst ihn nicht abhauen«, befahl Hermarius den Spaidern mit Blick auf den Vampir, der sein schadenfrohes Grinsen kaum verbergen konnte. »Na warte, Bürschchen, wenn Wuhuuu nur ein Haar gekrümmt wird, wirst du verfluchen, geboren worden zu sein.«

Mit diesen Worten preschte Hermarius vorwärts, gefolgt von Sangrian, Leon, Maja und Finnja.

»Fuck. Das gibt's doch nicht«, rief Leon entsetzt, als er abrupt abbremste. In dem brodelnden Tümpel unmittelbar vor seinen Füßen lag Wuhuuu wie eine Rindsroulade in Soße, von oben bis unten in dicke, braunrote, schlangenlange Blutwurmlinge eingewickelt. Nur seine Pranken und der Kopf schauten noch heraus.

»Du dämlicher Troll«, schimpfte Hermarius. »Das hast du nun von deiner Gier.« Und an Leon gerichtet: »Fang.« Schon surrte einer der beiden Dolche, die Hermarius im Gürtel trug, durch die Luft, und Leon fing ihn mit einer Hand auf. »Los jetzt. Schnell. Wenn sie Wuhuuu in die Tiefe ziehen, ist er verloren.«

Leon schluckte und betrachtete die scharfe Waffe. Er hatte noch nie einen echten Dolch in der Hand gehabt, geschweige denn benutzt. Doch tatenlos zuzusehen, wie die Blutwurmlinge Wuhuuu verschlangen, kam nicht infrage.

»Ganz cool bleiben, Alter, gleich bist du frei«, versuchte Leon Wuhuuu zu beruhigen, wobei die Angst ihm selbst fast die Kehle zuschnürte. Seinen haarigen Freund so hilflos zu sehen, wühlte ihn zutiefst auf. Erst jetzt merkte er, wie sehr er den pelzigen Gesellen in sein Herz geschlossen hatte. Vor Entsetzen brachte der nicht mal mehr ein Wimmern heraus. Stumm und mit panisch aufgerissenen Augen blickte er seine Gefährten an.

Plötzlich richtete sich einer der Blutwurmlinge wie eine Kobra auf und schnellte eine meterlange rote Zunge aus dem Maul.

»Pass auf!«, brüllte Hermarius. Doch der Riesenblutwurmling war schneller. Noch bevor Leon ausweichen konnte, hatte die Zunge seine Hand mit dem Dolch umwickelt und zog ihn nun erbarmungslos zu sich in Richtung Tümpel.

»Neiiiin«, schrie Finnja und packte mit Maja Leons anderen Arm, um ihn festzuhalten. Leon ächzte und stemmte sich mit den Füßen in den Boden, doch der Blutwurmling war stärker. Zentimeter um Zentimeter rutschte Leon auf dem matschigen Untergrund näher zum Sumpfloch.

»Sangrian, Hermarius«, rief Finnja den Tränen nahe, »tut doch was. Ich kann ihn nicht mehr halten.«

Hermarius, der wie hypnotisiert die muskulöse Zunge um Leons Hand angeglotzt hatte, erwachte aus seiner Erstarrung und machte einen Satz nach vorne. Wütend hackte er mit seinem Dolch auf das Untier ein, so dass aus mehreren Wunden Blut hervorschoss. Mit einem schrillen Schrei ließ die Zunge Leon los und surrte zurück in ihren Schlund. Doch sofort war der nächste Blutwurmling da und angelte nun nach Hermarius.

»Sangrian«, brüllte Leon verzweifelt, während Hermarius wie besinnungslos mit seinem Dolch in alle Richtungen stach. Mindestens sieben Riesenblutwurmlinge züngelten nun um Leon und Hermarius herum, um auch diese beiden einzuwickeln. Der Drache hingegen stand untätig abseits auf einem Binsenpolster, hatte einen seiner Flügel vor den Kopf geschlagen und gab würgende Geräusche von sich. »Schleimige Schlunznudel, sind die eklig«, wimmerte er. »Mir ist so schlecht … ich muss kotz…«

»SANGRIAN«, rief Finnja erneut. »Reiß dich zusammen! Hilf uns, schnell!«

Erschrocken ließ der Drache den Flügel sinken. Ein Zucken wie von einem Stromschlag lief durch seinen Körper, als er den brodelnden, schleimigen Brei aus Blutwurmlingleibern sah. Zwar war er um die Schnauze bleich, doch irgendwie schaffte er es, sich nicht zu übergeben. Stattdessen pumpte er dreimal tief Luft in seinen gewaltigen Bauch und stieß gleich darauf eine flammende Feuerfontäne aus seinen Nüstern in den Tümpel. Die Blutwurmlinge kreischten ohrenbetäubend auf und fielen gleich darauf knisternd in sich zusammen. Die Hitze ließ den Sumpf dampfen wie eine Waschküche und hüllte alles in Nebel.

Wuhuuu strampelte sich frei, während Leon und Hermarius auf die letzten Blutwurmlinge einhackten. Doch schließlich verstummte das Kreischen und der Sumpf versank wieder in glucksender Stille. Erschöpft zogen sich die Gefährten hinauf auf trockene Binsenpolster und streckten alle viere von sich.

»Das war knapp«, ächzte Leon und hob seinen Arm. Dort, wo ihn die Zunge gepackt hatte, verlief ein roter brennender Striemen. Und auch seine Wange, an der der Feuerstrahl entlanggestreift war, glühte. Hermarius sah kaum besser aus. Doch am schlimmsten hatte es Wuhuuu getroffen. Wimmernd lag er auf dem Rücken und ließ sich von Maja mit Mondbeerengelee verarzten.

»Da tut es auch weh«, jammerte er und wies auf seine Lippen. Doch kaum hatte Maja diese mit Gelee bestrichen, schleckte er sie mit wohligem Grunzen ab.

»Wuhuuu, nun lass es doch einwirken«, schalt ihn Maja. Doch Wuhuuu behauptete, dass er das abschlecken müsse, da ihn auch seine Zunge schmerze. Angeblich habe ihn ein Blutwurmling genau in dieselbe gebissen und eigentlich sei es ein Wunder, dass er überhaupt noch eine Zunge habe.

Leon lächelte. Auch wenn Wuhuuu einen ordentlichen Schreck bekommen hatte und sein Pelz am Kopf reichlich verschmurgelt aussah, war er doch schon fast wieder der Alte.

Nur Sangrian wirkte bedrückt. Schuldbewusst senkte er unter Leons Blick den Kopf.

»Tut mir leid«, nuschelte er und deutete auf Leons Wange. »Du warst im Weg.«

»Macht nichts«, erwiderte Leon. »Ohne deinen Feuerstoß läge ich jetzt dort unten im Tümpel als Blutwurmlingeintopf. Aber weshalb hast du erst so spät reagiert? Hattest du eine Fehlzündung?«

Sangrian schluckte und schüttelte den Kopf. Und wenn sich Leon nicht täuschte, schwammen seine Augen in Tränen.

»Ich hatte Würgkreisel«, flüsterte er mit gesenktem Kopf.

»Würg-was?«, wiederholte Leon.

»WÜRGKREISEL«, jaulte Sangrian so laut auf, dass alle zusammenzuckten. »Es war so schlimm, dass ich kaum noch stehen konnte«, fuhr er fort, während ihm die Tränen wie Sturzbäche aus den Augen schossen. »Mir ist jetzt noch schlecht.«

Leon blickte den Drachen verwundert an. Er wäre nie auf die Idee gekommen, dass auch Drachen unter Übelkeit oder Brechreiz leiden könnten.

»Bestimmt haltet ihr mich jetzt für einen jämmerlichen Weichflunz«, heulte Sangrian.

»Quatsch«, sagte Leon. »Du bist der tapferste Drache, den ich kenne.« Den Zusatz, dass er der einzige Drache war, den er kannte, verkniff er sich. »Aber wieso hast du Würgkreisel?«

»Wegen den Blutwurmlingen«, jaulte Sangrian. »Die sind so glitschig und schleimig – so ... uuuaaahhh.«

»Findest du?«, erwiderte Wuhuuu verwundert. »Aber das müssen sie doch sein, sonst könnten sie doch gar nicht so schön auf der Zunge zergehen ...«

»Igitt, Wuhuuu, hör sofort damit auf«, kam es von allen Seiten. »Das ist WI-DER-LICH.«

Nur Maledetto lauschte verzückt und leckte sich bei Wuhuuus Schilderung genießerisch die Lippen – nicht zuletzt in der Hoffnung, dass der Troll ihm seinen hinterhältigen Tipp verzeihen würde. Denn an Flucht war nicht zu denken. Die Spaider hatten ganze Arbeit geleistet und stramme Fäden um ihn herumgesponnen.

Sangrian betrachtete seine Gefährten und zog den Rotz hoch. »Ihr mögt auch keine Blutwurmlinge?«

»Aber nein, natürlich nicht«, sagte Maja.

»Wirklich gar nicht? Nicht zum Essen und auch nicht zum Dranlutschen?«

»Also die großen nicht, aber die kleinen schon«, meinte Wuhuuu.

Maja blickte den Troll entgeistert an. »Hör auf, sonst spei ich gleich.«

»Dann bin ich vielleicht doch kein Freak«, seufzte Sangrian erleichtert.

»Freak? Was ist das?«, wollte einer der Spaider wissen.

»Das ist einer, der anders ist als die anderen, einer, der komische Sachen macht. So wie ich eben«, erklärte Sangrian traurig. »Das finden zumindest die anderen Drachen. Nicht mal meine Mutter versteht mich und schämt sich für mich. Die ist genauso wie alle anderen Drachen ganz süchtig nach Blutwurmlingen.« Erneut quollen Tränen aus den Drachenaugen. »Um mich zu ärgern, haben sie mir einmal im Schlaf Blutwurmlinge in die Ohren und meine Nüstern gestopft. Ich …« Sangrian konnte nicht weitersprechen. Allein bei der Erinnerung daran würgte es ihn und sein Bauch krampfte sich mit einem Geräusch zusammen, das Leon an eine quietschende Luftpumpe erinnerte. Hastig schüttete Maja etwas Mondbeerengelee aus dem Tongefäß auf ihren Handteller.

»Hier, Sangrian, schleck das, dann geht es dir besser.«

Schlapp sabberte der Drache das Gelee auf und sackte gleich darauf auf seine Knie. »Ich bin auf einmal so müde, ich glaube, ich muss schlafen.«

»Gute Idee. Wir sollten jetzt alle versuchen, noch etwas zu schlafen«, sagte Finnja. »So wie Wuhuuu.«

Von allen unbemerkt war der Troll in tiefen Schlaf gesunken.

»Spaider, würdet ihr bitte Maledetto so fest einwickeln, dass er nicht mal mehr seinen großen Zeh bewegen kann? Am besten genau so, wie es die Riesenwurmlinge mit Wuhuuu gemacht haben.«

»Mit Vergnügen«, sagten die Spaider und machten sich trotz des Protestes und Gezappels von Maledetto erneut ans Werk.

»Leon, hallooo? Hörst du mich? Du solltest dich auch noch etwas hinlegen«, wandte sich Finnja nun an ihren menschlichen Gefährten. »Du musst morgen bei Kräften sein. Morgen erreichen wir Mon Diö.«

Leon nickte abwesend und legte sich wie ferngesteuert hin. Seine Gedanken waren woanders, genau genommen irrten sie umher wie ein Schwarm Mücken, denn irgendetwas an Sangrians Erzählung ließ ihn nicht zur Ruhe kommen. Doch er kam nicht drauf, was es war. Er hatte nur das untrügliche Gefühl, dass es wichtig war. Sehr wichtig sogar. Um nicht zu sagen: lebenswichtig.

»Sangrian, sag noch mal, was du gerade gesagt hast.«

»Hä?«, antwortete Sangrian schläfrig. »Ich bin müde, das hab ich gesagt.«

»Nein, nein. Das, was du davor gesagt hast.«

Sangrian gähnte. »Dass mich die anderen Drachen geärgert haben …«

»Noch weiter vorher …«, unterbrach ihn Leon und setzte sich auf. Er war so nah dran … der Gedanke war wie eine Heuschrecke, die umherhüpfte und sich nicht fangen ließ. Aber er musste sie erwischen. Alle Gefährten waren verstummt und blickten Leon gespannt und fragend an.

Auch Sangrian richtete seinen Kopf, den er auf dem Polster abgelegt hatte, wieder auf und wackelte vor lauter Grübeln mit den Ohren.

»Fuck, es ist weg, ich komm nicht mehr drauf.« Entschuldigend hob Leon seine Hände. Enttäuscht sackten alle etwas in sich zusammen – alle, bis auf Finnja. Auch sie hatte Leon gebannt gelauscht, doch nun überzog ein Lächeln ihr Gesicht.

»Aber ich hab eine Idee«, sagte sie und ließ ihren Blick über die Runde schweifen, »und die hat etwas mit den Drachen und den Blutwurmlingen zu tun.« Erstaunt warteten die Gefährten darauf, dass Finnja weitersprach.

»Die Blutwurmlinge sind die Schwachstelle der Drachen.«

23

Überrascht blickten alle Finnja an und auch der schlafende Wuhuuu hatte wieder ein Auge geöffnet. »Was geht ab?«, murmelte er.

Nur Leon wusste sofort, worauf Finnja hinauswollte. »Bingo. Das war's. Wir brauchen Blutwurmlinge, so viele, wie jeder von uns tragen kann«, rief er.

Maja schüttelte angewidert den Kopf und Hermarius verzog skeptisch den Mund.

»Wozu? Willst du sie mit Blutwurmlingen bombardieren, bis sie tot umfallen? Oder sie damit füttern, bis sie platzen?«, höhnte der Kundschafter und schaute Beifall heischend in die Runde.

»Lass das, Hermarius«, fauchte Finnja. »Im Gegensatz zu dir hat Leon begriffen, was zu tun ist, nicht wahr?« Aufmunternd blickte Finnja Leon an. »Erklärst du bitte Hermarius und den anderen, wozu wir so viele Blutwurmlinge benötigen?«

»Entschuldigung«, murmelte Hermarius und senkte beschämt den Kopf.

Leon, dessen Brust bei Finnjas Worten anzuschwellen schien, lächelte die Feenprinzessin an.

»Du liegst gar nicht so verkehrt damit, dass sich die Drachen überfressen sollen, Hermarius«, begann Leon, »das ist tatsächlich der Plan. Aber das geht nur, wenn wir alle an einem Strang ziehen und einander helfen.«

»Wie soll das gehen?«, erwiderte Hermarius mit gerunzelten Augenbrauen.

»Nun«, Leon holte tief Luft, »wie Sangrian sagte, sind die Drachen ganz verrückt nach Blutwurmlingen. Und wie Finnja ganz richtig daraus schloss, ist das offensichtlich ihre Schwachstelle. So weit klar?«

Zögerlich nickten die Gefährten. »Meine auch ...«, murmelte Wuhuuu, schloss jedoch sofort wieder seinen Mund, als Finnja ihn strafend anblickte.

»Du meinst, wenn die Drachen die Bäuche voll mit Blutwurmlingen haben, sind sie zu faul zum Kämpfen?«, fragte Maja.

»Nein, das hält sie nicht vom Kämpfen ab«, ergriff nun Finnja das Wort. »Aber Blutwurmlinge, die sich wie Schwämme mit Mondbeerengelee vollsaugen, das einschläfernd und nicht belebend wirkt, die halten sie sehr wohl davon ab.«

Alle schwiegen und blickten Finnja staunend an.

»Verfloddert noch mal, du hast recht!«, rief Wuhuuu. »Dann fallen sie alle in Tiefschlaf.«

Maja klatschte vor Begeisterung in die Hände. »Finnja, wie schlau du bist. Ich kenne mich zwar aus mit Heil-Rezepturen, aber auf solch eine Idee wäre ich nie gekommen.« Finnja strahlte.

»Aber ohne Leon wäre vielleicht auch ich nicht gleich auf diese Idee gekommen. Wenn er nicht so nachgebohrt hätte wegen dem, was Sangrian über die Blutwurmlinge gesagt hatte ... Leon, du bist mit Abstand der klügste Junge, den ich kenne.« Und noch bevor Leon begriff, wie ihm geschah, drückte ihm Finnja einen Kuss auf die Wange. Verlegen und überrascht grinste Leon und wusste nicht so recht, was er tun sollte. Die Arme runterhängen lassen wie zwei schlappe Spagetti? Noch bevor sein Hirn sich entscheiden konnte, legte sich einer seiner Arme wie von selbst um Finnjas Taille. Aber da war noch die Sache mit dem Kuss. Sollte er ihn erwidern? Wie ein Magnet zogen ihn ihre lächelnden Lippen an …

»Warum leuchtet dein Kopf wie eine Tollkirsche? Hab ich dich da auch angesengt?« Sangrian schielte Leon grinsend an. Ertappt fuhr Leon zusammen und machte einen Schritt von Finnja weg. Himmel. Das war knapp. Und wie. Fast hätte er Finnja geküsst. Noch dazu vor aller Augen. Wie sie das wohl gefunden hätte? Hätte sie gelächelt oder ihn empört von sich gestoßen? Oder ihn gar geohrfeigt? Puuuh, wieso war das nur alles so kompliziert.

»Ja, ja, diesche Mädchen«, säuselte der Vampir. »Ausch den gröschten Helden machen schie die dümmschten Trottel.«

»Halt den Mund, oder ich stopf dich mit dem Kopf voraus in den Sumpf«, antwortete Hermarius. »Ist doch klar, dass Finnja begeistert ist von Leon, schließlich geht es um das Leben ihrer Mutter«, ergänzte er. Dabei zwinkerte er Leon verschwörerisch zu, während Finnja heftig nickte und es vermied, Leon anzublicken.

»Die Frage ist nur, wie wir die Blutwurmlinge auf der Weide ausstreuen können, ohne dass die Drachen uns bemerken«, fuhr Hermarius fort. »Und haben wir überhaupt noch genügend Mondbeerengelee, um die Blutwurmlinge darin zu tränken?«

»Die zweite Frage kann ich bejahen«, antwortete Maja. »Ich hab noch genug davon, sowohl vom Mondbeerengelee als auch von einschläfernden Samen.«

»Über die erste Frage hab ich mir noch keine Gedanken gemacht«, meinte Finnja und hob ratlos die Hände.

»Das ist tatsächlich der Knackpunkt an der ganzen Sache«, ergänzte Leon, froh darüber, das Thema wechseln zu können. »Hat jemand eine Idee?«

»Ich«, murmelte Sangrian. »Brauchst keinen Punkt mehr knacken.«

»Waaaas?«, riefen Finnja, Maja und Leon gleichzeitig.

Aufgeregt schaukelte Sangrian seinen langen Hals hin und her. »Ich verteile die Blutwurmlinge. Ich misch mich unter die Drachen und wenn sie wissen wollen, wo ich so lange abgeblieben bin, erzähle ich ihnen, dass ich beim Anflug ins Feenland unerträgliches Seitenstechen bekam und deswegen immer langsamer fliegen musste. Und dass ich mich dann komplett verflogen hab, als ich ganz alleine war, weil mich alle überholt hatten. Und dass es dann einfach seine Zeit gedauert hat, bis ich wieder den richtigen Weg zurück gefunden hatte. Und dass ich als Wiedergutmachung dafür, dass ich nicht mit ihnen in den Kampf ziehen konnte, ihnen die Blutwurmlinge mitgebracht habe.« Prüfend blickte Sangrian in die Runde. »Das klappt, glaubt mir. Sie halten mich doch alle für quallenblöd.«

Sprachlos blickten ihn die Gefährten an.

»Ja, aber ist das nicht zu gefährlich für dich? Hattest du nicht so einen fiesen schwarzen Drachen mit gelben Punkten erwähnt, der dich ohnehin auf dem Kieker hat?«, fragte Leon.

»Du musst das nicht machen, Sangrian, ich will nicht, dass dir etwas zustößt«, erwiderte Finnja.

»Glaubt mir, ich will auch nicht verdroschen werden«, seufzte Sangrian. »Bestimmt wundern sie sich darüber, dass ausgerechnet ich, der jämmerliche Sangrian, Blutwurmlinge für sie gesammelt hab, aber sobald sie sie wittern, bin ich ohnehin uninteressant. Da geht es nur noch darum, wer am meisten davon abbekommt. Und glaubt mir, der schwarze Drache ist der gefräßigste von allen. – Und außerdem bin ich euch seit dem Würgkreisel auch noch etwas schuldig.« Verlegen scharrte er mit den Klauen im Boden.

Hermarius blickte den Drachen stumm an. Schließlich holte er tief Luft und klopfte dem Drachen auf den Bauch. »Sangrian, ich möchte mich dafür entschuldigen, wie hässlich ich anfänglich zu dir war. Dass du das für uns tust, ist heldenhaft. Das vergesse ich dir nie. Und außerdem: Ich glaube, jeder von uns hat seinen Schwachpunkt. Ist halt einfach so.«

Kaum hatte Hermarius geendet, fing Sangrian vor Rührung an zu weinen. Und als dann alle anderen auch noch klatschten und »Toll, Sangrian« und »Hoch lebe Sangrian!« riefen, sprenkelte sich sein Hals vor Aufregung mit violetten Flecken. »Das tue ich doch gerne für euch. Ihr habt doch auch so viel für mich getan«, schniefte er.

Schließlich klatschte Finnja in die Hände.

»So, dann wäre das also geklärt. Jetzt alle an die Arbeit. An Schlaf ist ja ohnehin nicht mehr zu denken, außerdem dämmert es schon. Jeder sammelt nun Blutwurmlinge, so viel er nur irgendwie tragen oder irgendwo reinstopfen kann. Vielleicht könnt ihr auch eure Decken zu Beuteln binden. Je mehr wir von den Würmern haben, desto besser.«

»Und was machen wir mit dem da?« Hermarius deutete auf Maledetto.

»Du hilfst auch«, befahl Finnja. »Und da du schon so viel Erfahrung hast, sammelst du uns die fettesten und längsten. Zum Beispiel dort drüben.« Finnja deutete auf den Tümpel, der Wuhuuu fast zum Verhängnis geworden wäre.

»Nein«, heulte der Vampir. »Bitte nicht. Dasch war doch nur Schpasch. Ich hab echt nicht gedacht, dasch du dich scho überrumpeln läscht«, maulte er vorwurfsvoll in Richtung Wuhuuu. »Woschu hascht du denn diesche schwei groschen Eckschähne? Du hättescht die Wurmlinge doch nur schu beischen brauchen.«

»Haha, du Flitzbirne. Gib mal nicht so an«, empörte sich Wuhuuu, der sich in seiner Ehre gekränkt fühlte. »Ich hab nämlich absichtlich nicht gebissen. Ich hab doch nur so getan, als sei ich in Gefahr. Ich hätte mich schon selber befreien können und dann hätte ich mir jeden einzelnen Wurm auf der Zunge zergehen lassen.«

»Was?«, donnerte nun Hermarius. »Nur so getan? Jetzt reicht es aber, ihr zwei Maulhelden. Sammelt Blutwurmlinge, aber zackig.«

»Und wehe, ihr nascht.« Drohend hob Finnja den Zeigefinger.

Nach vielen Iiiiiiis, Igitts und Bääääähs und heimlichen Mmmmhs waren schließlich alle Behältnisse bis zum Platzen gefüllt und die Gefährten ließen sich erschöpft nieder. Wuhuuu und Maledetto wetteiferten darum, wer von ihnen die längsten und dicksten Blutwurmlinge gesammelt habe.

»Wisst ihr eigentlich, weshalb Maledetto keine Zähne mehr hat?«, fragte Wuhuuu dann wichtigtuerisch.

Als alle den Kopf schüttelten beziehungsweise »Zum Glück hat er keine mehr« murmelten, nickte Wuhuuu Maledetto zu. »Erzähl.«

»Dasch war Dragon«, hob er an, »der Drachenfürscht. Er hat schie mir rauschgerischen.«

»Dragon?«, fragte Sangrian erstaunt. »Aber weshalb denn?«

»Dasch fragscht du noch, du Schlaublubb? Wegen dir natürlich«, erklärte Maledetto. »Und weil er furchtbar wütend darüber war, dasch ihm die Feenkönigin mit Trüblix schwei scheiner drei Augen geblendet hatte und ihm entwischt war.«

»Und das hat er an dir ausgelassen?«, fragte Leon.

»Ja. Ich war dummerweise schehr unaufmerkscham, da ich grad in einem schärtlichen Rendezvous mit einer schauberhaften Dame war.« Verträumt blickte Maledetto in die grauen Wolken. »Doch wie ausch dem Nichts war plötschlich Dragon da, packte mich, warf mich auf den Boden und schog mir einen Zahn nach dem anderen raus. ›*Einen für den kleinen Schangrian, einen für die arme Mama vom kleinen Schangrian, einen für die arme Oma vom kleinen Schangrian und einsch, zwei, drei für den armen Dragon, dem Züchter vom kleinen Schangrian.*‹ Esch hat ihm richtig Schpasch gemacht, mir wehzutun. Seine Zange war scho grosch wie eine von Schangrians Klauen.«

Trotz allen Misstrauens waren die Gefährten doch betroffen vom Schicksal des Vampirs.

»Und seitdem ernährst du dich von Blutwurmlingen?«, fragte Maja.

»Ja, hauptschächlich. Die kann ich ohne beischen zu müschen auschschaugen. Junge Frösche oder Kröten mit zarter Haut gehen auch noch, aber geschmacklich laschen schie leider schehr zu wünschen übrig.«

Als hätte er Maledettos Worte gehört, quakte plötzlich ein Frosch. Gleich darauf antwortete ein anderer weiter weg. Und keine zwei Sekunden später ertönte ein durchdringendes, in Leons Ohren regelrecht panisch klingendes Gequake aus unzähligen Frosch-, Kröten- und Unkenkehlen.

»Schnell, verschteckt euch und gebt keinen Mucksch von euch«, flüsterte Maledetto mit vor Schreck geweiteten Augen. »Die Schumpfhexe ischt in der Nähe.«

24

Eilig verließen alle das erhabene Binsenpolster und kauerten sich inmitten der langen, braunen Schilfhalme ins kalte Wasser. Leon schob Finnja die Kapuze ihrer Jacke über den Kopf, um ihre hell leuchtenden blonden Haare zu verbergen. Dabei merkte er, dass seine Hand zitterte.

»Keine Angst«, flüsterte Finnja ihm zu. Doch ganz sicher klang sie dabei auch nicht.

Aus der Ferne war ein Platschen zu hören und Leon hielt die Luft an und lauschte. Es war regelmäßig und kam schnell näher. Mit klopfendem Herzen und gesenktem Kopf spähte Leon zwischen den Schilfhalmen hindurch. Noch bevor er die Sumpfhexe sehen konnte, roch er sie. Vom anderen Ende des Tümpels waberte eine braun-grüne Wolke auf sie zu. Sie führte einen solchen Gestank mit sich, dass sich Leon die Nase zuhielt und Finnja vor Ekel würgte. So etwas Modrig-Fauliges hatte Leon noch nie gerochen – ob das der Geruch von Tod und Verwesung war? Auf alle Fälle waren Stinkbomben dagegen das reinste Parfum.

Mittlerweile war die Wolke so nah, dass sich daraus schemenhaft etwas hervorschälte. Etwas, das aussah wie eine Mischung aus Floß und schwimmender Biberburg. Bekrönt war das aus Ästen und Zweigen gewundene Gebilde von einer Art hölzernem, mit Moos und Federn gepolsterten Sessel. Die Spitzen der aus der Rückenlehne ragenden Streben waren mit Krötenköpfen geschmückt. Auf diesem Thron lümmelte das furchteinflößendste Geschöpf, das Leon jemals gesehen hatte. Nicht einmal in seinen schlimmsten Albträumen war ihm solch eine Gestalt begegnet. Doch obwohl ihm eine Gänsehaut den Rücken hinunterrieselte, konnte er seinen Blick nicht von ihr abwenden. Das Gesicht hatte keine normale Haut, sondern bestand aus mattgrünen, knubbeligen Warzen. Die schwarzgrauen, verfilzten Haare lagen in langen und schweren Zotteln auf ihrem Rücken und dem fußballdicken Bauch. Die klauenähnlichen Fingernägel waren rot lackiert, ebenso die überlangen Nägel ihrer flossenähnlichen Füße.

Gekleidet war die Sumpfhexe in ein schwarzes Kleid, dessen Rock aus langen Federn genäht war. Um ihren Hals trug sie eine Kette aus Knöchelchen, Fledermausflügeln und Vogelklauen und in einer Hand etwas, das wie ein Fernrohr aussah.

Plötzlich hörte Leon Maja niesen – leise und gepresst zwar, doch in der glucksenden Stille des Sumpfes erklang es wie ein Donnerschlag. Leon sah, wie die Sumpfhexe zusammenzuckte, sich kerzengerade aufrichtete und »Stopp« krächzte. Sofort bremste das Gespann aus schwarzen Schwänen, das das Floß zog, seine Paddelbewegung. Weit lehnte sich die Sumpfhexe über ihre Sessellehne zur Seite, hielt das Fernrohr vor ein Auge und scannte das Schilf ab. Wie von Geisterhand geschubst, schwappte das Gefährt immer näher und Leon traute sich kaum noch zu atmen. Jede Sekunde könnte sie Finnja und ihn entdecken. Wie in Zeitlupe drehte er den Kopf zu seiner Feenfreundin und bedeutete ihr, sich weiter ins Schilf zurückzuziehen. Zwar wusste er, dass dies nicht ohne Rascheln der

Halme ginge, aber einen Versuch war es wert. Finnja tat wie geheißen und Leon folgte ihr mit Bewegungen wie in Zeitlupe. Dabei sah er mit Schaudern, wie sich Swampillas Mund zu einem boshaften Grinsen verzog.

»Wer versteckt sich denn da? Seid ihr das, ihr tapferen Helden aus dem Feenland? Kommt raus und verneigt euch vor eurer neuen Herrscherin.«

Schweigen. Kein Lüftlein regte sich. Und auch die Halme schienen wie erstarrt.

»Huhuuu, wo ist denn die kleine Finnja? Möchtest du nicht zu deiner Mama? Sie weint sich schon die Augen nach dir aus«, säuselte Swampilla scheinheilig.

Leon tastete vorsichtig hinter sich und ergriff Finnjas Hand, die zu einer Faust geballt war. Fest umfing er sie. »Lass dich nicht provozieren«, flehte er stumm. Und Finnja schien ihn zu verstehen. Sie erwiderte seinen Händedruck.

»Ihr Dumpfquallen«, zischte die Sumpfhexe ungeduldig. »Wisst ihr nicht, dass ihr nicht die geringste Chance habt? Ich krieg euch alle, vor allem dich, du vorlaute Feengöre. Entweder du kommst freiwillig raus, oder ich hetze meine Sumpfratte Luziferius auf dich. Und die hat heute noch nichts gefressen.«

Entsetzt sah Leon, wie aus einer Öffnung in der Biberburg eine Ratte in der Größe eines Wildschweins hervorkroch und knurrend die gewaltigen gelben Hauer bleckte.

Doch plötzlich quakte etwas nur zwei Armlängen von Leon entfernt. Gleich darauf spritzte und sprudelte das Wasser. Luziferius hatte sich in den Sumpf gestürzt, um die vorlaute Kröte zu packen.

Leon nutzte das Plätschern und zog sich tiefer in das Schilf zurück, ohne die Ratte, deren Kopf gerade noch über der Wasseroberfläche zu sehen war, aus den Augen zu lassen. Zum Glück war er immer noch im Besitz von Hermarius' Dolch, denn mit bloßen Händen wäre er wehrlos gegen das Tier. Mit zusammengepressten Lippen umfasste er den Griff, bereit zuzustechen, falls die Ratte Finnja, ihm selbst oder einem der anderen Gefährten zu nahe käme. Suchend schwamm die Monsterratte hin und her und wurde dabei immer hektischer. Offensichtlich hatte sie nicht mitbekommen, wie die Kröte trotz ihrer vermeintlichen Plumpheit gewandt einen Bogen geschlagen hatte und weggetaucht war – nicht ohne zuvor dem überraschten Leon »Viel Glück« zuzuflüstern.

»Gekräuselteschleimschlunze«, kreischte die Sumpfhexe und packte die Ratte, die sich abmühte, wieder auf das Floß zu klettern, am Nackenfell. »Was bist du für eine blinde Stinkmorchel. Zur Strafe bekommst du heute nichts zu fressen … es sei denn«, ergänzte sie mit gehässigem Lächeln, »du hilfst mir dabei, aus Finnjas Mama endlich das Geheimnis der Mondbeeren herauszukitzeln – oder besser gesagt herauszuknabbern. Wie würden dir Lynns zarte Fingerchen munden?«

Hechelnd und mit unterwürfigem Blick nickte die Ratte eifrig, während Swampilla listig den Blick über den Sumpf vor ihr schweifen ließ und zum Entsetzen Leons wie ein Tier in ihre Richtung schnupperte. »Ihr könnt mich nicht täuschen. Ich weiß, dass ihr da seid. Ich kann euch riechen. Irgendjemand von euch stinkt nach nasser Hund. Bist du das etwa, edles Prinzesschen? Was wohl deine Mutter dazu sagt? Und du schleimige Kröte, die du dachtest, mich reinlegen zu können, du wirst bald als Schrumpfkopf die Rückenlehne meines Throns zieren. Auch du kommst mir nicht davon. Niemand entkommt mir.« Mit schaurigem Gelächter schwang die Hexe eine schwarze Liane über die Köpfe der Schwäne. »Genug geplaudert. Zieht mich zurück nach Mon Diö. Lynn weint wahrscheinlich schon vor lauter Sehnsucht nach mir.« Noch einmal drehte sie sich zu den im Schilf Versteckten um. »Bis bald, ihr heldenhaften Sumpfdottern, ich lass schon mal die Kerker für euch richten.«

Gleich darauf war Swampilla mitsamt ihrem Floß und den Schwaden der Stinkwolke verschwunden.

Die Gefährten warteten noch ein paar Minuten ab, bis die Wolke mit Sicherheit weit genug von ihnen entfernt war. Erst dann erhoben sie sich und reckten die von der Kälte des Wassers steif gewordenen Glieder. Leon tastete unauffällig nach seinem Handy, das er sich, eingewickelt in ein Tuch, um den Hals gebunden hatte. Es war noch da und trocken – uff. Und es zeigte immer noch dieselbe Uhrzeit und unverändert viel Akku an, wie er mit einem Blick auf das Display feststellte. Als habe jemand die Stopptaste gedrückt. Leon beschloss, sich nicht darüber zu wundern. Eine logische Erklärung fand er ohnehin nicht.

Ein leiser Wind kam auf, ließ die Halme rascheln und verscheuchte die letzten Reste des Gestanks.

»Habt ihr gehört, was sie vorhat?«, schnatterte Hermarius mit klappernden Zähnen. Nicht nur er fror, auch Maja, Finnja, die Spaider und Maledetto zitterten vor Kälte. Und vielleicht auch vor Entsetzen.

Als alle bedrückt nickten und schwiegen, ergriff Wuhuuu das Wort. »Auf was warten wir? Ich will jetzt endlich dieser Stinkratte und Swampilla eins überbraten. Finger anknabbern, Quallenquatsch! Als ob auch nur irgendjemand von solch dünnen Fingerchen satt werden könnte. Ist doch nur Knochen.« Wuhuuu schüttelte den Kopf. »Und zu behaupten, dass hier jemand nach nasser Hund riecht, ist eine grobe Beleidigung«, empörte sich der Troll.

Ohne dass Wuhuuu wusste, weshalb, mussten alle schmunzeln.

»Wo ist eigentlich Sangrian?«, rief Finnja und blickte sich suchend um.

Der Schreck durchfuhr alle, denn niemandem war bisher das Fehlen des Drachen aufgefallen. »Sangrian?«, riefen nun alle durcheinander.

»Hier bin ich«, kam es von weiter weg. Mit lautem Rascheln und Platschen stampfte Sangrian heran.

»'tschuldigung. Hab noch kurz mit der Kröte, die uns gerettet hat, geplaudert. Ich war komplett untergetaucht im Sumpf, damit mich Swampilla nicht sehen kann. Und als die Kröte vor der Ratte floh, hat sie meinen Bauch gerammt und ist erschrocken, weil sie dachte, ich sei einer von Dragons Drachen. Die Kröte erzählte mir, dass die Sumpfhexe neuerdings nahezu täglich ihre Sümpfe nach Feinden durchstreifen würde und dass sich alle Untergebenen sehr bald in Mon Diö einfinden müssten. Swampilla wolle eine wichtige Botschaft verkünden und ein rauschendes Fest feiern, das niemand so schnell vergessen werde. – Freunde, ich glaube, wir sollten uns beeilen.«

Finnjas Lippen hatten jegliche Farbe verloren. Ihre Augen stachen leuchtend grün aus dem blassen Gesicht hervor. »Was soll das heißen? Was will sie feiern? Doch nicht etwa ...« Die Worte erstarben ihr auf den Lippen.

Sangrian schaukelte mit dem Kopf und sah Finnja traurig an. Alle senkten die Köpfe, denn keiner wollte das Unaussprechliche sagen. Doch alle dachten dasselbe.

»Dann lasst uns als Überraschungsgäste ihre Party sprengen«, knurrte Hermarius. »Auf nach Mon Diö.«

»Aber achtet darauf, ob ihr irgendwo die gestreifte Riesenkatze herumschleichen seht«, ermahnte Leon die Gefährten. »Auch wenn Swampilla weiß, dass wir näher kommen, kann sie sich nicht sicher sein, wo genau wir sind. Sie behauptet zwar, uns gerochen zu haben, aber vielleicht blufft sie auch nur. Wie auch immer: Ich möchte ungern auf den letzten Metern vor Mon Diö auf freiem Feld von den Drachen angegriffen werden. Und falls die Riesenkatze auftaucht, darf sie uns nicht entwischen.«

»Notfalls muss sie getötet werden«, ergänzte Hermarius und blickte streng in die Runde. »Mitleid wäre fehl am Platz. Denkt daran, die Katze würde jeden von uns ohne mit der Wimper zu zucken zerfleischen, wenn sie die Gelegenheit dazu hätte.«

Es dämmerte bereits, als die Gefährten in einem kleinen Birkenwäldchen Rast machten. Der weitere Weg über Sumpfwiesen und durch tropfende Auenwälder war ohne besondere Zwischenfälle verlaufen. Nur einmal waren sie alle erschrocken, als Leon plötzlich meinte, etwas zu hören, und ihnen bedeutete, sich flach ins hohe

Gras zu legen und sich nicht zu rühren. Alle taten wie geheißen, ohne zu verstehen, weshalb. Doch gleich darauf rauschten schwarze Schwäne über ihre Köpfe hinweg, ohne sie zu bemerken. All der Schlamm und Schmutz, der inzwischen an ihnen klebte, war mittlerweile eine perfekte Tarnung.

Schon seit Stunden hatten sie in der Ferne die Klosterruine Mon Diö als dunklen, drohenden Schatten aufragen sehen. Je näher sie kamen, desto mehr schälten sich Einzelheiten wie die kleinen Fenster und die unregelmäßigen Zinnen des Turms hervor. Nun waren sie bis auf etwa vierhundert Meter an das Gebäude herangerückt und beschlossen, im Schutz des Wäldchens nicht nur zu rasten, sondern hier ihr Lager aufzuschlagen.

Hermarius starrte auf den Turm. »Dort oben brennt Licht. Wenn ich mich nicht täusche, hat sich Swampilla dort eingerichtet. Kein anderer Raum bietet ihr solch einen Ausblick über ihr Reich.«

»Aber wo ist meine Mutter? Hoffentlich hat sie sie nicht in einen der dunklen, kalten Sumpfkerker gesperrt«, warf Finnja mit weinerlicher Stimme ein. »Bestimmt friert sie und leidet unter Hunger und Schmerzen.«

Leon betrachtete seine Feenfreundin. Der lange Marsch, die ausgestandenen Gefahren und die Angst um ihre Mutter hatten ihr merklich zugesetzt. In den letzten Tagen war sie ängstlicher und verzweifelter als zu Beginn des Abenteuers. Hoffentlich hielt sie durch.

»Deine Mutter ist stark und besitzt viel Mut, Finnja«, sagte Maja in dem Wunsch, Finnja zu trösten. »Wo immer sie auch ist, ob oben im Turm oder unten im Kerker, wir befreien sie.«

»Genau«, ergänzte Leon und nickte bekräftigend. Dass er selbst keinen Funken Ahnung hatte, wie er gegen dieses Ungeheuer von Hexe bestehen könnte, lag ihm wie ein Stein, ach was, wie der gesamte Himalaya, im Magen. Es war etwas anderes, nur von der Sumpfhexe zu hören oder sie nun selbst mit eigenen Augen gesehen zu haben. Kein Wunder, dass seine Gefährten auf eine machtvolle magische Waffe hofften. Der Moment, in dem sie von ihm den Einsatz der Smatfo-Magie erwarteten, war nah. So nah, dass ihm die Angst vor diesem Moment wie eine Zecke im Nacken saß. Denn dann käme raus, dass er ein Loser war. Ein Lügner und Betrüger. Dass sie allesamt verloren waren. Leon wurde bei dem Gedanken so übel, dass er die Augen schließen musste.

»Leon? Was ist mit dir? Du bist plötzlich so blass.« Finnja sah ihn besorgt an.

Leon schüttelte den Kopf, nicht nur um Finnja zu beruhigen, sondern auch, um sich selbst Mut zu machen. »Ach nichts, ich hab nur gerade ... egal. – Ich krieg raus, wo Lynn ist und was Swampilla mit ihr vorhat, das verspreche ich dir.« Was auch immer geschehen sollte, er würde bis zuletzt alles geben, schwor er sich. Smatfo-Magie hin oder her. Und wer weiß, vielleicht hatte er ja Glück und seine Gefährten dachten gar nicht mehr an die Smatfo-Magie. Hatten sie vielleicht sogar vergessen. Schließlich war er schon seit Tagen nicht mehr darauf angesprochen worden. Doch tief in seinem Innern wusste Leon, dass diese Hoffnung trügerisch war.

»Schön gesprochen, Leon«, unterbrach Hermarius Leons Gedanken, »aber wie willst du das anstellen?«

»Ich klettere an der Außenmauer den Turm hoch und schau

heimlich durch das Fenster. Wenn ich Glück habe, kann ich die Hexe sogar belauschen.«

Doch Hermarius winkte ab. »Willst du dir den Hals brechen?«

»Nein, das hab ich nicht vor«, entgegnete Leon. »Ich bin zu Hause in einem Kletterverein. Der Turm besteht aus grob gehauenem Stein mit vielen Vorsprüngen. So ähnliche Mauern bin ich schon hochgeklettert.« Allerdings nur mit Sicherung, ergänzte er stumm. Er würde das schon irgendwie schaffen. Er musste das schaffen.

»Kommt gar nicht infrage«, beschied Maja. »Das ist viel zu gefährlich. Du bist doch keine Ameise, die eben mal senkrecht eine Wand hochkrabbeln kann. Wir brauchen dich lebend und unverletzt. Vergiss nicht, nur du beherrschst die Smatfo-Magie. Ohne die sind wir verloren.«

Leon schluckte. Verdammt. Von wegen vergessen. Er würde nicht darum herumkommen, reinen Tisch zu machen. Sollte er nicht besser gleich …«

»Wir könnten Leon begleiten und ein Netz spannen, das ihn auffängt, falls er abstürzen sollte«, sagte einer der beiden Spaider.

»Und ihm zusätzlich einen dicken Faden um den Bauch spinnen, der ihn sichert, falls er fällt?«, ergänzte der andere Spaider.

Hermarius runzelte die Stirn, und Finnja blickte Leon stumm an. In ihren Augen konnte Leon lesen, dass sie hin- und hergerissen war. Einerseits vor Sorge um ihn und andererseits aus dem Wunsch heraus, zu erfahren, wie es ihrer Mutter ging.

Hermarius seufzte. »Nun gut. Einen besseren Vorschlag hab auch ich im Moment nicht. Du bist der Einzige, der auf den Turm klettern kann und …

»Stimmt nicht, das können wir auch«, protestierte einer der Spaider.

»Lasst mich doch ausreden«, tadelte Hermarius. »Und der Einzige, der so gute Ohren hat, dass er möglicherweise durch das geschlossene Fenster hören kann, was gesprochen wird. Erinnert euch, Leon war der Erste, der das Flügelrauschen der schwarzen Schwäne hörte. Ohne sein Gehör hätten uns die Schwäne entdeckt.«

Alle sahen Leon stumm und besorgt an.

»Aber du musst mir was versprechen«, sagte Wuhuuu mit bekümmertem Augenaufschlag.

»Was denn?«

»Du darfst dich nicht erwischen lassen.«

»Versprochen«, sagte Leon grinsend und streckte ihm reflexhaft, als sei er zu Hause bei seinen Freunden, die Faust zum Check entgegen. Wuhuuu erwiderte instinktiv und nur zu gerne die Geste.

»Ich auch«, rief Sangrian und streckte eine Pranke aus, gefolgt von Maledetto. Bei ihm zögerte Leon etwas, doch als Maledetto ihn ganz offen ansah und »Viel Glück, Leon, du schaffscht dasch« nuschelte, erwiderte Leon die Geste.

Finnja sah ihn ernst an, drückte ihn dann fest an sich und flüsterte: »Bitte komm heil wieder.« Auch Maja wünschte ihm Glück.

»Junge, zeig was du kannst!«, polterte Hermarius, »aber wage es nicht, dir den Hals zu brechen, sonst dreh ich ihn dir zur Strafe zusätzlich auf halb acht, verstanden?« Ganz im Gegensatz zu seinen harschen Worten blickte der Kundschafter Leon voll väterlicher Zuneigung und Sorge an und tätschelte ihm die Schulter.

Leon nickte und grinste. »Alles klar, Chef.«

»Dann los mit euch. Es ist dunkel genug und der Wind steht gut. Er weht von der Drachenweide in unsere Richtung, sie können uns nicht riechen.«

Keiner hatte etwas gesagt, doch alle hatten es gehört: Seitdem die Dämmerung in Dunkelheit übergegangen war, drangen Gebrüll, Knurren und Stampfen zu ihnen hinüber. Nicht weit von ihnen entfernt erstreckte sich das Areal der Drachen.

»Sie warten auf ihr Fressen«, flüsterte Sangrian. »Da machen sie immer so einen Radau.«

»Kümmert euch nicht darum«, befahl Hermarius. »Sie können euch nicht wittern. Viel Glück!«

25

Gebückt huschte Leon dicht hinter den Spaidern durchs Gras. An manchen Stellen war es so sumpfig, dass er bis zu den Knöcheln darin einsank. Leon hatte das Gefühl, auf einer Luftmatratze zu laufen. Bis auf ein paar Bäume gab es keinen Sichtschutz, doch er vergewisserte sich immer wieder, dass sich niemand oben bei den Turmzinnen aufhielt. Ihr einziger Schutz war die Dunkelheit.

Einmal hätte Leon vor Schreck fast laut aufgeschrien, als sich plötzlich etwa fünfzig Meter entfernt ein riesiger schwarzer Schatten grunzend vom Boden erhob. Leon ließ sich hinter ein Binsenpolster fallen und atmete ganz flach. Fast war er beruhigt, als er vor dem Nachthimmel kein neues, bisher unbekanntes Monster, sondern den Umriss eines Drachen erkannte. Zum Glück war es so, wie Hermarius gesagt hatte. Der Drache witterte ihn nicht und schien auch weder ihn noch die Spaider gesehen zu haben. Mit einem grollenden Gebrüll in Richtung Mond wandte er sich ab und trottete gemächlich in die entgegengesetzte Richtung davon. Sein Gewicht war so gewaltig, dass bei jedem Schritt der Boden bebte und die Wasserpfützen der Sumpfwiese zitterten. Dagegen war Sangrian ein Fliegengewicht.

»Uff«, flüsterte Leon. »Mit dem hätte ich es jetzt nicht aufnehmen wollen.« Kaum zu glauben, dass sich solche Kolosse von Blutwurmlingen schachmatt setzen lassen sollten – hoffentlich behielt Sangrian recht. Leon schob seine aufkeimenden Zweifel schnell beiseite. Für das, was er jetzt vorhatte, brauchte er sämtlichen Mut und volle Konzentration.

Erneut überprüfte er das oberste Geschoss des Turms. Niemand zu sehen. Perfekt.

»Endspurt«, flüsterte er und sprintete los. Eine Minute später lehnte er sich keuchend an den Turm, flankiert von den Spaidern, die nicht von seiner Seite gewichen waren. Leon betastete das Mauerwerk. Es war so grob, wie er vermutet hatte. Dennoch würde er sich mit seinen speziellen Kletterschuhen weitaus wohler fühlen als mit Turnschuhen, die noch dazu nass waren. Hoffentlich rutschte er nicht ab, und hoffentlich war der Faden, den die beiden Spaider nun in Windeseile spannen, stark genug, um sein Gewicht tragen zu können. Denn die Fallhöhe war enorm. Je mehr sie sich dem Turm genähert hatten, desto höher war er ihm erschienen. Mindestens zwanzig Meter, schätzte Leon mit mulmigem Gefühl im Bauch.

»Fertig?«, flüsterte er, als die Spaider ihm ein Seil um die Taille knoteten und sich anschließend selbst jeweils ein Seilende um den Bauch befestigten.

»Ja«, flüsterte einer. »Das Netz können wir uns sparen. Wir klettern links und rechts von dir hoch und halten dich mit dem Seil fest, falls du abrutschst. Das ist besser.«

»Dann los.« Mit den Fingern tastete Leon die Mauer ab, bis er eine Mulde fand, in die er sich krallen konnte. Anschließend setzte er eine Fußspitze auf einen Vorsprung, zog das andere Bein nach und ließ den sicheren Boden unter sich zurück. Stück für Stück arbeitete er sich voran, während die Spaider genau neben ihm auf gleicher Höhe waren. Leon kam besser voran, als er befürchtet hatte, doch etwa auf der Hälfte der Strecke fingen plötzlich seine Wadenmuskeln an zu zittern.

»Kurze Pause«, stöhnte er. »Halt durch«, schalt er sich innerlich, während er vorsichtig erst das eine, dann das andere Bein ausschüttelte, »mach jetzt bloß nicht schlapp.« Finnjas Gesicht vor Augen, schloss er kurz die Augen und atmete tief ein und aus. Er durfte sie auf keinen Fall enttäuschen.

»Okay, weiter«, murmelte er schließlich und tastete nach der nächsten Furche im Mauerwerk. Sicherheitshalber stemmten die Spaider nun jeweils eins ihrer acht Beine in Leons Rücken, um ihn zu stützen und anzuschieben.

Plötzlich rumpelte etwas über ihren Köpfen. Vor Schreck rutschte Leon mit seinem linken Fuß von der schmalen Mauerkante ab, auf der er sich abgestützt hatte, doch dank der Spaider fing er sich gleich wieder. Vorsichtig legte er den Kopf in den Nacken, um zu sehen, was die Ursache des Geräuschs war. Irgendjemand hatte die Flügel des Fensters geöffnet. Es war nur noch etwa fünf Meter über ihnen. Im Schein des herausfallenden Lichts erkannte Leon eine Bewegung und Schatten. Schnell senkte er den Kopf und hielt die Luft an. Sein Herz klopfte so stark, dass er meinte, an der Mauer hin- und herzuschwanken. Hoffentlich blickte die Gestalt nicht nach unten.

»Ich brauch frische Luft, oder willst du mich auch foltern? Der Gestank deiner Kreischkröten ist einfach bestialisch. Wie hältst du das nur aus, Swampilla? Allein damit kannst du deine Opfer töten.«

Leon hörte jemanden laut schnaufen. Das musste Dragon sein. Hoffentlich hatte er bald genug von der frischen Luft, denn Leon spürte, dass seine Finger kurz davor waren zu verkrampfen. Er unterdrückte ein Keuchen und biss die Zähne zusammen. Gefühlt eine halbe Ewigkeit später zuckte plötzlich das Seil an seinem Bauch und ein Spinnenbein legte sich auf seinen linken Arm. Leon blickte vorsichtig zur Seite. »Weiter geht's«, flüsterte der Spaider, »er ist weg.«

Kurz darauf ertastete Leon das steinerne Fenstersims. Jetzt konnte er nur beten, dass nicht gerade jemand in Richtung Fenster blickte. Millimeterweise hob er seinen Kopf, bis er in das Innere des Turmgemachs blicken konnte. Was er sah, verschlug ihm die Sprache. Über die dem Fenster gegenüberliegende Wand spannte sich ein gewaltiges Spinnennetz, an das die Feenkönigin mit ihren Armen und Beinen gefesselt war. Der Kopf lag erschöpft auf ihrer Brust, die zerzausten Haare standen in alle Himmelsrichtungen ab. Das völlig verschmutzte Kleid hing ihr in Fetzen vom Körper und überall, wo nackte Haut zu sehen war, war Lynn übersät von violett-roten Flecken.

Neben Lynn hockte ein alter dicker Mann in einem zerschlissenen Sessel. Das musste Dragon sein. Er war in einen schwarzen Seidenkimono gehüllt, der über dem Bauch spannte und auseinanderfiel. Aus seinem einzigen Auge, dem Stirnauge, betrachtete er mürrisch die Sumpfhexe. Die beiden anderen Augen waren von einer schwarzen Maske bedeckt. Unter einem Drachenherrscher hatte sich Leon definitiv etwas anderes vorgestellt – einen starken, herrischen Mann voller Energie und Kraft. Keinesfalls so ein müdes und schlaffes Häuflein Elend. Von Müdigkeit und mangelnder Energie konnte bei Swampilla dagegen keine Rede sein. Mit den grünen, libellenartigen Schuhen an den Füßen schwebte sie ein Stück über dem Boden.

»Platz da«, fauchte sie und gab einer fetten Kröte einen Tritt. Sie war unter den Haaren von Lynn hervorgekrochen und hatte sich schmatzend und die Lippen leckend von ihrer Schulter hinabfallen lassen. Dort, wo die Kröte eben noch gesessen hatte, prangte nun ein blau-roter, leicht blutender Fleck.

»Nun Verehrteste? Wie hat dir die Vorstellung der Kreischkröten gefallen? Hättest du gerne eine Zugabe? Oder möchtest du mir stattdessen lieber verraten, welche magischen Kräfte die Mondbeeren besitzen und wie ich sie mir zu eigen machen kann?«

»Niemals werde ich dir das Geheimnis der Mondbeeren preisgeben. Lieber nehme ich es mit ins Grab«, murmelte Lynn, während ihr Tränen aus den Augen quollen und über die Wangen liefen.

»Für all das wirst du büßen«, fuhr Lynn fort. »Weißt du nicht, dass jede einzelne Bosheit und Gemeinheit, die du an anderen verübst, zu dir zurückkehrt und sich in deinem Gesicht eingräbt? Wenn du nur selbst sehen könntest, wie hasserfüllt du mich gerade anblickst. Kannst du überhaupt lächeln? Kannst du anderen Wesen gegenüber großzügig, milde und warmherzig sein?« Lynn schniefte und blickte Swampilla tieftraurig an. »Ich wünsche es dir und hoffe, das noch zu erleben. Denn bisher kenne ich dich leider nur von deiner hässlichen Seite.«

»Ich? Hässlich?«, kreischte Swampilla mit vor Wut verzerrtem Gesicht, dessen Schlammwarzen sich schlagartig schwarz färbten.

Geistesgegenwärtig kniff Lynn die Augen zusammen, um nicht beim Anblick der rot glühenden Augen zu Stein zu erstarren. Da nahm sie lieber die Fledermaus in Kauf, die Swampilla von der Holzbalkendecke pflückte und ihr an den Kopf warf.

»So eine Unverschämtheit! Bist du blind? Siehst du nicht all die Porträts, die meine Biber von mir gemalt haben?«

»Doch, doch, die sehe ich«, bejahte Lynn. Aber sie geben dich nicht so wieder, wie du bist.«

Leon warf einen Blick auf die Wand und staunte. Sollte die Frau auf all den Gemälden, die die Wand Rahmen an Rahmen bedeckten, etwa Swampilla sein? Diese neckisch lachende, junge Schönheit mit leuchtenden Augen, schlanken Gliedern und nur vereinzelten Hautunebenheiten, die zudem aussahen wie winzige Leberflecke? Er musste an sich halten, um nicht laut loszuprusten.

»Du wagst es …« Swampilla keuchte heftig und konnte sich kaum beherrschen, Lynn die Augen auszukratzen. »Biboretto«, brüllte sie, »komm sofort her.«

Mit gesenktem Kopf robbte der Malerbiber auf dem Bauch herbei. »Ja, hochverehrte Herrin? Wie kann ich dir dienen?«

»Antworte mir, und wage es nicht, mich anzulügen, wenn dir dein Leben lieb ist: Bilden die Gemälde mich so ab, wie ich aussehe?«

»Ach Herrin. Ich fürchte, nein.«

»WAS?«, schrie Swampilla und holte aus, um dem Biber einen Tritt zu versetzen.

»Nein, nicht so, wie ihr denkt«, beeilte sich der Biber zu sagen. »Ich fürchte, meine Malkunst reicht nicht aus, eure überwältigende

Schönheit auf die Leinwand zu bannen. Verzeiht bitte mein Unvermögen, geliebte Herrin. Aber seid versichert, ich strebe nach Vervollkommnung meiner Künste.«

»Nun gut«, erwiderte Swampilla besänftigt und gab dem Biber mit einer Handbewegung zu verstehen, dass er sich trollen möge. »Dann vervollkommne dich, und zwar schnell.« Dann drehte sie sich wieder zur Feenkönigin hin. »Tja, Lynn, du hast gehört, was Biboretto gesagt hat. Kann es sein, dass du ein Problem mit deinen Augen hast? Oder bist du einfach nur so unglaublich hochmütig, dass du nur das siehst, was du sehen willst?«

»Ich habe scharfe Augen und sehe genau das, was im Moment vor mir steht. Eine hasserfüllte und unzufriedene Hexe, die sich einbildet, eine liebenswerte, fröhliche Junghexe zu sein«, antwortete Lynn. »Du belügst dich selbst und auch dein Biboretto lügt. Er hätte Märchenerzähler werden sollen anstatt Maler.«

Noch während Swampilla empört nach Luft schnappte, fuhr Lynn fort. »Oder was ist mit dem dort passiert?« Dabei wies sie mit dem Kopf zu dem Mahnmal des versteinerten Bibers.

»Der?«, fauchte Swampilla höhnisch. »Der war frech und vorlaut und unerträglich weit weg von der Vervollkommnung seiner Künste. Er dient zur Abschreckung für alle Maler, die die Ehre haben, in meine Dienste eintreten zu dürfen und sich nicht genügend anstrengen.«

»Sich nicht genügend anstrengen, ein Trugbild von dir zu malen, da du sie ansonsten tötest? Was für eine verabscheuungswürdige Person du doch bist. Weshalb nutzt du deine Herrschaft nur zum Schaden anderer? Ich brauche keine blutrünstigen Drachen oder tödliche Glutaugen, um den Respekt und die Zuneigung meiner Untertanen zu gewinnen. Sie lieben und achten mich dafür, dass ich für sie sorge. Es ist mein tiefster Wunsch, ihnen ein gutes und erfülltes Leben zu bereiten und ihnen nicht zuletzt mit der Magie der von mir gezüchteten Mondbeeren in allen Lebenslagen zu helfen. Mein Feenvolk vertraut mir und ich vertraue ihm. Und es lässt mich nicht im Stich. Freu dich nicht zu früh, Swampilla.« Vor lauter Zorn hatten sich die blassen Wangen der Feenkönigin rosa gefärbt.

»Ich freue mich weder zu früh, noch freue ich mich zu spät«, setzte Swampilla wieder an zu singen, während sie sich im Kreis um sich selbst drehte, »aber verrate mir, hochverehrte Lynn, von welchem Feenvolk sprichst du? Meinst du das räudige Trüppchen, das unseren Feldzug überlebt hat? Das irgendwo in der Nähe von Mon Diö im Sumpf kauert und glaubt, gegen mich, die mächtigste Herrscherin weit und breit, ankämpfen zu können? Mach dich nicht lächerlich. Du bist allein, Lynn. Jawohl. Allein. Heul ruhig. Ja, heul dir die Augen aus dem Kopf, denn bald wirst du Zeugin sein, wie deine geliebte Tochter Finnja in einem meiner Kerker landet – vorausgesetzt, du lebst dann noch.«

»Finnja?«, rief Lynn entsetzt. »Ist sie hier?«

»Hab Geduld, Verehrteste. Schon bald, sehr bald wird sie hier sein. Sie ist auf dem Weg zu dir, sie hat ja solche Sehnsucht nach dir, das arme Schätzchen. Ich meine fast schon, sie riechen zu können.« Dabei taumelte Swampilla zum Fenster und schnüffelte. Gerade noch rechtzeitig zog Leon den Kopf ein und presste sich unter das Fenstersims. »Sie stinkt nach nasser Hund.«

»Nach nasser Hund?«, wiederholte Lynn verdutzt und runzelte die Stirn.

»Jawoll«, jubelte die Hexe. »Aber weißt du was, ich bin großzügig. Mich stört das nicht. Nur meine Blutratten könnte das etwas wütend machen – aber ja, Leonidas, dich natürlich auch«, ergänzte sie und streichelte ihre Späherkatze, die zusammengerollt auf dem Fußende ihres Bettes lag und sie schmollend ansah. »Die können Hunde nämlich nicht ausstehen. Aber vielleicht kann ich sie davon abhalten, sich auf dein Töchterchen zu stürzen … wärst du denn bereit, dich für Finnja zu opfern? Vielleicht mit ein paar deiner schönen schlanken Fingerchen, mit denen du deine Mondbeeren verzauberst und deinen Untertanen in allen Lebenslagen hilfst?« Höhnisch lachend wirbelte die Sumpfhexe im Kreis.

»Swampilla, jetzt ist aber genug«, schnaubte Dragon, der bisher stumm und unwillig das Treiben seine Cousine beobachtet hatte.

»Nein, es ist keinesfalls genug«, entgegnete sie. »Damit Lynn sieht, wie freudvoll mein Leben ist und wie nett ich zu meinen Untertanen bin, feiern wir ein Fest. Was hältst du davon, liebste Lynn? Ist das nicht nett von mir? Und du bist die Hauptperson, denn schließlich bin ich dir etwas schuldig, denn ich habe dir ja dein Mondbeerenfest verdorben.« Schrill lachend zog sie Lynn an den Haaren. »Am besten morgen schon, bevor dein ach so verehrter magischer Vollmond ganz geschrumpft ist. Es wird ein Fest sein, das du niemals vergisst, denn es wird dein letztes Fest auf dieser Erde sein. Wie gefällt dir das?« Swampilla drehte eine Pirouette und schlingerte knapp an Dragons Sessel vorbei. Hastig sprang er auf und brachte sich in Sicherheit.

»Sieh doch nur, wie ich mich freue«, jubelte Swampilla mit boshafter Miene. »Lacht meine geliebten Untertanen, lacht.« Damit trat sie Dragon und auch Lynn gegen das Schienbein und fauchte: »Hört ihr schlecht, IHR SOLLT LACHEN.«

»Schluss jetzt, Swampilla«, fuhr Dragon sie an. »Im Übrigen bin ich nicht dein Untertan.«

»Ach, sei doch nicht so griesgrämig, du dummer alter Cousin. Du hast nur schlechte Laune, weil dir die SchuggaSchugga ausgegangen sind. Ich besorge dir bald neue und größere, aber dafür musst du mir bei den Vorbereitungen zu meinem Fest helfen, ja?«

»Du hast doch selbst keine SchuggaSchugga mehr«, erwiderte Dragon misstrauisch.

»Bist du dir da sicher?«, flötete Swampilla. »Lass dich überraschen, mein Liebster.«

Als Dragon schließlich zögerlich einwilligte, wandte sich Swampilla erneut an Lynn. »Und nun zu dir, du dumme, eingebildete Qualle. Entweder du verrätst mir bis spätestens morgen Abend alles über die magischen Mondbeeren, oder ich lösche auch noch den kläglichen Rest deines Feenvolks und jede einzelne verdammte Mondbeerenwurzel aus. Glaube mir, wenn ich sie nicht haben kann, wird sie niemand bekommen. Es wird überhaupt keine Feenmagie mehr geben, niemals wieder, solange ich lebe. Hast du mich verstanden?« Die letzten Worte spie sie Lynn entgegen, die erneut vorsichtshalber die Augen schloss.

»Cousinchen, Cousinchen, was bist du doch unbeherrscht«, warf Dragon kopfschüttelnd ein. »Wenn du weiterhin so tobst, versteinert Lynn, bevor sie dir ihr Geheimnis verraten kann. Irgendwann vergisst sie, rechtzeitig ihre Augen zu schließen, und dann hast du den Salat.«

Die Sumpfhexe drehte sich langsam zu ihrem Cousin um und musterte ihn, als sei sie unschlüssig, wie sie darauf reagieren solle. »Du hast recht«, lenkte sie schließlich ein. »Ich bin einfach zu leidenschaftlich. Ich sollte mich ausruhen für den morgigen Tag. Und du auch, Lynn. Du siehst ja gruselig aus, ts, ts, ts.« Swampilla verzog angewidert das Gesicht. »Geh in dich und überlege dir gut, was du mir morgen sagen möchtest. Ich erwarte deine Entscheidung beim Aufgang des Mondes am Ufer des Schwefelsumpfs.«

26

Leon hatte genug gehört. Schneller, als er hinaufgeklettert war, hangelte er sich mithilfe der Spaider den Turm wieder hinunter. Unten angekommen hasteten sie so schnell sie konnten raus aus dem hellen Lichtkegel und zurück in das sichere Dunkel der Sumpfwiesen. Die Drachen schienen zu schlafen, ihr Schnarchen und Grunzen klang durch die Nacht zu ihnen herüber. Die Gefährten waren noch alle wach. Voll Ungeduld hatten sie auf Leon und die Spaider gewartet und klopften ihm nun auf die Schulter oder umarmten ihn. Finnja stand etwas abseits und betrachtete Leon lächelnd und mit strahlenden Augen. Als sich ihre Blicke trafen, erfüllte Leon ein Gefühl, als bade er in warmen süßem Vanillepudding. Finnja musste gar nichts sagen, Leon konnte in ihren Augen lesen, wie stolz sie auf ihn war und wie glücklich sie seine heile Rückkehr machte. Unsinnigerweise fingen nun seine Beine wieder etwas an zu zittern, dabei war doch die Gefahr eigentlich vorbei. Schließlich löste sich Leon von den anderen und trat zu Finnja.

»Alles gut gegangen, Finnja. Deine Mutter lebt«, sagte er mit leicht belegter Stimme. Da ergriff Finnja mit beiden Händen eine seiner Hände, drückte sie und flüsterte ihm ins Ohr: »Ich danke dir, Leon.«

Zum Glück schob sich nun Maja zwischen sie, um Leon einen Becher Kräuterspritz zu reichen.

»Da, trink das, das verhilft dir wieder zu Kräften.«

»Danke, Maja, aber gib auch den Spaidern etwas. Ohne sie hätte ich das nicht geschafft.«

Und dann lauschten alle Leons Erzählung. Mit Rücksicht auf Finnja vermied er es auszuführen, welche Wunden die Kreischkröten Lynn zugefügt hatten und wie grausam Swampilla gegenüber Lynn war. Stattdessen betonte er, wie standhaft Lynn das Geheimnis der Mondbeeren für sich behalten habe und dass ihr, trotz Swampillas Androhung, bisher noch kein einziger Finger fehle. »Allerdings ...«, hob er an und verstummte dann.

»Was ›allerdings‹«, fragte Finnja.

Alarmiert sahen ihn die Gefährten an.

»Schpuck'sch ausch«, ermunterte ihn Maledetto.

»Morgen Abend feiert Swampilla ein Fest beim Schwefelsumpf. Es soll Lynns letztes Fest sein, sagte sie. Ich fürchte, Swampilla will Lynn töten, ganz egal, ob sie ihr das Mondbeerengeheimnis verrät oder nicht.«

Finnja stöhnte auf und schlug sich entsetzt die Hände vors Gesicht.

»Morgen schon«, knurrte Hermarius. »Na gut, du sumpfige Krötenmamsell. Je schneller, desto besser. Wir sind bereit und sorgen dafür, dass es DEIN letztes Fest wird.«

Vielleicht waren es Hermarius' unerschrockene Worte, die den Gefährten Mut machten. Plötzlich konnten sie es gar nicht mehr erwarten, dass es endlich zum Finale käme.

»Der zeigen wir's«, rief Wuhuuu und schwang eine Keule. »Die scholl an den Mondbeeren erschticken«, kreischte Maledetto. Und

Sangrian hing sich schon mal drei Säcke voller Blutwurmlinge um den Hals.

»Stopp«, rief Finnja. »Beruhigt euch. Wir sollten uns jetzt erst mal alle hinlegen und versuchen, zu schlafen. Bis zum Tagesanbruch droht uns keine Gefahr. Die Drachen schlafen und ich denke, dass sich auch Swampilla und Dragon zur Ruhe begeben. Wir sollten morgen alle bei Kräften sein.«

Obwohl die Gefährten am liebsten gleich aufgebrochen wären, taten nun alle wie geheißen. Erleichtert darüber, dass Lynn noch am Leben war, fielen fast allen schnell die Augen zu. Nur Finnja und Leon, die sich etwas abseits von den anderen einen Schlafplatz teilten, kamen nicht zur Ruhe. Wie Ameisen wuselten ihnen die Gedanken durch den Kopf.

»Kannst du auch nicht schlafen?«, flüsterte Finnja.

»Nein«, erwiderte Leon. »Ich ärgere mich, dass ich nicht noch gecheckt habe, wo genau dieser Schwefelsumpf ist.«

»Hmm, wenn Swampilla dort ihr gruseliges Fest feiern möchte, ist der bestimmt sehr nah bei Mon Diö«, meinte Finnja. »Den finden wir sicher schnell. Ich frage mich vielmehr, wann der beste Zeitpunkt ist, um Sangrian zu den Drachen zu schicken.«

Grübelnd betrachteten beide die Wolkenschwaden, die am Mond vorbeizogen.

»Am besten erst kurz vor Beginn des Festes«, schlug Leon vor. »Wenn sich die Drachen zu früh über die Blutwurmlinge hermachen, hält die Betäubung möglicherweise nicht lang genug an.« Mit der Hand verscheuchte er einen Nachtfalter, der um ihre Köpfe flatterte. »Aber ich weiß nicht so recht, was ich von Dragon halten soll«, fuhr er fort. »Eigentlich wirkt er auf mich nicht so, als wolle er Lynns Tod.«

»Aber denkst du wirklich, er würde sich gegen Swampilla stellen und verhindern, dass sie meine Mutter tötet?« Finnja schnaubte leise.

»Keine Ahnung.« Leon runzelte die Stirn. Er konnte überhaupt nicht einschätzen, wie sich der Drachenfürst verhalten würde. Doch das meiste Kopfzerbrechen bereitete ihm Swampilla. Vor seinem geistigen Auge sah Leon erneut den ängstlichen Biboretto, die Wand voller trügerischer Gemälde, Swampillas todbringende Schlammwarzen und Lynn, die immer wieder die Augen schloss, wenn Swampilla vor Wut zu glühen schien.

Finnjas Seufzen riss ihn aus seinen Gedanken. »Lass uns noch etwas schlafen, Leon. Wie auch immer wir vorgehen: Wir sollten keinesfalls übermüdet sein. Ähm, hättest du was dagegen, wenn ich meinen Kopf auf deine Schulter lege?«

Leon grinste und streckte seinen Arm aus. »Komm schon her.« Während Leon Finnjas gleichmäßigem Atem und den Schnarchgeräuschen der Gefährten lauschte, formte sich in seinem Kopf plötzlich ein Gedanke: Wenn es stimmte, dass Swampillas Augen zu glühen anfingen, sobald sich ihre Warzen vor Wut schwarz färbten, und wenn sie dann jeden versteinern konnte, der ihr in die Augen blickte – müsste das dann nicht auch für sie selbst gelten? Leon war nun hellwach. Am liebsten wäre er aufgesprungen, doch er konnte sich gerade noch zurückhalten, um Finnja nicht aufzuwecken. Er spürte, dass er einer Lösung zum Greifen nah war. Es fehlte nur noch etwas. Ein klitzekleiner weiterer Gedankenzipfel … Bevor

Leon ihn erhaschen konnte, seufzte Finnja und warf unruhig den Kopf hin und her.

»Schscht«, flüsterte Leon und strich ihr sachte die Haare aus dem Gesicht. »Alles wird gut, schlaf weiter.«

»Du auch«, murmelte sie mit geschlossenen Augen. Leon nickte. Aber erst musste er den Gedanken von gerade eben weiterspinnen. Der hatte sich allerdings so schnell wieder verflüchtigt, wie er aufgetaucht war. Sosehr Leon auch grübelte, in seinem Hirn herrschte gähnende Leere. »Mist,« murmelte er, er wusste genau, dass er der Lösung seines Problems ganz nahe gewesen war.

Irgendwann musste er schließlich eingeschlafen sein. Als die Gefährten ihn weckten, fühlte sich Leon, als hätten Wuhuuu und Sangrian mit ihm Pingpong gespielt. Er bekam kaum die Augen auf und war irgendwie bedrückter Stimmung, ohne zu wissen, weshalb. Außerdem hatte er etwas Merkwürdiges geträumt, von einem See, der spiegelte und seine Augen blendete.

Er hatte keine Ahnung, was ihm dieses Traumbild sagen sollte, außer dass er dringend ein reinigendes Bad bräuchte. Doch nachdem ihm Maja einen Fladen Brot in die Hand gedrückt und er ein paar Bissen gekaut hatte, ging es ihm besser. Außerdem steckte ihn die Aufregung der anderen an. Die Vorfreude darauf, Lynn zu befreien und bald ins Feenland heimkehren zu können, überwog die Angst vor den bevorstehenden Gefahren und machte alle ganz übermütig. Immer wieder mussten Maja, Hermarius und Finnja die Gefährten ermahnen, leise zu sein, um nicht von den Drachen gehört oder vom Turm aus gesehen zu werden. Zum Glück hatte sich der Wind auch in der Nacht nicht gedreht.

Der Tag zog sich wie Bienenhonig und die Gefährten warteten ungeduldig darauf, dass es endlich Abend wurde.

»Ich freu mich schon drauf, der gestreiften Mieze mit meiner Keule eins überzubraten«, meinte Wuhuuu.

»Nee, überlass sie mir«, maulte Sangrian. »Mit der hab ich noch eine Rechnung offen. Die hat mich schon mal gekratzt. Ich will ihr auf die Zehen treten, bis sie platt sind.«

»Nee, Sangrian, das ist unfair. Du kannst dich schon mit den Drachen vergnügen. Lass mir auch noch etwas Spaß«, motzte Wuhuuu.

»Ich glaube, ihr werdet beide genug Gelegenheit haben, eure Kräfte zu messen. Ruht euch lieber noch aus«, mischte sich Hermarius ein, bevor die beiden womöglich noch in Streit gerieten.

Leon hätte sich zu gerne noch eine Stunde aufs Ohr gelegt, doch er war zu unruhig. Müde und aufgekratzt zugleich konnte er es einerseits kaum erwarten, dass es endlich losging und er alles hinter sich brachte, andererseits war ihm vor Schiss fast schlecht. Jetzt war es also so weit. Seine Gefährten setzten große Stücke auf ihn. Leon schluckte. In was war er da bloß hineingeraten. Er mochte gar nicht daran denken, was alles schiefgehen konnte. Eigentlich alles. Erst am späten Nachmittag, als es anfing zu dämmern und Nebel aufzog, hüllten sich die Gefährten zunehmend in Schweigen. Dazu trug auch der einsetzende Nieselregen bei, der mit seinem leisen Wispern beruhigend und bedrückend zugleich wirkte.

»Weißt du, was ich mir wünsche, Finnja?«, flüsterte Leon, um die Stimmung etwas aufzuheitern. Finnja schüttelte den Kopf.

»Trockene Klamotten. Noch drei Tage länger hier im Sumpfland, und mir wachsen Kiemen und Schuppen.«

Finnja grinste nur schief, sagte aber nichts. Fast wäre es Leon lieber gewesen, sie wäre noch so aufgekratzt wie am Vormittag, als sie ihn mit Fragen nach ihrer Mutter gelöchert hatte. Sogar die genaue Größe von Lynns Wunden wollte Finnja wissen. Doch nun befürchtete sie, ihre Mutter könne vielleicht schon tot sein oder das Mondbeerengeheimnis preisgegeben haben.

Ohne es laut auszusprechen, war dies auch Leons Befürchtung. Was wäre das Mondbeerengeheimnis gegen das Leben ihrer Tochter? Leon zweifelte nicht daran, dass die Feenkönigin ihr Wissen um die körperlichen, seelischen und magischen Heilkräfte der Pflanzen opfern würde, um das Leben ihres Kindes zu retten. Lynn hatte ihr Geheimnis nur so lange für sich behalten, weil sie wusste, wie gefährlich es in Swampillas Händen war. Aus purer Machtgier würde die Sumpfhexe die Rezepturen missbrauchen und aus den heilbringenden Kräften giftige oder gar tödliche machen. Doch wenn Lynn kein anderer Ausweg blieb … Je länger Leon darüber nachdachte, desto düsterer wurden seine Gedanken und desto mehr bezweifelte er, dass die Sumpfhexe Lynn am Leben lassen würde – egal, was diese täte.

Ein Brüllen, auf das gleich darauf ein weiteres Brüllen folgte, riss ihn aus seinen Gedanken. Die Drachen bekundeten lautstark ihren Hunger. Das Fauchen, Kollern und Grunzen waberte mit den dunklen Nebelschwaden über die Sumpfwiesen zu den Gefährten, und Leon konnte nicht verhindern, dass ihm ein Schauer über den Rücken lief. Oder waren es nur die Regentropfen, die von dem Baumstamm, an den er sich lehnte, in seinen Nacken sickerten?

»Was meint ihr, sollte Sangrian nicht allmählich los?«, flüsterte Hermarius. »Die Drachen haben Hunger. Wäre jetzt nicht der richtige Zeitpunkt?«

Sangrian, der mitbekommen hatte, dass über ihn gesprochen wurde, streckte aufgeregt seinen langen Hals zu ihnen hinüber. »Geht's los?«, fragte er.

»Lass uns noch etwas warten«, erwiderte Finnja. »Sie sollten zuerst ihr normales Fressen bekommen. Dragon würde misstrauisch werden, wenn er alle seine Drachen schlafend vorfände, noch bevor sie ihr Nachtmahl erhalten hätten.«

»Aber werden sie die Blutwurmlinge noch fressen, wenn sie satt sind?«, warf Hermarius zweifelnd ein.

»Süßes geht immer«, antwortete Sangrian. »Aber wo treffen wir uns, wenn die Drachen betäubt sind? Ich will nicht alleine bei den schlafenden Drachen bleiben.«

»Sollst du auch nicht«, beruhigte ihn Finnja. Wir brechen alle zusammen auf und warten auf dich, während du zu den Drachen gehst. Wer weiß, vielleicht brauchst du unsere Hilfe.«

Sangrian sah die Feenprinzessin zweifelnd an, verkniff sich aber eine Bemerkung.

»Wenn die Drachen einschlafen, kommst du zu uns zurück und wir gehen gemeinsam zum Schwefelsumpf«, fuhr Finnja fort. »Wir brauchen dich doch. Wer weiß, welche Kreaturen sich dort einfinden. Der eine oder andere gezielte Feuerstrahl aus deinem Maul könnte von Nutzen sein.«

Sangrian nickte. »Apropos Kreaturen: Hast du gestern eigentlich die Späherkatze gesehen?«

Leon nickte. »Die hatte es sich auf Swampillas Bett gemütlich gemacht. Und wenn mich nicht alles täuscht, müsste sie auch jetzt dort liegen. Wenn sie noch irgendetwas von einer normalen Katze in sich hat, dann mag sie keine Nässe.«

»Wenn du dich da mal nicht täuschst«, flüsterte Maja mit aufgerissenen Augen. »Dreht euch mal unauffällig um. Da hinten ist was.«

Alarmiert, aber doch wie beiläufig, drehten Finnja, Leon, Hermarius und Sangrian nacheinander die Köpfe in die Richtung, in die Maja deutete. Aus dem Dunkel heraus schillerten zwei gelbgrüne Augen.

»Verflodderter Quallenschlunz«, knurrte Hermarius. »Von wegen normale Katze.«

»Spaider«, flüsterte Finnja kaum hörbar, »schleicht euch in einem Bogen von hinten an die Katze an.« Die Spaider, die etwas abseits im Sumpfgras gelangweilt vor sich hin gesponnen hatten, nickten und setzen sich geduckt in Bewegung.

»Hermarius und Sangrian, ihr beide bleibt hier sitzen. Unterhaltet euch ganz normal weiter und tut so, als habt ihr nichts bemerkt«, fuhr Finnja fort. »Und du, Leon, kommst mit mir. Wir arbeiten uns hinter den Bäumen langsam vor bis zur Katze. Und wenn ich »Jetzt!« brülle, kommt ihr alle zu Hilfe.«

»Und das soll klappen?«, erwiderte Hermarius skeptisch. Doch Finnja schenkte ihm einen solch genervten Blick, dass er kleinlaut nickte.

»Ich muss mal kurz austreten«, sagte Leon laut und zwinkerte in die Runde. Er erhob sich und schlug sich in die Büsche.

»Warte, ich muss auch gleich mal«, rief Finnja. »Aber wehe, du guckst.«

»Hier sind ja wohl Bäume genug«, antwortete Leon und lachte, um die Katze in Sicherheit zu wiegen.

»Verlauft euch nicht«, rief ihnen Hermarius scherzhaft hinterher.

»Wir geben uns Mühe«, antwortete Finnja und hoffte, dass Leonidas sich von dem Geplänkel täuschen ließ. Bis jetzt schien er nicht misstrauisch zu sein, denn er hatte sich nicht von der Stelle gerührt. Leise schlichen sich Finnja und Leon näher heran, als plötzlich beide Leuchtaugen im Dunkel verschwanden. Hatte die Katze etwas gemerkt? Doch gleich darauf erklang ein wütendes Fauchen und Fluchen.

»Du doofe Zappelmieze, halt still«, schimpfte einer der beiden Spaider. Und der andere ergänzte: »Ich hab doppelt so viele Beine wie du. Du hast keine Chance.«

Als Leon und Finnja dazukamen, lag die Riesenkatze rücklings auf dem Boden. Ein Spaider hockte auf ihrem Bauch, der andere war damit beschäftigt, ihre Beine mit Spinnengarn zu umwickeln, das in einem endlosen Faden aus seinem Hinterteil spulte.

Hasserfüllt fauchte die Katze Finnja an und versuchte, sich mit ruckartigen Bewegungen auf den Bauch zu drehen und ihre Beine zu befreien.

»Na, du Plüschtiger? Zu neugierig gewesen?«, spottete Leon. Finnja hingegen konnte ihr Glück gar nicht fassen. Sie hatten nun eine Geisel, mit der sie Swampilla erpressen konnten. Wenn sie sich nicht täuschte, lag die Katze der Sumpfhexe sehr am Herzen.

»Was wohl deine Herrin dazu sagt, dass du nun unser Gast bist?«, spottete sie.

Die Katze ließ ein Knurren hören und starrte Finnja mit gesträubtem Fell und grellgelben Augen unverwandt an.

»Weißt du was? Das soll sie uns selbst sagen. Du darfst uns nachher begleiten, wenn wir sie bei ihrem Fest überraschen«, sagte Finnja völlig unbeeindruckt von dem Knurren.

Als Antwort bleckte die Katze ihre dolchspitzen Zähne.

»Ach ja, und bindet ihr sicherheitshalber auch die Schnauze zu«, befahl Finnja. »Ich will nicht, dass irgendjemand von uns versehentlich Bekanntschaft mit ihren Zähnen macht.«

»Wir könnten schie ihr auch rauschziehen«, schlug Maledetto vor.

Es schien, als riss die Katze ihre Augen vor Entsetzen noch ein Stück weiter auf, so dass Leon fast meinte, sich darin als schmale Silhouette widergespiegelt zu sehen. SPIEGEL. Wie ein vibrierender Gong hallte das Wort in Leon wider und beschleunigte seinen Herzschlag. Das war der Gedankenfaden, der ihm vergangene Nacht entwischt war. Und der sich in Gestalt eines spiegelnden Sees in seinen Traum geschlichen hatte. Jetzt wusste er wieder, wie die Hexe möglicherweise zu besiegen wäre. Fast jubelte er laut los.

»Leon? Hallooo? Träumscht du? Zähne rauschreischen – ja oder ja?«, wiederholte Maledetto ungeduldig seine Frage.

»Nein. Später vielleicht«, antwortete Leon und grinste. »Jetzt haben wir keine Zeit dafür.«

Vor lauter Katzenjagd hatten die Gefährten gar nicht bemerkt, dass das Grollen der Drachen verstummt war.

»Seid ihr bereit?«, fragte Leon nun voller Tatendrang in die Runde. Finnja nickte, wenn auch etwas erstaunt darüber, wie vergnügt Leon plötzlich schien und wie eilig er es hatte.

»Es geht los«, rief sie. »Die Drachen haben offensichtlich ihr Fressen bekommen.«

Alle halfen zusammen, Sangrian die Säcke und Taschen voll präparierter Blutwurmlinge um den Hals zu hängen.

»Und was machen wir mit der da?« Hermarius nickte zu der von oben bis unten eingeschnürten Katze. »Wuhuuu, kannst du sie tragen?«

»Klar«, antwortete Wuhuuu. Und zu der Katze: »Dann komm mal her, du Mausezähnchen. Darfst mit dem lieben Wuhuuu kuscheln.« Dabei warf er sich die Katze wie einen Sack über den Rücken und hielt sie nur an den Vorderpfoten fest.

Leonidas verzog so angewidert die Schnauze, als wolle er sich übergeben.

Abschließend gaben sich alle Gefährten einen Hand- beziehungsweise Prankenschlag und wünschten sich viel Glück. Leon knuffte Finnja etwas unbeholfen in den Oberarm. »Gib alles, Finnja. Zeig's den Drachen und der Sumpfhexe.« Und Finnja knuffte ihn zurück. »Die werden sich noch wünschen, uns niemals begegnet zu sein. Und im schlimmsten Fall hast du ja noch deine Smatfo-Magie. Sie müsste voller Kraft sein, denn schließlich hast du sie all die Tage nicht anwenden müssen. Ich verlass mich auf dich.«

Leon räusperte sich. Von wegen Smatfo-Magie vergessen.

»Keine Angst, Leon«, sagte Finnja, die sein Unwohlsein zu spüren schien. »Ich bin mir sicher, dass auch die Sumpfhexe diese Art von Magie nicht kennt. Die Überraschung ist auf unserer Seite.«

Leon lächelte schief und tastete zum hundertsten Mal an diesem Tag nach dem Handy in seiner Hosentasche. Finnja hob einen Arm, blickte ihren Gefährten nacheinander in die Augen und rief laut: »Auf in den Kampf!«

27

Dicht gefolgt von Finnja und den anderen Gefährten führte Sangrian die Truppe an. Nur etwa zehn Minuten später stoppte der Drache. Aus der Schwärze der Nacht schälten sich dunkle Schemen hervor. Sie bewegten sich ein gutes Stück seitlich von ihnen auf der Sumpfwiese und ließen ein Schlappern und Schmatzen hören.

»Ihr bleibt hier«, flüsterte Sangrian. Hoch aufgerichtet, jeden Muskel angespannt, blickte er hinüber zu seinen ehemaligen Drachengeschwistern jenseits des breiten Grabens, der die Drachenweide von den umliegenden Sümpfen trennte. Er hielt die Echsen davon ab, ihr Terrain zu verlassen, da sie die sauren Dämpfe scheuten, die daraus hervorstiegen und intensiven Brechreiz auslösten. Beim Versuch, den Graben zu überfliegen, würden sie unweigerlich abstürzen. Doch Sangrian hatte Vorsorge getroffen. Er bat Maja darum, ihm ein Tuch um Maul und Nase zu binden, bevor er in den Graben hinabstieg, um ihn zu durchqueren.

»Egal, was passiert, kümmert euch nicht um mich. Zieht euren Plan durch und rettet die Feenkönigin.«

Noch ehe Finnja etwas darauf erwidern konnte, war Sangrian in den Schwaden des Grabens untergetaucht. Die Gefährten hörten ihn husten und keuchen, doch kurz darauf tauchte er wieder auf und stapfte, ohne sich umzudrehen, auf die Drachenweide.

»Uff«, seufzte Leon und verbarg sich wie die anderen hinter Büschen.

»Hallooo«, hörten sie Sangrian rufen.

»Hä? Wer ruft da?«, antwortete ein anderer Drache und stampfte heran.

»Ich bin's, euer Sangrian. Und ich hab euch was mitgebracht«, flötete Sangrian.

»Was? Kann nicht sein. Du bist doch tot.«

»Nee, stimmt nicht.«

Einen kurzen Moment war Stille. Dann hörten sie Sangrian schimpfen. »Autsch, lass das, du weißt genau, dass ich das nicht leiden kann, wenn mir jemand auf den Schwanz tritt.«

»Er ist es wirklich«, stöhnte ein Drache mit tiefer, knurrender Stimme. »Dabei hatte ich mich schon so gefreut, dich endlich los zu sein. Wo kommst du denn her? Und was fällt dir ein, plötzlich wieder aufzutauchen und so zu tun, als sei nichts gewesen?«

»Bist du aber fies«, schmollte Sangrian. »Und überhaupt, es ist schon was gewesen: Ich hab mich nämlich verflogen. Vorwärts, rückwärts und im Kreis. Aber dafür hab ich euch was mitgebracht, was ganz Leckeres ...« Sangrian machte eine Pause: »Blutwurmlinge. Tausende.«

»Ausgerechnet duuu willst uns Blutwurmlinge schenken? Zeig her.«

»Aua,« kreischte Sangrian gleich darauf, »seid doch nicht so grob.«

»Wahrscheinlich reißen die Drachen ihm aus lauter Gier die Säcke vom Hals«, flüsterte Finnja Leon zu.

»Mmh, schmucklig«, hörten sie einen jungen Drachen mit heller Stimme schmatzen. »Ich will mehr, hee, gib her …«

Seine Stimme ging im Knurren, Schmatzen und bettelndem Geifern unter.

»Stopp«, brüllte plötzlich wieder die tiefe Stimme. »Weshalb sind die so milchig? Normalerweise sind Blutwurmlinge rot. Sie sehen genauso aus wie Dragons SchuggaSchugga. Hast du sie ihm gestohlen? Ist deshalb sein Vorrat leer? Hast du eine Ahnung, wie übel gelaunt er deswegen ist?«

Leon hörte Maja leise aufstöhnen. »Das ist das Mondbeerengelee, das sie so weißlich aussehen lässt.«

»Lass mich«, kreischte Sangrian mit angsterfüllter Stimme. Und Finnja musste Wuhuuu mit erhobener Hand zurückhalten, nicht aus seinem Versteck zu stürmen und Sangrian zu Hilfe zu eilen.

»Ich hab die alle ganz alleine gesammelt, wochenlang, aus einem ganz tiefen Sumpf«, rief Sangrian mit weinerlicher Stimme. »Extra für euch. Du bist so gemein zu mir. Woher soll ich wissen, wieso die so weiß sind? Keine Ahnung. Aber ist das nicht egal? Hauptsache, sie schmecken lecker und machen kein Bauchprickel.«

»Bauchprickel?«, wiederholte der alte Drache drohend. »Woher kennst du dieses Wort? So sprechen nur die Feen.«

Finnja biss sich auf die Lippen und blickte Leon erschrocken an.

»Ach, ist das so?«, erwiderte Sangrian frech und ohne zu zögern. »Wieso kennst du dann dieses Wort? Ich weiß nicht, woher ich das kenne. Vielleicht von der Fee, der ich unterwegs in den Bauch getreten hab.«

Plötzlich hörte Leon ein lautes Gähnen und Jaulen, und eine Stimme sagte: »Ist doch egal, woher Sangrian sie hat und warum sie weiß sind. Mir schmecken sie. Aber ich muss jetzt erst mal schlafen. Und wehe, es sind keine mehr da, wenn ich wieder aufwache.« Mit einem dumpfen Geräusch ließ er sich fallen.

Auch der Drache mit der tiefen Stimme gähnte. »Ich werde Dragon fragen, ob das seine SchuggaSchugga sind – später, nach meinem Nickerchen. Und wenn es die von Dragon sind, dann kann ich dir nur raten, sehr weit weg zu sein, wenn ich wieder aufwache.«

Rumms. Auch dieser Drache war dem Geräusch nach umgekippt. Nach und nach fiel ein Drachen nach dem anderen um. Und schließlich tauchte Sangrian wieder auf. Mit quietschvergnügter Miene und einem Rest Blutwurmlinge im Sack hüpfte er in ihre Mitte und fragte Beifall heischend: »Na, wie war ich?«

Zutiefst erleichtert darüber, dass alles gut gegangen war, überhäuften die Gefährten den Drachen mit Lob und Liebkosungen, bis dumpfes Glockengeläut von Mon Diö sie unterbrach. Auf einen Schlag verstummten alle. Es war so weit: Swampilla läutete den Beginn ihres Festes ein. Leons Herz flatterte vor Angst wie ein Vögelchen, das in der Falle saß.

»Folgt mir«, sagte Hermarius, »und bleibt immer zusammen, so wie wir es besprochen haben.« Finnja griff nach Leons Hand und drückte sie fest. Leon atmete ein paar Mal tief ein und aus. »Dann mal los«, murmelte er.

28

Die Klosterruine lag völlig im Dunkeln. Alles, was Beine, Flügel und Klauen hatte, schien sich draußen aufzuhalten. Von der rückwärtigen Seite der Ruine drangen die Töne eines disharmonischen Quakkonzerts herüber, in das sich der schrille Singsang von Swampilla und das Fauchen und Fiepen von Ratten mischten. Auf Zehenspitzen schlichen die Gefährten hinter Hermarius her, um das Gemäuer herum und durch das hohe Gras zu einer Gruppe von Büschen, hinter denen sie sich versteckten.

Die Stimmen klangen nun ganz nah. Leon schob die Zweige beiseite. Was er sah, verschlug ihm die Sprache. Nur wenige Meter vor ihnen lag ein Teich, in dem eine Flüssigkeit brodelte und dampfte, die ihn an Erbseneintopf erinnerte. Aus dieser grünen Suppe tauchten in regelmäßigem Rhythmus schwarz-gelb gestreifte Schlangen auf, die eine Art Wasserballett tanzten. Was Finnja jedoch den Hals zuschnürte, war der Anblick ihrer Mutter. Übersät von blutigen Wunden, barfuß und im nur noch in Fetzen am Leib hängenden Kleid lag sie am Ufer des Tümpels und schien jede Hoffnung auf Rettung aufgegeben zu haben. Ihre Hände waren am Rücken gefesselt, und auch um die Fußknöchel schlang sich ein Band.

»Mama«, keuchte sie entsetzt, und Leon presste ihr schnell die Hand auf den Mund und zischte »pssst«.

Zwei Ratten bewachten Lynn und stupsten sie so lange mit ihren Schnauzen an, bis Lynn aufgestanden war und sich zu zwei ausladenden Trauerweiden umgedreht hatte.

Jetzt erst sah Leon, was sich dort verbarg. Wie eine alte, dicke Krähe saß Swampilla mit ihrem langen schwarzen Kleid auf einer Art Schaukel, deren beide Seile aus den herabhängenden Zweigen zwischen den Weiden geflochten waren. Zur Feier des Festes hatte sie ihre Augen kohlrabenschwarz umrahmt, die Lippen schwarz gefärbt und sich über Stirn und Nasenrücken einen senkrechten schwarzen Strich gemalt. Der Rest ihres Gesichts war mit weißem Puder bestäubt. Mit scharfem Blick belauerte sie ihre Feindin.

Finnja durchfuhr es eiskalt. Weißes Gesicht – wie sollten sie da erkennen, ob sich Swampillas Schlammwarzen schwarz färbten? Würden sie durch das Puder durchscheinen?

»Das hat sie mit Absicht getan«, sagte Maja, als habe sie Finnjas Gedanken lesen können. »Sie will ihre Schlammwarzen verbergen. Aber ich bezweifle, dass das klappt. Außerdem verraten sie ihre Augen. Und ihre kreischende Wutstimme.«

»Du hast recht«, ergänzte Leon flüsternd. »Wir müssen auf ihre Augen aufpassen.«

»Ja«, erwiderte Maja, »wenn sie rot glühen, ist es Zeit für deine Smatfo-Magie.«

»Ja«, antwortete Leon lahm, während er innerlich betete, dass sein Plan funktionierte.

»Und für meine Keule«, ergänzte Wuhuuu grollend.

»Verneige dich und erweise mir deine Ehrerbietung«, erklang laut Swampillas krächzende Stimme. Streng blickte sie Lynn an.

Als Lynn nicht reagierte, stieß ihr eine der beiden Ratten einen Fuß in die Kniekehle, so dass Lynn zusammenknickte.

»Und nun verrate mir alles über die Mondbeeren«, fuhr Swampilla fort. »MEINE Mondbeeren. Die Zeit von euch Feen ist vorbei. Unwiderruflich. Es beginnt nun eine neue Ära. MEINE Ära. MEINE ganz allein. Also sprich, wenn dir dein Leben lieb ist.«

Müde schüttelte Lynn den Kopf.

»Du weigerst dich? Wie dumm du doch bist«, fauchte Swampilla, und Leon zuckte zusammen. War es schon so weit?

»Warte noch«, flüsterte Finnja.

»Ist dir tatsächlich die Magie der Mondbeeren mehr wert als dein Leben? Bist du nicht zu der Einsicht gekommen, lieber mir zu dienen, als in den Tod zu gehen? Einen qualvollen Tod?«

Lynn reagierte mit keiner Bewegung und keiner Silbe.

»Antworte gefälligst«, fauchte Swampilla und beugte sich auf der Schaukel weit vor, um Lynns Gesicht besser sehen zu können. »Oder hat dir jemand die Zunge abgebissen? Dragon, sieh nach, ob Lynn noch eine Zunge im Mund hat. Falls ja, dann schneide ein Stück davon ab.«

»Nein«, antwortete Dragon, der neben der Schaukel im Schatten der Trauerweiden stand.

Swampilla erstarrte. »Du wagst es, dich mir zu widersetzen? Tu gefälligst, was ich dir sage.«

»Nein«, wiederholte Dragon. »Ich habe dir auf deine Bitte hin geholfen, das Feenreich zu überfallen, aber ich bin nicht dein Untertan und auch nicht dein Folterknecht.«

Überrascht von Dragons Entschiedenheit, lenkte Swampilla ein.

»Nun gut, war doch nur Spaß. Du kennst doch meinen Übermut. Das darfst du deiner kleinen Cousine doch nicht übel nehmen.« Kokett lächelte sie Dragon an. »Aber nun wieder zu dir, du Feenmade. Du bleibst dabei, dass du samt deinem Mondbeerengeheimnis in den Tod gehen willst?«

Da hob Lynn langsam den Kopf, fixierte Swampilla mit Blicken und spuckte ihr mitten ins Gesicht. Langsam rutschte die Spucke Swampillas Wange hinunter und hinterließ dabei eine dunkle Spur in der weißen Schminke.

»Du miese Qualle, das wirst du mir büßen«, kreischte die Sumpfhexe und wäre dabei vor Zorn fast von der Schaukel gerutscht, hätte Dragon sie nicht gehalten. Auch ihre Augen glühten kurz auf. Doch zu kurz. Außerdem war Leon zu weit weg, um seinen Plan in die Tat umzusetzen.

»Verdammt«, schimpfte er leise. »So wird das nichts. Ich muss viel näher an sie ran.«

»Führt sie auf den Steg«, herrschte Swampilla die Ratten an. »Und ihr, meine lieben Untertanen, singt und freut euch des anstehenden Spektakels. Es wird unvergesslich werden. – Schubst du mich an, Dragon?«

Dragon tat, wie geheißen. Und während die Schaukel immer höher flog, musste Lynn, flankiert von den beiden Ratten, über den schwankenden Steg trippeln. An dessen Ende liefen die Ratten eilig wieder zurück ans sichere Ufer.

»Tanzt, meine Fledermäuse, tanzt und freut euch des Lebens«, jauchzte Swampilla. Und als hätten sie nur darauf gewartet, stob ein Schwarm Fledermäuse aus den Trauerweiden auf. Wie eine schwarze Wolke umkreisten sie Lynn, die vor Schreck laut aufschrie und sich wegzubücken versuchte.

Gleichzeitig schwang Swampillas Schaukel weit über den Teich und wieder zurück. Jedes Mal, wenn es der Sumpfhexe gelang, Lynn dabei mit den Füßen zu stoßen, kreischte sie vor Vergnügen, begleitet von aufgeregtem Quaken der Kröten und Fiepen der Ratten. Es war nur eine Frage von Sekunden, dass Lynn das Gleichgewicht verlieren und in den nach Schwefel stinkenden Schlangenteich fallen würde.

Finnja schluchzte auf, und noch bevor Leon begriff, was sie vorhatte, stürzte sie auch schon aus ihrem Versteck und schrie »Mama«.

Hatte sein Herz aufgehört zu schlagen? War die Welt stehen geblieben? Nicht nur Leon, alle Zwei- und Vierbeiner schienen für einen Moment wie eingefroren.

Lynn stöhnte entsetzt »Finnja« und sackte auf dem Steg zusammen. Swampilla starrte Finnja mit aufgerissenem Mund an, als sei ihr ein Geist erschienen, und vergaß vor lauter Schreck zu schaukeln. Doch überraschend schnell gewann sie ihre Fassung wieder.

»Packt sie«, kreischte sie die beiden Ratten an.

»Wagt es nicht«, rief Leon, der nun ebenfalls aus dem Gebüsch stürzte und einer der Ratten einen Fußtritt gab. Davon ließ sich diese jedoch nicht beeindrucken. Mit gefletschten Zähnen stürzte sie sich auf Leon, doch sie hatte die Rechnung ohne Wuhuuu gemacht, der nun ebenfalls seine Deckung verließ. Schwungvoll holte er mit seiner Keule aus und beförderte erst die eine, dann die andere Ratte hoch in die Trauerweiden, wo sie quiekend in den Zweigen hängen blieben.

»Wer bist du?«, fauchte Swampilla Leon an.

Leon schluckte. Es war etwas anderes, sie im Schutz der Büsche zu beobachten oder ihr in nur geringem Abstand leibhaftig gegenüberzustehen. »Ich bin ein Freund der Feen und werde Lynn nach Hause holen.«

Ungläubig betrachtete die Sumpfhexe ihr Gegenüber und lachte dann schrill auf. »Bist du von Sinnen? Verschwinde. Misch dich nicht in Dinge, die dich nichts angehen. Oder …« – die Hexe sah Leon lauernd an – »überlege dir, ob du dir nicht neue Freunde suchen und deinen Mut und deine Tollkühnheit in meine Dienste stellen solltest. Ich könnte einen starken und mutigen jungen Mann gebrauchen.«

»Das wird niemals passieren!«, entgegnete Leon empört. »Ich verabscheue dich und deinen Machthunger!«

»Hach, und ein Weltverbesserer ist er auch noch«, rief Swampilla und klatschte entzückt in die großen Hände. »Ist er nicht putzig?«

Leon spürte, wie Wut in ihm aufkeimte. Das lief nicht so, wie geplant. SIE sollte wütend werden, nicht er selbst.

»Ich hol jetzt Lynn«, sagte er und machte Anstalten, den Steg zu betreten. Aus dem Augenwinkel sah er, dass die Feenkönigin erschrocken den Kopf schüttelte.

»Ein Schritt weiter, und du bist tot«, zischte die Sumpfhexe hinter ihm.

Kein Blatt regte sich, keine Fledermaus oder Ratte fiepte und selbst der Drachenzüchter schien die Luft anzuhalten. Nur Leon ließ sich nicht beirren, obwohl sein Herzschlag für einen kurzen Moment ausgesetzt hatte. Jetzt oder nie. Er war auf dem richtigen Weg. Das Lachen und Schäkern war der Sumpfhexe offensichtlich vergangen. Doch er musste noch weiter gehen. Er musste sie bis aufs Blut reizen, um ihre Augen zum Glühen zu bringen. Gab es dazu eine bessere Taktik, als ihr den Gehorsam zu verweigern? Vorsichtig setzte er einen Fuß nach dem anderen auf den schwankenden Steg. Ungläubig, als sei er ein Geist, sah ihm Lynn entgegen. Ohne dass es irgendjemand außer Lynn bemerkte, griff er wie zufällig in seine vordere Hosentasche und zog das Handy heraus. Fest hielt er es in der Hand und aktivierte sicherheitshalber die Kamerafunktion.

»Tanzt«, kreischte die Sumpfhexe mit überschnappender Stimme und riss ihre Arme hoch. »Tanzt, bis ihr vom Himmel fallt.« Erneut stob ein Schwarm Fledermäuse auf. Sie umkreisten Leon und Lynn und versuchten, sich in ihren Haaren, Augen und Mund festzuklammern.

Leon schwankte. Um seinen Kopf herum sah er nur noch schwarzes Flattern und spitze Zähne in kleinen Mäulern. In Lynns Haaren hingen mindestens zehn Tiere und hangelten sich daran hoch, ohne dass sie sich mit ihren gefesselten Händen dagegen hätte wehren können. Wimmernd kauerte sie auf dem Steg, den Kopf auf die Knie gesenkt.

Aus dem Augenwinkel sah Leon, dass Finnja ihm auf den Steg folgen wollte, doch Dragon stellte sich ihr in den Weg und umklammerte sie mit seinen Armen. Finnja zappelte wie ein Fisch auf dem Trockenen und trat ihm in die Schienbeine, doch Dragon lockerte seinen Griff nicht. »Du bleibst hier«, knurrte er. »Glaub mir, das ist besser für dich.«

»He, du Sumpfkröte, befiehl deine flatternden Schmeißfliegen zurück«, donnerte plötzlich Hermarius' Stimme. »Und zwar auf der Stelle.«

Mit in die Hüften gestemmten Händen hatte sich der Kundschafter hinter Swampilla aufgebaut. Doch was er in seinem Zorn nicht bemerkt hatte, war das Heer weiterer Kampfratten, das sich in seinem Rücken wie eine Schlammlawine heranwälzte.

»Pass auf!«, schrie Maja schrill. Doch zu spät. Bevor Hermarius sich umdrehen konnte, war eine der Ratten auf seinen Rücken gesprungen und hatte sich in seinem Nacken verbissen. Vor Schmerz warf Hermarius sich auf den Boden und wälzte sich hin und her, was die Ratte empört aufquieken ließ.

Inzwischen war es Leon gelungen, einen Arm um die Taille der wimmernden Lynn zu legen und sie auf die Füße zu ziehen. Breitbeinig und halb blind vor flatternden Fledermäusen wankten sie den schwankenden Steg zurück. Links und rechts sprangen Wasserschlangen in die Höhe und schnappten gierig zischend nach ihren Füßen.

Doch Leon ließ sich nicht beirren. »Weiter«, befahl ihm eine Stimme in seinem Innern. »Geh weiter. Guck auf den Steg und deine Füße.« Und nichts anderes tat Leon, denn er wusste, dass es im Moment nichts Wichtigeres auf der ganzen Welt gab, als vorsichtig einen Fuß vor den anderen zu setzen und Lynn mit sich zu ziehen. Schließlich hatten sie es fast geschafft. Doch den letzten rettenden Schritt ans Ufer versperrte ihnen Swampilla.

»Du dummer Junge, deine Mühe ist vergeblich. Lynn kommt hier nicht lebend raus. Wirf sie in den Teich«, zischte sie.

Leon schüttelte den Kopf.

»Tu, was ich dir sage. Dann begnüge ich mich vielleicht damit, dir nur deine schwerhörigen Ohren von meinen Ratten abknabbern zu lassen.«

»Geh mir aus dem Weg, du Monster«, presste Leon hervor.

Swampilla schnaufte und kam einen Schritt näher, so nah, dass ihn ihr Modergeruch nahezu betäubte.

»WIRF SIE IN DEN TEICH«, fauchte sie. »SOFORT.«

»Kann ich machen«, tönte plötzlich Wuhuuus Stimme in Swampillas Rücken. »Eigentlich dachte ich, sie liegt dir am Herzen. Aber gut, wenn du das willst …«

Wie von der Tarantel gestochen drehte sich die Sumpfhexe um. Hinter ihr stand Wuhuuu. In der erhobenen Pranke hielt er die sich windende und fauchende Späherkatze, die wütend versuchte, ihn zu beißen und sich zu befreien.

»Leonidas«, schrie Swampilla entsetzt.

»Lässt du Lynn gehen, bleibt auch Leonidas am Leben«, sagte Leon. »Du hast die Wahl.«

»Du Kröte auf zwei Beinen, meine Geduld ist zu Ende. Nicht nur deine Ohren, auch der Rest von dir wird meinen Ratten ein Festmahl sein«, spie die Hexe Leon ohrenbetäubend laut ins Gesicht. »Dein Schicksal ist besiegelt, ebenso wie das von Lynn. Sie muss sterben.«

»Deine Entscheidung«, sagte Leon und nickte Wuhuuu zu. Da holte der aus und warf die Katze auf den Steg im Teich.

Swampillas Schrei ließ Leon fast das Blut in den Adern gefrieren. Mit gespreizten Klauen und wutverzerrtem Gesicht stürzte sich die Sumpfhexe auf den Troll. Diesen Moment der Unaufmerksamkeit nutzte Leon, um mit Lynn vom Steg ans sichere Ufer zu springen.

Keinen Moment zu früh, denn nun kam die Sumpfhexe langsam mit großen Schritten und rot glühenden Augen auf ihn zu. Leon konnte gerade noch seine Augen schließen und sich vor ihren Klauen wegducken, als ihm zum Glück Sangrian zu Hilfe kam. Laut fauchend stürmte er aus dem Gebüsch und spie eine Feuerfontäne in Richtung Swampilla. Doch zum Entsetzen der Gefährten verwandelten sich die Flammen an ihrem Körper zu Dampf, der die Sumpfhexe für etliche Sekunden von oben bis unten einhüllte.

Außer sich vor Wut schrie die Hexe nach Dragon. Doch der starrte nur fassungslos den Drachen an und keuchte entsetzt: »Sangrian, was … woher …?«

Zu Hilfe eilen konnte er nicht, denn den Spaidern war es in der Zwischenzeit gelungen, Finnja aus der Umklammerung des Drachenzüchters zu befreien. In Windeseile wickelten sie Dragon in Spinnengarn ein, so dass er sich nicht mehr bewegen konnte. Während sich Maledetto auf Dragons Bauch niedergelassen hatte und ihn als »Mulchschlammwickel« und Schlimmeres beschimpfte, zogen Finnja und die Spaider die Feenkönigin vom Ufer weg ins dichte Gebüsch.

Noch bevor die letzten Dampfschwaden davonwaberten und Swampilla wieder freigaben, war es Leon mit zitternden Fingern gelungen, erneut die Kamerafunktion des Handys zu aktivieren. Doch kaum flammte das Display hell auf, schleuderte ihn die Hexe zu Boden und setzte sich rittlings mit wütenden, rot glühenden Augen auf ihn. Blitzschnell schloss Leon seine Augen, um nicht zu versteinern.

»Jetzt gehörst du mir«, zischte sie. Während sie mit einer Hand seine Kehle umklammerte, fummelte sie mit der anderen an einem seiner geschlossenen Augenlider herum, um es hochzuschieben. Doch da sprang ihr Finnja mit lautem Geheul auf den Rücken und krallte sich an ihrem Hals fest. Dieses Überraschungsmoment reichte Leon, um seine Hand mit dem Handy unter Swampillas Gewicht hervorzuwinden.

»Was hast du da?«, kreischte die Hexe, als Leon ihr vor Anstrengung zitternd das Handy vors Gesicht hielt – so, dass sie sich durch die eingeschaltete Kamerafunktion selbst anblickte.

»Meine Smatfo-Magie.«

Swampillas Verwandlung war grauenhaft. Ein Schrei wie von einem Tier quälte sich aus ihrer Kehle, der jedoch sofort erstarb. Vorsichtig blinzelte Leon durch die Wimpern und sah zu seinem maßlosen Entsetzen, dass die Augen über ihm ausbleichten und stumpf wie Gips wurden. Auch die noch im Schrei verzerrten Lippen hatten jegliche Farbe verloren. Wie in Zeitlupe schien sich der Körper der Sumpfhexe vom Kopf abwärts in weißen Stein zu verwandeln. Leon konnte gerade noch rechtzeitig Swampillas Hände von seiner Kehle reißen, bevor auch sie erstarrten. Er war frei.

Mit vereinter Kraft stießen Finnja und Leon die gefühlt tonnenschwere Hexe von Leon herunter, während Swampillas Füße noch einmal in letzter Verzweiflung ausschlugen. Doch vergeblich. Sie wurden kalkweiß und erstarrten mitten in der Bewegung. Auch die

Kampfratten und Frösche versteinerten und die Fledermäuse fielen wie Fallobst leblos von den Trauerweiden.

Wie aus dem Nichts erfüllte plötzlich ein Brausen den Himmel. Als rasende, schlingernde Säule fegte ein Tornado in einem Bogen um das Kloster herum. Er fuhr durch die Trauerweiden, peitschte die Zweige nach links und rechts, oben und unten und riss die Schaukel entzwei.

Dann hob er den kreischenden Dragon hoch in die Luft und trug ihn mitsamt Ratten, Kröten, Fledermäusen, dem berstenden Steg und der fauchenden Wildkatze Leonidas davon. Gleich darauf kehrte er zurück, schraubte das Wasser des Schwefelteichs zu einer senkrechten Säule, immer höher und höher, bis die Wassersäule wie eine gigantische Luftschlange plötzlich abhob und davongetragen wurde. Zu guter Letzt umkreiste der Sturm in einem rasenden Wirbel die Sumpfhexe, hob sie empor, ließ sie wieder fallen, fing sie kurz vor dem Aufprall auf den Boden wieder auf und schleuderte sie schließlich so hoch in die Atmosphäre, dass sie nicht mehr zu sehen war. Nur Finnja und Leon, die sich in ihrer Panik aneinandergeklammert hatten, sowie die anderen Gefährten samt Maledetto und Lynn wurden verschont.

Keine zwei Minuten später war der Spuk vorbei und Leon und Finnja blickten sich fassungslos um. Alles, was an die Sumpfhexe erinnert hatte, war verschwunden. Der Horizont färbte sich rosa von einer Sonne, die sich hier im Sumpfland seit Jahren nicht hatte blicken lassen. Vögel zwitscherten und im Teich funkelte kristallklares Wasser.

Es hat geklappt, dröhnte es in Leons Kopf. WAHNSINN. Die

Smatfo-Magie hat geklappt. Leon meinte zu platzen vor Freude und Erleichterung.

Doch da hörten sie eine schwache Stimme. »Finnja, Leon, wo seid ihr?«

»Mama«, rief Finnja, nahm Leon an der Hand und zog ihn mit sich zu ihrer Mutter.

29

Vier Tage später waren Leon, Finnja, Lynn und die anderen Gefährten samt der Silberflocklinge wieder wohlbehalten zurück im Feenreich. Die Drachen, die durch die Blutwurmlinge in Tiefschlaf gefallen waren, hatten sich in nichts aufgelöst. Stattdessen weideten fröhlich blökende Schafe auf der Wiese. Der einstige Pusteblumenwald war zu normaler Größe geschrumpft, die grünen Stichlinge hüpften vergnügt handtellergroß und völlig ungefährlich in der plätschernden Strömung des ehemals düsteren Grenzflusses, und die bissigen Glockenblumen streichelten im Vorbeigehen die nackten Füße der Gefährten, als wollten sie sie um Verzeihung bitten. Das ganze einst so düsterfeuchte und trostlose Sumpfland badete in Sonnenlicht. Dotterblumen und Schwertlilien, Weidenröschen und Wollgras wiegten sich im leisen, warmen Wind.

Zum Glück hatte Maja noch so viel Mondbeerengelee übrig, dass sie damit notdürftig die Wunden von Lynn und Hermarius behandeln konnte. Lynn ließ sich gerne auf Sangrians Rücken tragen, nachdem Finnja sie davon überzeugt hatte, dass es keinen harmloseren und treueren tierischen Gefährten als den Veggie-Drachen gäbe – »außer natürlich dich, Wuhuuu, und euch, ihr beiden Spaider.«

Lynn konnte Leon gar nicht genug danken für das, was er für sie, Finnja und das ganze Feenreich getan hatte. Ausführlich ließ sie sich alles erzählen, was sich seit dem Überfall der Drachen ereignet hatte, wie Leon zu ihnen gestoßen war und welche Abenteuer die Gruppe gemeistert hatte, um sie zu retten. Und welch großen Anteil Leon samt seiner mächtigen Smatfo-Magie daran hatte.

Besonders neugierig befragte sie Leon zu seiner Großmutter in Altkleinkirchdorf und konnte ihr Glück gar nicht fassen, in Leon einen Nachfahren ihrer einst liebsten Feentante gefunden zu haben.

Im Feenreich war die Freude über die gesunde Rückkehr der Königin und aller Gefährten überwältigend. Auch der anfängliche Schrecken über Sangrian und Maledetto legte sich bald. Druseline ließ es sich nicht nehmen, den Drachen mit leckeren Gemüsebratlingen zu verwöhnen und sich von dem Vampir, der sich auf den ersten Blick in sie verliebt hatte, umschmeicheln zu lassen. Die beiden Wasserelfenzwillinge nutzten begeistert den langen, geschwungenen Rücken und Schwanz des Drachen, um darauf in den Silberteich hineinzurutschen.

So fröhlich und ausgelassen die Tage nach ihrer Rückkehr auch waren, Leon wurde immer stiller und bedrückter. Er litt zunehmend unter Heimweh, sehnte sich danach, seine Eltern, Großeltern und Freunde wiederzusehen. Gleichzeitig konnte er sich jedoch auch kaum vorstellen, Finnja nicht mehr um sich zu haben. Was sollte er bloß tun? Und war es überhaupt möglich, wieder nach Hause zurückzukehren?

Eines Tages, als er Wuhuuu, den Wasserelfen, Sangrian und den Spaidern dabei zusah, wie sie einen Wettbewerb in Schneckenweitwurf machten, setzten sich Lynn und Finnja links und rechts neben ihn ins Gras.

»Was bedrückt dich, mein Junge?«, fragte Lynn.

»Ach nichts«, antwortete Leon und warf Finnja einen kurzen Seitenblick zu.

»Das stimmt nicht, Leon. Ich kann Traurigkeit spüren, sie lässt mich frösteln.« Lynn wartete ab, aber Leon blieb still. Leise seufzte die Feenkönigin und schaute ihn an. »Du hast Heimweh, nicht wahr? Du möchtest zurück zu deinesgleichen ...«

»... aber was redest du ihm da ein, Mama?«, fiel ihr Finnja ungestüm ins Wort. »Leon hat doch hier alles. Du darfst nicht wieder weg. Du gehörst doch zu uns.« Flehend blickte sie Leon an.

»Ich gehöre zu euch, ich gehöre aber auch zu meinen Menschen«, murmelte Leon und mied Finnjas Augen.

Da legte Lynn jeweils einen Arm um Leon und um ihre Tochter.

»Finnja, erinnere dich daran, welche Sehnsucht du nach mir hattest, wie viele Sorgen du dir um mich gemacht hast. Ebenso geht es nun Leon mit seiner menschlichen Familie. Quäl ihn nicht. Lass ihn gehen. Umso lieber wird er immer wieder zu dir und zu uns zurückkehren, denn auch wir sind seine Familie.«

»Geht das denn?«, fragten Leon und Finnja wie aus einem Mund.

Lynn nickte. »Ja. Wenn du das wünschst, wirst du immer einen Weg zu uns finden.«

Leon sah Finnja mit großen Augen an. Lynn erhob sich und trat einen Schritt zurück. »Ich gebe euch beiden ein paar Minuten Zeit. Danach kann ich Leon auf den Weg in seine Welt schicken, wenn er das möchte«, erklärte sie und drehte sich um.

»Versteh mich doch bitte«, flüsterte Leon zu Finnja. »Du bist die beste Freundin, die man sich nur wünschen kann. Und das mutigste

Mädchen, das ich bisher kennengelernt habe. Ganz ehrlich, Finnja, manchmal hatte ich mehr Angst als du – abgesehen von den Plapperflattern vielleicht.« Leon grinste, als Finnja schnaubte und ihn gegen die Brust knuffte.

»Durch dich habe ich gelernt, dass ich mehr kann, als ich mir selbst zugetraut hätte.«

»Ts, ts, ts«, machte Finnja und grinste. »Ich wusste sofort, dass jemand, der sich traut, sich mit Wuhuuu anzulegen, ziemlich mutig sein muss.« Dann blickte sie ihm mal wieder mit ihren unfassbaren hellgrünen Augen bis tief in den Bauch hinein. »Ich bin glücklich, dich als Freund zu haben, und werde immer für dich da sein«, sagte sie.

Leon schluckte. »Ich werde dich nie vergessen, Finnja. Aber verstehe bitte, dass ich auch meine Menschen liebe und zu ihnen zurückkehren muss.« Wie selbstverständlich ergriff Leon Finnjas Hand und hielt sie fest.

»Du liebst *auch* deine Menschen. Heißt das, du liebst *auch* mich?«, fragte Finnja leise.

Leon wurde es plötzlich sehr warm. Er brauchte keinen Spiegel, um zu wissen, dass sein Kopf rot wie eine Tomate wurde.

Zum Glück kam in diesem Moment die Feenkönigin zurück und räusperte sich. »Bereit?«, fragte sie. Leon nickte kurz.

»Nun gut, mein Junge, wir machen das kurz und schmerzlos. Leg dich auf den Rücken und schließ die Augen. Und lass Finnjas Hand los.«

Mit einem letzten langen Blick in Finnjas Augen tat Leon wie geheißen. »Ja«, flüsterte er ihr zu.

Plötzlich spürte er Wind, der zärtlich durch seine Haare fuhr und seine Wange streichelte. Der Duft von Vanillepudding stieg ihm in die Nase, irgendetwas streifte sein Ohr und summte, und als er aufwachte, lag er auf dem Fußballfeld in Altkleinkirchdorf neben dem kaputten Tor.

30

Verwirrt setzte sich Leon auf. In seinem Innenohr meinte er noch das Echo einer hellen Stimme zu hören, die seinen Namen rief. Was tat er hier? Hatte er geschlafen? Und wie spät war es überhaupt? Er hatte solch einen irren Traum gehabt. Das würde ihm kein Mensch glauben. Ein Blick auf sein Handy zeigte ihm, dass es Zeit war heimzugehen, zum Abendbrot. Er rappelte sich auf und trottete zum Rand des Fußballfelds. Ein großer, zottiger Hund, der schon von Weitem auffallend stark nach nasser Hund roch, lief auf ihn zu, schnupperte an ihm und blinzelte ihn an, bevor er weiterlief. Leon stutzte. Der sah ja fast aus wie Wuhuuu in seinem Traum. Oder war das gar kein Traum gewesen? Hatte ihm die Hitze das Hirn verschmurgelt? Leon sah dem Tier nach, bis es hinter einem Baum verschwand und nicht wieder auftauchte. Kopfschüttelnd lief er nach Hause zu seinen Großeltern.

»Da bist du ja endlich. Essen ist gleich fertig«, rief seine Großmutter fröhlich. »Deck mal den Tisch. Es gibt Haferbrei mit Beeren.«

Grübelnd betrachtete Leon seine Oma. »War ich eigentlich lang weg?«, fragte er aus einem Impuls heraus.

»Wieso fragst du? Kommt es dir länger vor als sonst?«, entgegnete seine Großmutter. »Jaja, manchmal scheint die Zeit wie im Flug zu vergehen, nicht wahr? Vor allem, wenn man solch ein Herumtreiber ist wie du.«

»Ja«, antwortet Leon lahm und betrachtete wie vom Donner gerührt eine kleine weiße Gipsfigur in Gestalt einer Kröte, die auf der Anrichte stand.

»Woher hast du die?«, fragte er seine Oma.

Sie blinzelte etwas und zögerte ihre Antwort hinaus.

»Ach die, die hat mir eine sehr liebe Freundin geschenkt, die seit Langem mal wieder zu Besuch hier war.«

»Kenne ich die? Wie heißt sie?«, fragte Leon immer noch misstrauisch. »Ach, die kennst du nicht, woher denn auch. Sie heißt Linda und ist eine Freundin aus Zeiten, da gab es dich noch gar nicht«, sagte seine Oma, während sie zwischen Herd und Tisch hin- und herwuselte. »Und nun setz dich hin und lass dir den Brei schmecken.«

Nachdenklich führte Leon einen Löffel voll Brei zum Mund. Er schmeckte intensiv nach Vanille.

»Wo hast du denn heute gesteckt? Hast dich um Latein drücken wollen, oder was?«, polterte sein Opa, noch bevor Leon seine Oma fragen konnte, was sie in den Brei getan hatte.

»Das holen wir morgen nach, verstanden?«

Leon nickte nachdenklich. Heute? Hatte er sich nur heute vor der Nachhilfe gedrückt? Seinem Gefühl nach müsste es mehr als eine Woche her sein, dass er zuletzt Latein gesprochen hatte. Himmel, was war denn bloß mit ihm los?

Nach dem Abendessen verzog sich Leon in sein Zimmer. Ohne nachzudenken nahm er sein Handy aus der Hosentasche und öffnete den Fotoordner. Wie magnetisiert blieb sein Blick an einem Foto hängen.

Plötzlich war alles wieder da. Da war sie. Finnja. Das Feenmädchen aus seinem Traum. Sie stand in der Morgensonne an einem silbern glitzernden See neben einem weißen Einhorn und strahlte ihn aus grünen Augen verschmitzt an.

© Amelie Satzger

Elke Satzger studierte Kunstgeschichte, Germanistik und Ethnologie in München, besuchte die Burda-Journalistenschule und arbeitet als Redakteurin. Sie besuchte Schreibworkshops bei renommierten Autoren. Zuletzt erschien von ihr »Lotti kann nicht pupsen«. Elke Satzger ist verheiratet, hat zwei erwachsene Töchter und lebt in München.

Lena Winkel, geboren 1993 in Betzdorf (Sieg), wollte eigentlich Pokémon-Erfinderin werden. Sie studierte also Illustration in Hamburg und Paris und geriet dabei auf Abwege! Jetzt macht sie Kinderbücher und Comics und zeichnet natürlich am liebsten nicht-menschliche Tiere.

Akram El-Bahay
Lias und der Herr der Wellen

352 Seiten
Hardcover
ISBN 978-3-7641-7114-8

Ab 11 Jahren

ebook

Magisch, klug und unglaublich spannend!

Als Lias das Haus seiner Großtante Hermine betritt, spürt er sofort, dass hier etwas anders ist. Das Haus scheint ihn regelrecht zu rufen, zu locken. Doch was für ein Geheimnis verbirgt sich hinter den alten Mauern? Als Lias versucht, dem Rätsel auf die Spur zu kommen, führt ihn jeder Raum des Hauses in neue fantastische Welten – die Buchwelten seiner Großtante. Um das Geheimnis zu lüften, wagt er sich auf eine Reise, die ihm alles abverlangen wird und die ihn auch zum Herrn der Wellen führt …

Ein packender Einzelband für Fans von »Die unendliche Geschichte« und »Tintenherz«!

www.ueberreuter.de
Folgt uns bei Facebook & Instagram